KB265481

카나드리엘 판타지 장편 소설
FANTASY FRONTIER SPIRIT

뮤테이션 데몬 3

카나드리엘 판타지 장편 소설

초판 1쇄 찍은 날 § 2009년 1월 9일
초판 1쇄 펴낸 날 § 2009년 1월 19일

지은이 § 카나드리엘
펴낸이 § 서경석

편집장 § 문혜영
편집책임 § 서지현

펴낸곳 § 도서출판 청어람
등록번호 § 제1081-1-89호
등록일자 § 1999.. 5. 31
어람번호 § 제1-1020호

주소 § 경기도 부천시 원미구 심곡동 163-2 서경B/D 3F (우) 420-010
전화 § 032-656-4452 팩스 § 032-656-4453
http://www.chungeoram.com
E-mail § eoram99@chollian.net

© 카나드리엘, 2008

ISBN 978-89-251-1642-6 04810
ISBN 978-89-251-1594-8 (세트)

MUTATION
DEMON

돌연변이 마족

뮤테이션
데몬

III

카나드리엘 판타지 장편 소설
FANTASY FRONTIER SPIRIT

Contents

Chapter 24
버림받은 드래곤

MUTATION
DEMON

키세네피아는 루페라를 죽인 후 방을 빠져나왔다.

뒤에서 엘레노어가 충격을 받은 듯 멍한 표정을 짓고 있었지만 신경 쓰지 않았다.

그녀에게 중요한 것은 루페라나 엘레노어가 아니었다.

그들은 자신들이 그녀와 같은 호문클로스이며 동료라고 생각하는 것 같았지만 그것은 엄청난 착각이었다.

호문클로스라는 것이 그렇게 찍어내듯이 쉽게 만들어지는 생명체였다면 세상을 지배하는 것은 이미 인간이 아닌 호문클로스가 되었을 것이다.

하지만 호문클로스를 만드는 과정은 무척이나 까다롭고 어려우며 그마저도 대부분이 실험체로 끝나는 경우가 많았다.

그리고 그러한 실험체 중에서도 격차는 있었다.

엘레노어만 해도 실험체 중에서는 그나마 성공한 케이스라고 할 수 있었지만 루페라는 거의 실패작에 가까웠다.

아마 엘레노어의 형제라는 특수성만 아니었다면 진즉에 폐기될 운명이었을 것이다.

"라드님은 대체 무슨 생각이신지 모르겠군."

방 안에서 들려오는 오열 소리에 키세네피아의 얼굴이 살풋 찡그려졌다.

엘레노어의 존재에 위협을 느끼는 것은 아니었다.

어차피 그들은 만들어질 때부터 발전의 한계가 정해진 실험체들이었으니까.

다만 거슬리는 것은 복수를 위해 스스로의 생명마저 바치려 했던 루페라와는 달리 엘레노어는 그를 돕기 위해 스스로 실험체가 되는 것을 허락했다는 점이다.

유일하게 남은 혈육이었기 때문인지 그들이 서로를 생각하는 감정은 무척이나 남달랐다.

키세네피아는 그러한 감정을 이해할 수는 없었지만 그로 인해 엘레노어가 성가신 일을 저지를지도 모른다는 것은 예측할 수 있었다.

나중에 후환이 될 수 있는 싹은 미리 제거해 버리는 것이 좋다.

그것은 키세네피아도 알고 있는 사실이었다.

하지만 그럼에도 불구하고 그녀는 루페라에게만 벌을 주고 엘레노어는 손끝 하나 건드리지 않았다.

그것이 라드의 명령이었기 때문이다.

키세네피아는 고개를 저어 머릿속의 상념을 털어냈다.

"이유 따위… 나와는 상관없지."

자신이 그에 대해 고민할 이유는 없었다.

모든 것은 라드가 짜놓은 시나리오대로 움직일 뿐, 자신은 단지 그의 명령에만 충실하면 되는 것이다.

하지만 심장을 묵직하게 누르는 이 갑갑함은 무엇일까.

키세네피아는 문득 자신에게 묻은 핏자국이 거슬린다는 생각이 들었다.

그녀는 의식하지 못하고 있었지만 그녀의 걸음은 조금씩 속도를 더해가고 있었다.

지금 당장 몸을 씻지 않으면 이 더러운 기분이 풀어질 것 같지 않았다.

살짝 찌푸려진 얼굴로 걸음을 재촉하던 키세네피아의 눈동자에 멀리서 다가오는 한 남자의 모습이 보였다.

"여어, 키아! 봤다면서? 진.짜.를."

그는 키세네피아를 발견하고는 반갑게 손을 흔들며 소리쳤다.

키세네피아는 그의 장난기 넘치는 금빛 눈동자 위로 찰랑거리는 하늘색 머리카락이 유난히 눈에 거슬린다고 생각했다.

그가 생긋 웃는 표정으로 키세네피아에게 물었다.

"실제 약혼자를 만나본 소감은 어때?"

머리카락 색을 제외하면 라케시드와 똑같은 모습을 한 남자였다.

그의 질문에 키세네피아가 무표정한 얼굴로 탐색하듯 그의 눈을 응시했다.

맑은 금빛의 눈동자는 태양을 그대로 옮겨놓은 듯 밝게 빛나고 있었다.

키세네피아는 그의 눈동자를 보며 잠깐 보았던 라케시드의 눈동자를 떠올렸다.

같은 색이 분명할진대 어쩐지 라케시드의 눈동자가 더욱 선명하게 빛났던 것 같다는 생각이 들었다.

키세네피아의 입술이 열리며 무미건조한 목소리가 흘러나왔다.

"너답지 않은 재미없는 질문이군, 류혼. 어차피 난 그분을 위해 태어난 존재. 그러한 분을 만났는데 어떤 감정이 들지는 묻지 않아도 알 수 있는 것이 아닌가?"

도전적으로까지 들리는 그녀의 목소리에 류혼의 얼굴이 살짝 굳었다.

하지만 그 표정은 잠시뿐, 그는 언제 그랬냐는 듯 다시 얼굴에 미소를 띠었다.

"그도 그렇군. 그런데 네 방에서 조금 시끄러운 소리가 나는 것 같던데……."

류혼은 말끝을 흐리며 키세네피아의 옷깃에 묻은 핏자국을 바라보았다.

패나 가까운 장소에서 튄 듯 그녀의 옷의 반 정도는 붉은 피에 젖어 있는 것 같았다.

"별로……. 더 할 말이 없다면 나는 가보고 싶은데. 보다시피 옷을 좀 갈아입어야 할 것 같아서."

"아, 그렇군. 본의 아니게 방해가 되었다면 미안하군. 피곤해 보이는데 가서 쉬라고."

자신의 옷을 가리키며 낮은 목소리로 말하는 키세네피아의 목소리에 류혼은 이제야 깨달았다는 듯이 그녀가 이동할 수 있도록 자리를 비켜주었다.

키세네피아는 별다른 말 없이 그가 피해준 자리로 걸음을 옮겼다.

단 한 번도 시선을 주지 않은 채 서서히 멀어져 가는 그녀의 모습에 류혼의 입가에 쓴웃음이 맺혔다.

'조금쯤은 웃는 모습을 보고 싶은데……'

하지만 그것은 아마도 불가능한 일일 것이다.

그녀의 영혼은 태어나는 그 순간부터 차갑게 얼어버렸으니까.

그래서일까.

그럴 리가 없을 거라고 생각하면서도 만약 그녀가 다른 누군가에게 미소 짓는 모습을 보일지도 모른다는 생각이 들자 가슴 한쪽이 불로 지지는 듯 지끈거리는 기분이 들었다.

류혼은 안타까우면서도 아련한 눈빛으로 그녀의 모습이 보이지 않을 때까지 그 뒷모습을 응시했다.

곧 그녀의 모습이 보이지 않게 되고, 왠지 모를 안타까움에
한숨을 쉬던 류혼의 눈빛에 이채가 떠올랐다.

등 뒤에서 낯익은 기척이 다가옴을 느꼈던 것이다.

그것은 항상 자신을 향해 동경 어린 시선을 보내면서도 단
한 번도 직접 다가온 적이 없던 이의 것이었기에 의아함보다
도 신선한 감정이 앞섰다.

"흐음……. 무슨 일이지, 레이디 엘레노어?"

류혼이 돌아섰다.

그의 뒤에는 예상대로 엘레노어가 서 있었다.

평소라면 사무적인 류혼의 태도에 시무룩한 표정을 지었을
엘레노어가 아무런 흔들림 없이 그를 응시하고 있었다.

류혼은 자신을 바라보는 그녀의 눈동자에서 지독한 광기와
독기를 읽어냈다.

마치 손을 대기만 해도 영혼이 전부 타버릴 것 같은 불길함
에 류혼의 몸이 흠칫 떨렸다.

"류혼님."

"으, 응?"

"저는… 당신을 지지하고 싶습니다."

"……!"

무엇에 대한 지지를 말하는 것인지 목적어가 빠져 있는 말
이었지만 류혼은 직감적으로 그녀의 말이 의미하는 바를 알아
챘다.

놀라는 그의 표정에 엘레노어의 눈동자가 차갑게 반짝였다.

"키세네피아를 사랑하시죠? 이대로 그분을 빼앗기시렵니까? 제가 당신을 돕겠습니다. 대신… 라케시드님을 죽이는 데 협조해 주세요."

류혼의 눈동자가 흔들렸다.

키세네피아를 사랑하냐고?

그렇다.

언제부터인지 정확하게 기억은 나지 않았지만 어느새 그는 고지식할 정도로 명령밖에 모르는 그녀를 눈으로 쫓고 있는 자신의 모습을 깨달을 수 있었다.

스스로 사랑받을 자격이 없다며 마음의 문을 걸어 잠근 그녀의 모습에 아파했으며 그녀가 스스로를 사랑하게 되고 환하게 미소 지을 수 있기를 바랐다.

그리고 한편으로는 그녀에게 이미 약혼자가 정해져 있다는 사실에 절망했다.

그가 있는 한 그녀의 미소는 절대 자신을 향하지 않을 테니까.

그런 그에게 라케시드를 죽이는 데 협조해 달라는 엘레노어의 말은 마약보다 달콤한 유혹이었다.

라케시드가 죽게 되면 자연적으로 키세네피아에게 걸린 약혼이라는 이름의 족쇄 역시 사라져 버릴 것이다.

하지만,

"미안하지만 방금 그 질문은 못 들은 것으로 하지."

류혼은 딱딱하게 굳은 표정으로 그녀를 지나쳤다.

라케시드는 류혼과 키세네피아가 태어나게 된 이유였다.

태어나면서부터 존재의 의미로 새겨진 그가 죽게 된다면 키세네피아는 물론 그 역시 상당한 정신적 충격을 받게 될 것이다.

어차피 자신들은 모두 라드가 펼쳐 둔 체스판 위에서 움직이는 말이었다.

그들이 살아 있을 이유가 사라진다면 라드는 눈 하나 깜짝하지 않고 그들을 폐기시킬 것이 분명했다.

'그녀의 뒤에 서서라도 보고 지킬 수 있다면… 체스 말이라도 상관없어.'

허락되지 않은 감정은 그를 나락으로 몰 것이다.

그런 것뿐이라면 얼마든지 견딜 수 있었다.

하지만 그로 인해 키세네피아를 다시 볼 수 없게 된다면 무척이나 괴로울 것이 틀림없었다.

또한 자신을 대신할 존재는 얼마든지 있다. 류혼은 그것을 상기했다.

그러나 머릿속의 생각만으로 마음을 지울 수 있다면 세상에 금단(禁斷)이라는 말이 어찌 존재하겠는가.

류혼은 자신의 도움이 없더라도 엘레노어가 라케시드를 죽이기 위해 움직일 것이라고 생각했다.

하지만 그는 그것을 막을 수 없었다.

그대로 손을 뻗어 그녀의 목숨을 거두기만 하면 됨을 알면서도.

"차라리 마계에서 영원히 나오지 말지 그랬습니까."

류혼의 입에서 괴로운 한숨이 흘러나왔다.

피를 닦아내기 위해 목욕을 끝마치고 간편한 잠옷으로 갈아
입은 키세네피아는 창밖으로 내리는 빗줄기에 바람을 쐬기 위
해 테라스로 나가려던 손을 멈칫했다.
쏴아아아―!!
세찬 빗소리가 귓가를 때렸다.
마치 영혼을 두드리듯 하염없이 차가운 그 소리는 그녀의
옛 기억을 수면 위로 끌어올렸다.
그녀가 처음 태어난 날도 이렇게 비가 오는 날이었다.

"라드―! 라드 혼 아론시아!! 빌어먹을 마왕의 권속이여!!
대를 이어 그대를 저주하리라!"
그녀가 처음 눈을 떴을 때 그녀를 마주한 것은 악에 바친 저
주를 내뱉는 미쳐 버린 블루 드래곤의 모습이었다.
키세네피아는 초췌했지만 아름다운 육체를 지닌 그 드래곤
이 여성이라는 것을 보는 순간 까달았다.
그리고 호수만큼이나 커다랗고 거울의 표면처럼 매끄럽게
반짝거리는 그녀의 푸른 눈동자와 마주한 순간 심장이 설렘으
로 두근거리는 것을 느꼈다.
무언가 진하고 끈끈한 무언가가 그녀와 자신 사이에 연결되
어 있었다.
그것은 무척이나 따뜻하고 안정되는 것이었다.

그녀가, 키세네피아를 세상에 태어나게 한 어미였다.

드래곤의 시선이 눈을 뜬 키세네피아와 마주쳤다.

그녀의 시선은 흉포한 살기와 광기가 뒤엉켜 붉게 번들거리고 있었다.

키세네피아는 증오감이 가득 담겨 있는 그 차가운 눈동자에 심장이 철렁 내려앉는 듯한 느낌을 받았다.

그녀의 눈빛은 키세네피아의 존재 자체를 부정하고 있었다.

"아……?"

아무런 영문도 알지 못했지만 처음 세상에 나오자마자 어미로부터 받은 적대적이고 악의 어린 시선에 키세네피아의 몸이 움찔거렸다.

"더러운 아이! 너 따위를 내 핏줄로 인정할까 보냐?! 내 아이를 내놔! 내 아이를 내놔!! 아론시아—! 이 저주받을 어둠의 자식아!! 내 아이를 내놓으란 말이다!!"

절규하듯 내뱉는 드래곤 피어에 키세네피아의 몸이 덜덜 떨렸다.

키세네피아는 도저히 블루 드래곤의 말을 이해할 수 없었다. 하지만 그녀의 말에 담긴 증오와 경멸은 조금의 여과도 없이 그녀의 머릿속에 박혀 들어왔다.

쏴아아아—

세찬 비가 그녀의 몸을 두드렸다.

광기 어린 드래곤의 비늘은 빗물에 반사되어 더욱 푸르게 반짝였다.

철크덩! 철크덩!

둔중하게 울리는 쇳덩어리의 소리에 키세네피아의 시선이 소리의 근원을 찾아 움직였다.

조금 전까지 의식하지 못했는데 블루 드래곤의 몸에는 팔과 다리, 그리고 날개를 묶어두는 거대한 쇠사슬이 매어 있었다.

만약 그 사슬에 묶여 있는 상태가 아니었다면 키세네피아는 진즉에 그 블루 드래곤에게 갈가리 찢겨 죽임을 당했을 것이다.

그렇게 생각될 정도로 드래곤의 살기는 강렬했다.

강렬한 드래곤 피어 앞에 부들부들 떨고 있는 키세네피아의 앞에 그림자가 드리워진 것은 그때였다.

"이거, 이거… 위.대.한. 존.재.에게 자극이 좀 강했나요?"

키세네피아의 앞에 옅은 하늘색의 머리카락에 새하얀 로브를 걸친 누군가의 등이 보였다.

목소리는 그에게서 흘러나오고 있었다.

나직하고 달콤한 로우 톤의 음성.

새파랗게 내리던 비 아래에서 키세네피아의 눈에 비친 그의 모습은 눈처럼 새하얗게 보였다.

"라ㅡㅡ드ㅡ!! 이 빌어먹을 놈!!"

그를 마주한 블루 드래곤의 움직임이 더욱 광포하게 변했다.

쿵! 쿵!

몸부림치는 그녀의 움직임에 쇠사슬을 박아놓은 거대한 여섯 개의 기둥이 들썩거렸다.

"왜 그러시나요, 키세르프? 위대한 블루 드래곤의 수장이여, 당신의 아이를 죽인 것은 당신이 아닌가요? 스스로 품고 있던 알을 깬 것은 제가 아니랍니다. 오히려……."

라드의 고개가 키세네피아를 향해 돌려졌다.

키세네피아는 한없이 온화해 보이는 그 보랏빛 눈동자와 마주치는 그 순간 자신의 안에서 무언가가 그와 공명하고 있음을 느꼈다.

"저는 당신이 죽인 이 아이를 되살려 내었지요."

번쩍―!

번개가 내리쳤다.

키세네피아는 그 순간 빛이 드리운 검은 암영(暗影)에 휩싸인 라드의 모습에 본능적으로 몸을 떨었다.

천사같이 아름다운 외모를 가진 그였지만 그 안에 담긴 어둠은 오히려 마왕의 그것보다 깊었다.

"그러니 그 대가로… 당신의 목숨을 받아가는 것쯤 상관없겠지요?"

압도적인 강함.

압도적인 존재감.

그의 앞에서 드래곤이라는 생물은 한낱 미물에 지나지 않았다.

아니, 적어도 그 순간 키세네피아는 그렇게 느꼈다.

라드의 손에 닿은 드래곤은 너무도 쉽게 그에게 자신의 하트를 허용했다.

그에게 외친 저주의 말이 허무할 정도로 너무나 쉽게…….

쿠웅!

육중한 육체가 쓰러지며 산이 무너지는 것 같은 굉음이 울려 퍼졌다.

그녀의 몸에서 나온 피가 비와 섞여 떨어지며 마치 하늘이 피눈물을 흘리는 것 같은 기분을 불러일으켰다.

키세네피아는 그것을 멍한 눈으로 바라보았다.

초점을 잃은 눈동자는 무엇이 그리 억울한지 하늘을 향해 한 맺힌 표정을 짓고 있었다.

키세네피아는 그녀가 백 일 동안 라드에게 산 채로 피와 마나를 빼앗긴 상태였으며 거의 죽어가고 있었다는 것을 알지 못했다.

알았다고 해도 달라질 것은 없었겠지만.

다만 그 순간 느낀 것은 눈앞의 이 남자가 자신의 주인이라는 것.

그 하나뿐이었다.

"후우……."

의식하지 못한 사이에 키세네피아의 입에서 한숨이 흘러나왔다.

비가 오는 날이면 어쩐지 스스로 주체할 수 없을 만큼 우울한 기분이 가슴을 공허하게 만들었다.

아직껏 그때의 기억을 떨치지 못한 것일까?

눈을 감은 키세네피아의 머릿속에 한 사람의 얼굴이 떠올랐다.

태어났던 그 순간부터 자신의 반려로 정해진 존재. 라케시드 혼 아론시아.

머리끝부터 발끝까지 머리카락의 색만 제외하면 류혼과 쌍둥이라고 믿어도 좋을 만큼 빼닮은 모습이었지만 단 하나, 그 눈에 깃든 스스로의 의지와 신념을 가진 확고한 빛은 만들어진 존재인 류혼으로서는 결코 가질 수 없는 것이었다.

"그는 나를 이 고독에서 해방시켜 줄 수 있을까……?"

나직하게 내뱉는 키세네피아의 질문은 빗물 속으로 사라진 채 어디에서도 답은 들려오지 않았다.

*　　　*　　　*

한편 아직까지 공동에 남아 있던 라케시드 일행은…….

"우으윽—!!"

"끄웅!"

"에구구구~"

"쿨럭! 캐액!!"

깨어나자마자 고통스러운 비명을 내지르며 바닥을 굴러다니고 있었다.

라케시드와 루페라가 부딪치며 발생한 충격파도 충격파지

만, 그들이 내뿜는 살기로 인해 놀라 경직되었던 근육들이 이완되며 정신을 차림과 동시에 어마어마한 통증을 호소했던 것이다.

"끄으아악~!!"

마치 오크의 멱을 따는 듯한 괴성이 여기저기서 울려 퍼졌다.

귀청이 찢어질 것 같은 소음에 라케시드는 그들을 깨운 것이 잘한 짓이었는지 심각한 회의에 젖어버리고 말았다.

다행스럽게도 일행은 마나 충돌로 내상을 입은 레인과 세오스를 제외하면 목숨에 지장이 있을 정도로 큰 상처를 입은 이들은 없었다.

그중에서도 레인은 서클이 손상될 정도로 내상을 입어서 이제 평생을 노력한다고 해도 5서클을 넘는 것은 불가능해 보였다.

아니, 오히려 목숨을 건진 것만도 다행이라고 여겨야 할지도 모른다.

마나 충돌의 결과가 내상 정드가 아닌 마나의 폭주가 일어날 정도였다면 기본이 불구에 심하면 육체가 그대로 산산조각나 날아가 버렸을 테니까.

일행은 십년감수했다며 그를 위로했지만 마음 한편으로 미안한 마음을 금할 수가 없었다.

그들을 조금이라도 보호하기 위해 능력 이상으로 마법을 사용했기에 벌어진 결과였기 때문이다.

“우리가 이 의뢰를 맡지만 않았더라도…….”

미안한 표정으로 말하는 단장의 말에 레인은 밝은 표정으로 웃으며 말했다.

“뭘 그래! 다 살았으면 됐지. 더군다나 내 실력에 스승도 없이 6서클로 올라가는 게 말이 쉽지, 가당키나 한 일이냐? 어차피 안 되는 거였어. 이 기회에 깔끔하게 포기하고 남은 삶을 즐기는 거지, 뭐. 우하하하!!”

그러나 일행 중 누구도 그 말이 사실이라고 믿지 않았다.

레인의 재능은 마법사 중에서도 손꼽힐 정도로 뛰어났다.

어쩌면 그 도벽만 아니었어도 이십 년 후의 마탑주는 그가 되었을지도 모른다는 말이 있을 정도로.

그러한 레인이 6서클에 대한 욕심이 없었을 리가 없다.

탐구욕 강한 마법사들이 고 서클로 올라서는 것에 얼마마한 집착을 가지고 있는지는 마법사라는 존재에 조금이라도 관심을 가지고 있다면 다 아는 사실이었다.

“레인…….”

레이지의 얼굴이 어두워졌다.

온몸이 욱신거렸지만 레인의 마음에 비하면 이 정도는 고통도 아닐 거라는 생각이 들었다.

서클을 다쳤다.

그것은 마법사로서의 미래를 잃었다는 것과 같다.

안타까운 시선으로 자신을 바라보는 레이지의 모습에 레인의 얼굴에 어색한 미소가 떠올랐다.

“뭘 그렇게 보냐? 그래도 목숨을 잃거나 마나를 전부 잃어버리지 않은 게 얼마나 천만다행한 일인데. 얼른 포션이나 먹고 기운 차려서 여기를 나갈 생각부터 하자.”

평소 그답지 않던 어른스러운 말투에 레이지의 얼굴에 감격한 표정이 떠올랐다.

하지만 그 표정은 곧 이어지는 레인의 말에 야차처럼 일그러지고 말았으니…….

“그리고 이번엔 내 희.생.으.로. 인.해. 너희들이 목숨을 건졌으니 내가 생명의 은인이라는 것 알지? 그러니까 의뢰비는 내가 제일 많이 받아야 한다? 이번에야말로 알비노의 카지노에 가서 지난번의 복수전을… 응?”

고개를 끄덕이며 자신이 그려낸 상상에 취해 있던 레인이 무언가 이상한 분위기를 느끼고 눈을 뜨자 눈앞에 무시무시한 표정을 짓고 있는 다른 일행의 모습이 보였다.

심지어는 늘 느슨한 태도를 취하던 세오스마저 차가운 살기를 눈에 담은 채 검에 손을 가져가고 있었다.

“왜… 왜……?”

무언가 불안함을 느낀 레인의 목소리가 바람에 흔들리는 버들가지의 잎사귀처럼 바르르 떨렸다.

레이지의 이마에 커다란 사거리 마크가 불끈 솟아올랐다.

“이… 화상!! 아직도 정신 못 차렸냐?! 이번 일도 네 도박 때문에 벌어진 일이잖아!!”

“꾸에엑~!!”

쫓고 쫓기는 그들의 추격전을 보며 다른 일행이 한숨을 내쉬었다.

"하여간 한순간이나마 레인에게 진지함을 기대한 내가 잘못이다."

"……."

그러나 한편으로는 안심이 되는 것이 사실이었다.

비록 6서클에 오르는 것은 영영 불가능하겠지만 저렇게 평상시처럼 행동하는 모습을 보니 잘 이겨낼 수 있을 것이라는 생각이 들었던 것이다.

"……."

일행의 시선이 레인에게 향한 사이 세오스는 욱신거리는 옆구리를 매만지며 일행에게 들리지 않도록 신음 소리를 삼켰다.

굳어진 얼굴 위로 식은땀 한줄기가 주르륵 흘러내렸다.

'내상… 그리고 갈비뼈 두 대에 금이 갔군.'

소드 마스터에 이른 이후 이렇게까지 다친 것이 얼마만이던가?

그의 눈동자가 씁쓸하게 가라앉았다.

어쩌면 라케시드와 루페라의 싸움을 곁에서 지켜보면서 이 정도의 상처만을 입은 것을 천운으로 여겨야만 할지도 모른다.

그 정도로 그들의 싸움은 대단했다.

마치 전설에나 나오는 천족과 마족의 싸움이 이러할까 싶을 정도로 그들의 힘은 인간을 뛰어넘어 보였다.

둘 모두 성인식을 치렀을지도 모를 정도로 어린 나이로 보이는데 말이다.

'루페라 덴 라빌츠랬나? 십 년 전 그 아수라장에서 살아남은 도련님이라면 스무 살은 넘었겠군.'

고작 열네 살의 아이가 십 년 동안 귀족들의 눈을 피해 도망 다니며 힘을 기르는 가장 쉽고 빠른 길이 무엇일까.

제아무리 천재라도 소드 마스터나 5서클 이상의 마법사가 되려면 일곱 살, 많아야 열두 살 이전부터 훌륭한 스승에게 사사받아도 이십 년 이내에 가능할지 모른다.

하지만 루페라가 보인 힘은 소드 마스터인 그조차 상대할 의욕이 꺾여 버릴 정도로 대단했다.

그 말은 곧 루페라가 정상적이지 못한 방법으로 힘을 얻었을 가능성이 많다는 뜻이다.

이를테면 레인의 말처럼 마족과 계약을 했다던가 하는 것 같은.

하지만 정작 세오스가 의문을 느끼는 것은 그에 대한 것이 아니었다.

그만한 힘을 가진 루페라와 대등한 힘으로 싸웠던 존재에 대한 의문이었다.

"라케시드……. 대체 너는 누구냐?"

세오스의 입에서 스스로도 의식하지 못한 혼잣말이 흘러나왔다.

혼란을 느끼는 것은 바우트 역시 마찬가지였다.

그는 아예 한술 더 떠서 라케시드가 인간이 아닐 것이라고 확신하고 있는 중이었다.

그가 그렇게 판단할 정도로 루페라와 라케시드의 싸움에서 바우트가 느낀 충격은 대단했다.

'어쩌면… 드래곤일지도.'

바우트의 눈빛이 짙게 가라앉았다.

천 년 전에 모습을 감춘 전설의 종족.

통칭 위대한 존재라 불리는 그들이라면 이러한 힘도 납득이 간다.

바우트는 라케시드와 루페라가 싸울 때 반쯤 정신을 잃은 상태였기 때문에 그들이 말한 호문클로스라는 단어를 듣지 못했다.

만약 그가 그 말을 들었다면 그들의 운명은 좀 더 다르게 변했을지도 모른다.

그러나 바우트는 그들의 말을 듣지 못했고, 그로 인해 라케시드를 드래곤으로 오해하는 심각한 오류를 범하고 말았다.

그럼 드래곤이란 무엇인가?

혹자는 드래곤에 대해 이렇게 정의한다.

마법을 숨 쉬는 것처럼 자유자재로 다루는 지상 최강의 마법 생명체이며, 가장 지혜로운 종족이라고.

또 다른 이는 이렇게 말한다.

그들은 편협하고 이기적이며, 자신들 외의 종족은 발아래로 생각하는 오만하기 짝이 없는 종족이라고.

어느 쪽이 진실일지를 판별하기에 천 년이라는 세월은 인간들에게 너무나 길었다.

바우트는 라케시드가 드래곤이라고 가정하고 그의 존재가 일행에게 해가 될지 득이 될지를 재빠르게 계산했다.

드래곤이란 종족들은 자신들의 정체가 드러나지 않는다면 유희에서 자신의 주위에 있는 인간들과의 관계에 최선을 다하는 것으로 들어 알고 있었다.

레인의 부상은 마나의 충돌에 의한 것이다. 그리고 드래곤은 마법의 종족으로 마나를 숨 쉬듯 자유자재로 다루는 종족이다.

바우트의 눈동자에 비장한 빛기 어렸다.

어쩌면 드래곤이라면 레인의 몸을 치료할 수 있을지도 모른다는 생각이 들었다.

같은 동네에 태어나 자란 이후로 지금까지 형제처럼 자라왔던 친구이다. 바우트는 그러한 레인의 불행을 그냥 내버려 둘 수가 없었다.

물론 라케시드가 레인의 몸을 치유해 준다는 보장은 없었다.

드래곤이란 무척이나 변덕스럽고 고집이 센 종족이었으니까.

하지만 바우트는 이 실낱같은 희망을 포기할 수가 없었다.

“라케시드.”

“응?”

다른 일행의 한심한 작태를 어이없다는 표정으로 바라보던 라케시드가 뒤에서 들려온 목소리에 고개를 돌렸다.

그곳에는 바우트가 심각한 표정을 하고 그를 바라보고 있었다.

라케시드의 눈동자와 마주친 바우트의 눈이 굳은 결심으로 빛났다.

“우리를 거둬줘라.”

“…뭐?”

라케시드의 얼굴이 기괴하게 일그러졌다.

마치 자신의 귀에 들리는 소리가 무슨 의미인지 알 수 없다는 듯 황당한 표정의 그에게 바우트가 다시 한 번 말했다.

“나를, 아니, 우리 크레이지 윈드 용병단을 거둬달라는 말이다.”

“바, 바우트?”

서로 쫓고 쫓기며 뛰어다니던 레인과 레이지가 행동을 멈춘 채 휘둥그레진 눈으로 그를 주시했다.

바우트는 귀족들을 무척이나 싫어하는 성격이었다.

일행들의 실력이 뛰어남에도 불구하고 큰 용병단에 들어가거나 귀족의 휘하로 들어가지 않는 것도 그러한 바우트의 성격 탓이 컸다.

‘혹시 아까 머리를 심하게 다쳐서 미쳐 버린 거 아니야?’

레인과 레이지의 머릿속에 차마 말로 꺼내고 싶지 않은 불길한 생각이 스쳐 지나갔다.

"쿨럭! 아니, 그게 대체 무슨 말이야?"

라케시드는 그가 하는 말이 무슨 의미인지 이해할 수 없었다.

'거둬달라니? 용병 계약을 하자는 소리인가? 난 돈도 없는데? 아니, 그보다 저들을 필요로 한 적도 없는데 왜?

마계에서는 중간계와는 달리 사람을 '거둔다' 라는 의미가 없었다.

자신보다 계급이 높고 강한 자에게 복종하는 경우는 있었지만 그들의 복종은 그들의 강함에 대한 동경과 굴복에 의한 것이지, 그 마족 자체에게 종속된다는 의미는 아니었다.

마족에게 종속의 의미가 쓰이는 것은 단 하나.

인간과 계약을 하여 그 영혼을 거두었을 때 하나뿐이었다.

평생의 운명을 함께하는 보좌관인 아이켄 역시 라케시드와는 상호보완적인 관계이지, 종속 관계는 아니었다.

어느 한 사람에 대한 충성의 의미가 통하는 것은 중간계와 천계뿐이었던 것이다(라기보다는 마계만이 충성의 의미가 통하지 않는다는 말이 옳겠지만).

마계와 중간계 간의 문화의 차이(?)로 인해 그들의 말을 이해하지 못해 해석에 골몰하는 라케시드와는 달리 카이린은 그들의 말뜻을 바로 이해했다.

"안 돼!"

카이린은 바로 도끼눈을 뜨고 라케시드의 앞을 막아섰다.

좀 전까지 쓰러져 있던 탓에 시야가 어질하고 다리에 힘이 없었지만 그녀의 눈동자는 굳은 의지로 이글거리고 있었다.

카이린은 자신과 라케시드의 상황을 정확히 인지하고 있었다.

이들이 거두어달라는 의미는 아마도 라케시드의 강함 때문일 확률이 높았다.

하지만 라케시드의 정체는 다름 아닌 마족. 그것도 마왕의 아들이라는 거창한 타이틀을 가지고 있는 존재이다.

지금은 이들이 그의 정체를 알지 못한다지만 계속 함께 다니다 보면 언젠가는 눈치 챌 것이 분명했다.

그리고 그때는 이들은 친구가 아닌 적으로서 가장 골치 아픈 존재가 될 확률이 높았다.

"카이린?"

너무도 단호한 그녀의 태도에 라케시드의 표정이 얼떨떨하게 변했다.

[네가 마족이라는 게 들통날까 봐 그러는 거다. 인간들은 마족에 대해 무척이나 편파적인 생각을 가지고 있으니까 나중에 골치 아픈 상황이 벌어질지도 모른다고 판단한 거겠지. 그래서, 어떻게 할 거냐? 저들이 네 부하가 되고 싶다고 하는데.]

"거둬달라는 게… 부하가 된다는 의미야?"

세크리티히가 나름 이해하기 쉽게 설명해 준다고 한 말에 라케시드가 의아한 듯이 반문했다.

하지만 세크리티히의 말을 듣지 못하는 다른 용병들은 그 말을 자신들에게 확인을 구하는 것으로 생각했다.

귀족들은 실력있는 용병들을 자신의 휘하로 끌어들이기를 원한다.

드높은 명예만큼이나 자존심이 강한 기사들과는 달리, 지저분하면서도 무력이 필요한 일을 처리하는 데 있어서 용병들보다 쓸모있는 이들이 없기 때문이다.

레인과 레이지의 눈이 동그랗게 변했다.

둘은 멍한 표정으로 바우트와 라케시드를 번갈아 바라보았다.

진짜로 그의 부하가 되려 하는 것이냐는 의미였다.

그리고 바우트의 진지한 표정을 보고서야 그들은 지금 이 사태가 매우 심각하다는 것을 깨달았다.

라케시드의 정체가 무엇인지는 모른다.

물론 평범한 사람은 아닐 것이라는 것은 일행 모두가 무의식중에 인정하고 있는 사실이었다.

하지만 그런 것과는 상관없이 바우트의 제안은 모두를 당황하게 하기에 충분했다.

"단장, 미쳤어?"

"머리라도 부딪친 거냐?"

어지간한 일이라면 의견이 통하지 않는 레인과 레이지도 이번 일만은 똑같이 소리쳤다.

둘의 고함에야 바우트는 아차하며 정신을 차렸다.

먼저 일행들의 의견을 물어봤어야 했는데 레인에 대한 생각 때문에 이런 중대한 사항을 성급하게 독단적으로 말해 버리고 만 것이다.

바우트의 시선이 일행들의 얼굴로 향했다.

레인과 레이지는 어이없다는 표정을 하고 있었고 세오스는 예의 무표정한 얼굴로 그를 멍하게 바라보고 있었다.

하지만 바우트는 왠지 그러한 세오스의 눈동자 역시 자신을 책망하는 것같이 느껴진다고 생각했다.

라케시드는 바우트를 제외한 다른 일행들의 반응에 짐짓 흥미롭다는 표정을 지었다.

이들의 모습에서 자신에게 제안한 이 의견이 바우트 혼자만의 생각이라는 것을 알아차린 것이다.

일행들 사이에 잠시 기묘한 분위기가 흘렀다.

불편한 분위기를 일소해 준 것은 아이러니하게도 일행들을 궁지로 몰아넣었던 적들이 남겨둔 마지막 안배(?)였다.

쩌적.

투두득.

루페라와 엘레노어가 사라지며 모종의 장치를 해놓았던 것일까.

공동 전체가 흔들리며 전투로 부서졌던 부분들이 쩍쩍 갈라지기 시작했다.

그리고 곧이어 후두둑하는 소리와 함께 흙과 주먹만 한 돌덩이들이 떨어져 내렸다.

“천장이 무너진다!”

“이, 이런! 나가는 길! 나가는 길을 찾아!!”

일행의 얼굴에 당혹감과 낭패감이 떠올랐다.

정신이 들자 눈앞에 라케시드가 있고 자신들 모두가 살아 있다는 것에 안도만 했지, 정작 자신들이 있는 곳이 어디인지를 잊어버리고 있었다.

역할을 다한 던전은 대부분 무너진다는 것을 수많은 경험을 통해 알고 있었음에도 말이다.

공동 안에서 입구로 예상되는 것은 그들이 들어왔던 마법진과 하나의 문뿐이었다.

일행은 아무런 말도 하지 않았지만 서로 약속한 듯 그 문을 향해 뛰었다.

그들이 문을 지나기를 기다렸다는 듯이 뒤에서 들려오는 굉음이 더욱 커졌다.

우르릉거리며 지축을 흔드는 땅울림에 일행의 뜀박질이 빨라졌다.

“……?”

무심코 문을 지나가 천장을 올려다본 라케시드의 얼굴이 흠칫 굳었다.

천장에 새겨진 그림이 무척이나 낯익다는 느낌을 받은 것이다.

그것은 마법진처럼 어떠한 마법적 효과가 있는 그림은 아니었다.

하지만 특정 종족에게는 어떠한 마법보다도 확실하게 영향을 줄 수 있는 그림이기도 했다.

여덟 쌍의 날개를 가진 성별을 알 수 없는 한 아름다운 마족의 상.

그리고 그 이마에 새겨진 마름모를 닮은 보석.

그것은 마신의 신전에서 봤던 마신의 상과 완벽하게 같은 모습을 하고 있었다.

"대체 이게 왜 여기에……?"

라케시드의 눈동자가 떨렸다.

마신의 상을 세울 수 있는 것은 단 하나. 마신의 신전뿐이다.

마신의 모습을 그릴 수 있는 곳 역시 단 하나. 마신의 신전뿐이었다.

그리고 그가 알기로 세상에 존재하는 마신의 신전은 마계에 있는 마신전 단 하나밖에 없었다.

라케시드는 그 그림을 자세히 보고자 고개를 들었다.

하지만 조금씩 돌가루가 떨어지며 눈에 보일 정도로 금이 가고 있는 통로 의 상황은 그에게 잠시의 머뭇거림도 허락하지 않았다.

"무너진다!"

"달려!"

앞에서 일행들의 재촉이 들려왔다.

어느새 앞에서 달리던 그가 제일 뒤로 처져 있었던 것이다.

라케시드는 복잡한 시선으로 천장의 그림을 일별한 후 일행들을 따라 달렸다.

멀리 통로의 끝이 보였다.

반대쪽으로 보이는 벽이 멀리 있는 것으로 보아서는 갈래길보다는 넓은 공간이 있을 것 같다는 느낌이 들었다.

"설마 저거 밀폐된 방은 아니겠지?"

"재수없는 소리 말고 뛰어!"

불안한 목소리로 중얼거리는 레인의 말에 레이지가 소리쳤다.

만약 앞이 막혀 있다면 일행들은 그대로 생매장이 될 것이 분명했다.

이곳을 설계한 이들이 출구를 만들어두지 않았을 리가 없다.

하지만 나가면서 그 출구를 봉쇄해 버리지 않았다는 보장도 없었다.

일행들의 눈동자에 긴장감이 서렸다.

과연 일행이 예상했던 대로 통로의 끝은 창고처럼 보이는 하나의 방이었다.

아직 그곳까지는 균열이 미치지 않았는지 방 안에는 약간의 진동도 느껴지지 않았다.

안도의 한숨을 내쉬는 일행들의 눈에 바닥에 그려진 마법진이 보였다.

그들이 이곳에 올 때 사용했던 것과 무척이나 흡사해 보이는 마법진이었다.

레인이 이곳저곳을 둘러보더니 반색하며 라케시드를 바라

보았다.

"이거 우리가 이곳에 올 때 있었던 것과 같은 마법진 맞지? 이걸로 돌아갈 수 있는 거지, 라케시드?"

"으? 응."

갑작스럽게 들려온 레인의 질문에 다른 생각에 골몰하고 있던 라케시드가 화들짝 놀랐다.

좀 전에 발견했던 그림 때문에 라케시드의 머릿속은 다른 생각이 들어올 수 없을 정도로 복잡하게 엉켜 있었다.

우연히 그린 그림이라고 하기에는 얼굴이나 날개의 각도 같은 것이 마신의 신전에 있던 마신의 상 모습과 너무나도 흡사했다.

이것은 솜씨 좋은 장인이 직접 원본을 보고 한 것이 아니라면 결코 새길 수 없는 그림이었다.

'설마 호문클로스라는 이들의 뒤에 마족이 있는 것일까?'

라케시드의 눈이 깊게 가라앉았다.

이번 일에는 의문 사항이 무척이나 많았다.

그의 이름을 아는 호문클로스는 그에 대해 꽤 많은 것을 알고 있는 눈치였다.

하지만 그럼에도 그에게 살의를 비치지는 않았었다.

라케시드는 자신에 대한 마족들의 일반적인 반응을 알았다.

돌연변이에 대한 본능적인 거부일까.

아니면 천족과 닮은 그의 눈에 대한 거부감일까.

그와 마주치는 마족들의 대부분은 눈을 부딪치는 순간 찰나간에 그 눈동자 안에 경멸, 또는 혐오의 감정이 스쳐 지나가는 것을 느낄 수 있다.

그러한 것이 없었던 것은 마왕과 아이켄, 그리고 이블루시아를 비롯한 몇몇 희귀한 성격의 마족들뿐이었다.

현재 마계에 라케시드를 따르는 마족들의 수가 늘었다고는 하지만 그들은 언제든 그가 틈을 보이기만 하면 그 목덜미를 물어뜯을 가능성이 충분하다 못해 넘치는 이들이었다.

그러한 자들이 중간계에 나와서 힘이 약해진 그를 노리지 않았을 리 없다.

더군다나 호문클로스를 만들어낼 수 있을 정도의 능력이 있는 자라면 더더욱 말이다.

'대체 누구냐? 무슨 생각이지?'

라케시드의 머릿속에 대답할 이가 없는 공허한 질문이 떠돌았다.

평범한 마족이라면 마신의 상을 봤을 리가 없다.

결론은 마신의 신전에 드나들 수 있을 정도의 고위 마족이 관여되어 있다는 것.

'어쩌면 내가 중간계에 온 것 역시 누군가의 음모일지도.'

우연이라고 생각하기에는 너무나 많은 것들이 수상할 정도로 기묘한 인연들로 얽혀들었다.

고위 마족이라 해도 펼치기 브담스러워하는 차원의 문을 미성년의 나이로 넘게 되어버린 것.

하필 가지고 온 것이 초대 마왕의 영혼이 갇혀 있으며 마력을 몇 배나 증폭시킬 수 있는 엄청난 능력의 에고 소드인 것.

성기사로부터 마을이 멸망당했다는 카이린과의 만남.

처음 만난 호문클로스라는 존재, 그리고 자신을 알고 있었던 듯한 호문클로스의 말이나 일부러 살수를 자제하며 실력을 탐색하듯 자극하던 모습.

마지막으로 통로의 천장을 장식하던 마신의 상을 그린 문양까지.

과연 그 모든 것이 단지 우연의 소산일 뿐일까?

생각에 잠겨 있는 그와는 달리 일행의 준비는 착착 진행되었다.

한번 해보았던 것이기 때문인지 자리를 잡는 그들의 모습에는 한 치의 머뭇거림도 없었다.

라케시드는 자신을 기다리는 일행의 모습에 고개를 저어 머릿속의 상념을 털어냈다.

우연이든 아니든 상관은 없었다.

만약 이 모든 사건들이 그를 대상으로 한 것이라면 조바심 내지 않아도 시간이 지나면 자연히 알게 될 것이다.

그것이 아니라면 그가 굳이 감추어진 비밀을 드러낼 필요 자체가 없을 테니까.

Chapter 25
성기사 란파르의 비밀

MUTATION
DEMON

던전을 빠져나온 라케시드와 일행은 눈앞에 보이는 광경에 눈을 크게 떴다.

상상조차 하지 못했던 그러한 장면은 그들의 머릿속을 순식간에 텅 비게 만들어 버렸다.

그들이 워프 마법진을 통해 모습을 드러낸 곳은 마을의 중앙 광장에 위치한 도로 한복판이었다.

그곳은 평상시라면 많은 사람들이 활발히 지나다니고 있을 법한 대로(大路)였다.

하지만 그들의 눈에 비친 것은 마치 무언가 거대한 무형의 힘이 훑고 지나간 것처럼 모든 것들이 초토화된 마을의 모습이었다.

그 참혹한 모습에 일행의 얼굴이 창백하게 질렸다.

"이… 이게 무슨?"

바우트의 턱이 덜덜 떨리며 흔들리는 목소리가 흘러나왔다.

그는 초점이 굳은 채 멍하니 한곳을 바라보고 있었다.

다른 일행의 반응 역시 그와 크게 다르지 않았다.

카이린은 아예 입을 가렸고, 라케시드 역시 얼굴을 찡그리는 것으로 불쾌감을 표현했다.

레인의 머릿속에 자연스럽게 그러한 광경이 만들어지는데 들었을 힘의 위력이 계산되었다.

마법으로 따지자면 적어도 8서클 범위 공격마법에 버금갈 만한 위력…….

레인의 표정이 창백하게 굳어졌다.

레이지의 반응은 더욱 심했다.

"데이지!!"

그는 마을의 풍경을 마주하자마자 얼굴이 새하얗게 질리더니 다짜고짜 용병길드의 접수원으로 있던 여자의 이름을 외치며 시내를 향해 미친 듯이 뛰었다.

"잠깐! 아직 위험이 남아 있을지도 모르니까 단독 행동은… 제길! 기다려, 레이지!"

바우트가 그런 그의 모습에 화들짝 놀라 뒤를 쫓았고 레인도 그들의 모습에 퍼뜩 정신을 차리며 스태프를 움켜쥐었다.

잠시 저 뒤를 따라가야 말아야 하나 고민하던 레인의 시선이 문득 라케시드에게 닿았다.

그는 한 손으로 턱을 괸 채 무언가 고민스러운 시선으로 주변을 바라보고 있었다.

눈동자의 초점이 흐릿하게 흔들리는 것으로 보아 풍경이라기보다는 마나, 혹은 공기 중의 무언가를 찾는 듯이 보였다.

'뭔가 찾은 건가?'

레인의 눈동자가 짙은 호기심으로 빛났다.

"좋지 않은 기운……."

"응?"

레인은 뒤에서 들려오는 세오스의 음성에 고개를 돌렸다.

세오스 역시 라케시드처럼 멍한 시선으로 한 곳을 바라보고 있었는데 그가 바라보는 끝에는 무언가가 떨어진 듯한—혹은 폭발한 듯한—커다란 크리에이터가 깊게 파여 있었다.

레인의 시선을 느낀 세오스가 자신이 보는 곳을 가리키며 말했다.

"의뢰인이 있던 곳이다."

"……!"

레인의 눈동자가 흠칫 뜨였다.

과연 그 광경에만 정신이 팔려 느끼지 못했는데 폭발의 중심으로 보이는 장소가 그들에게 던전의 발굴을 의뢰했던 귀족의 저택이 있던 곳이었다.

"일단 따라가 보는 게 낫겠군."

레인의 입에서 한숨이 푸욱 흘러나왔다.

폭발의 중심지를 찾은 세오스와는 달리 라케시드가 보는 것
은 공기 중에 퍼져 있는 기운들이었다.

마기(魔氣).

원래는 자연의 기운을 포용하고 있을 마나가 아닌 끈적하고
어두운 기운이 마을 전체를 흐릿하게 감싸고 있었다.

누군가가 임의로 지워 버린 듯 남아 있는 흔적은 많지 않았
지만 그것은 무척이나 불쾌하고 불길하게 느껴졌다.

카이린 역시 그와 같은 것을 느꼈는지 그녀의 입술이 열리
며 떨리는 목소리가 흘러나왔다.

"이 짙은 검은색의 기운은……?"

라케시드의 눈동자가 카이린을 바라보았다.

카이린의 눈동자는 풍랑을 만난 배처럼 이리저리 요동치고
있었다.

그녀에게 연결된 마력의 실을 따라 그녀의 감정이 고스란히
흘러들어 오는 것이 느껴졌다.

두려움. 공포. 후회. 체념.

그리고 그것을 뛰어넘는 분노와 한(恨)…….

그녀는 이곳에 깔려 있는 기운 속에서 어둠의 기운을 느꼈
다.

그리고 자신이 이러한 기운의 주인인 마족과 계약했음을 상
기했다.

'아마도 나는 영원히 평안한 안식 따위는 꿈꾸지 못하겠
지…….'

카이린은 마기가 주는 불길한 느낌에 몸을 떨었다.

스스로를 불살라 그것으로 남을 태우는 불꽃.

그녀는 그 기운으로부터 자신의 잔혹한 운명을 엿본 기분이 들었다.

라케시드의 눈동자가 안타깝게 변했다.

"이건 마물의 기운이야. 마신으로부터도 버림받은… 어둠의 찌꺼기들의."

"……?"

"카이린, 너는 이들과 달라. 그러니까 걱정하지 않아도 돼. 너의 운명의 끝이 파멸이 되도록 내버려 두지는 않아."

내가 반드시 지켜줄 테니까.

라케시드는 입 밖으로 나오려는 뒷말을 꾸욱 삼켰다.

왠지 얼굴이 간질거린다는 느낌이 들었다.

가슴이 시리고 욱신거리는 이 마음을 도대체 무엇이라 표현해야 좋을까.

상대는 그저 인간일 뿐인데 이토록 동요한다는 것이 우스웠지만 라케시드는 어쩐지 그녀가 상처받는 모습은 보고 싶지 않았다.

"큼! 어쨌든 우리도 빨리 가보자고. 뭔가 더 있을지도 모르니까."

레이지는 멍한 표정으로 용병길드가 있던 자리에 주저앉아 있었다.

그의 손이 가만히 바닥의 흙을 움켜쥐었다.

손바닥 끝으로 길드의 일부였을 나뭇조각들의 감촉이 느껴졌다.

"데이지……."

그의 입술이 열리며 슬픔이 올올이 엮인 안타까운 음성이 흘러나왔다.

그는 자신의 눈앞에 펼쳐진 이 사실을 믿을 수가 없었다.

"왜… 왜……!!"

레이지의 눈에 뿌연 습막이 차올랐다.

만날 때마다 노처녀 빨리 시집가라며 그녀를 놀려댔지만 사실 그녀와 결혼하고 싶던 것은 자신이었다.

그녀 역시 자신의 마음을 어렴풋이 알고 있었기에 한참 전성기에 용병을 그만두고 길드의 카운터를 맡아 정착한 것이었다.

이번 의뢰만 끝나면 청혼할 예정이었는데…….

"사랑한다고… 말하지도 못했는데……!"

소리 내어 울음을 토해내지도 못한 채 눈물만 떨구는 레이지의 모습은 그 자체로 피맺힌 절규와도 같이 처절해 보였다.

그를 따라왔던 바우트는 망연한 레이지의 표정에 안타까운 표정을 지었다.

"다 죽어버린 건가……."

뒤따라온 레인도 폐허로만 남은 길드의 모습에 씁쓰름한 표정을 지었다.

그는 사실 데이지에 대해 잘 알지는 못하지만 사랑하는 사람을 잃은 레이지의 감정이 어떠할지는 충분히 알 수 있었다.

일행들의 표정이 모두 침울하게 변했다.

"빌어먹을 몬스터 같은 귀족 녀석 때문에……!"

한참 동안이나 울먹이던 레이지의 눈빛이 돌연 이글이글 타올랐다.

레이지의 머릿속에 용병들을 의뢰라는 이름으로 꼬여내 흑마법사의 실험체로 삼으려 하고, 그것도 모자라 사실을 들키자 증거인멸하기 위해 마을 전체를 몰살시킨 악덕 영주의 모습이 떠올랐다.

새삼스럽게 귀족과 흑마법사어 대한 증오심이 스멀스멀 머릿속을 채웠다.

물론 레이지는 그 영주조차 호문클로스의 손아귀에서 놀아난 꼭두각시였으며 이미 죽어버렸다는 것을 알지 못했다.

뒤늦게 도착한 라케시드는 영주에게 이를 가는 레이지의 모습에 '쯧' 하고 혀를 찼다.

그는 이곳의 기운이 영주에게서 느껴졌던 것과 같은 파장이라는 것을 느끼고 결국 그 역시 호문클로스에게 이용당했다는 것을 알았지만 그것을 굳이 레이지에게 정정해서 알려주지는 않았다.

어차피 흑마법사든, 호문클로스든 그들의 힘으로는 이길 수 없는 실력자다.

거기에 상대방의 힘이 싸울수록 강해지는 괴물 같은 녀석이라는 것은 알아봤자 억울함만 더할 뿐이다.

"그나저나……."

라케시드는 멀리 보이는 건물들의 잔해를 내려다보며 난감한 표정을 지었다.

이곳에서 보니 의뢰인의 저택이 있던 곳은 아예 먼지 하나 남지 않았을 정도로 깨끗하게 사라져 있음을 알 수 있었던 것이다.

"…저래서는 남은 잔금은 받을 수 없겠는걸."

라케시드의 입에서 안타까운 한숨이 흘러나왔다.

솔직히 돈이 아깝다기보다는 또다시 카이린에게 시달려서 다른 의뢰를 맡아야 할 것을 생각하니 벌써부터 머리가 지끈거리는 기분이었다.

너무나 태연한 그의 말에 카이린을 제외한 일행의 얼굴에 황당하다는 표정이 떠올랐다.

"뭐라고? 넌 이 장면을 보고 그런 소리가 나오냐? 죽은 사람들이 불쌍하지도 않아?"

레이지는 라케시드의 멱살을 와락 잡아챈 후 거칠게 으르렁거렸다.

지금 이 순간 그의 머릿속에 라케시드가 무시무시한 능력을 가진 검사라는 생각은 눈곱만큼도 떠오르지 않았다.

라케시드 이곳의 영주와 마찬가지로 귀족이라는 생각에 마음속에서 짙은 살의가 치솟아올랐다.

하지만 레이지는 그것을 초인적인 인내로 삼켜냈다.

그녀를 죽게 한 것은 라케시드가 아니다.

오히려 라케시드는 흑마법사―일행들은 모두 호문클로스를 흑마법사라고 생각했다―로부터 일행들의 목숨을 구한 생명의 은인이나 마찬가지였다.

그러니 그에게 괜한 화풀이를 해보았자 아무런 소용이 없는 것이다.

붉게 핏발 선 눈동자에 눈물이 글썽거렸다.

그것을 흘리지 않기 위해 애써 힘주고 있는 레이지의 표정은 슬프게 일그러져 있었다.

막 무어라 말을 하려던 라케시드가 멈칫거리며 입을 다물었다.

그는 레이지의 이러한 반응을 이해할 수 없었다.

자신은 이 도시와는 아무런 상관이 없는 존재였으며 단지 이틀 동안 머물렀던 여행객일 뿐이다.

처음으로 해본 용병 일의 남은 의뢰 대금을 받을 수 없어졌기에 그것을 말했을 뿐인데, 왜 자신이 이렇듯 추궁을 하는지 알 수가 없었다.

레이지는 자신을 바라보는 라케시드의 얼떨떨한 표정에서 그러한 그의 생각을 읽을 수 있었다.

귀족들은 원래 눈앞에서 몇 명의 평민들이 죽어나간다고 해도 눈 하나 깜짝하지 않는다.

레이지는 그것을 알고 있으면서도 라케시드의 그러한 태도에 화가 치밀어 오르는 것을 느꼈다.

이 도시는 고아로 떠돌던 그가 정착해서 살 수 있게 된 제2의 고향이나 마찬가지였다.

이곳에서 처음으로 그에게 검을 가르쳐 준 스승을 만났고, 이곳에서 처음 단장을 만나 용병의 길에 들어섰다.

이곳에서 처음 누군가를 사랑했고, 이곳에서 그 누군가를 가슴속에 묻었다.

그런데 또 이곳에서 두 번째로 사랑하게 된 사람을 잃고 말았다.

"이번에도 지켜주지 못했어……."

화가 난다.

그녀를 지켜주지 못한 무력한 자신에게.

고작해야 자신도 남의 힘으로 살아 나온 주제에 그러한 생명의 은인의 멱살을 잡고 왜 함께 슬퍼하지 않느냐고 따지고 있는 비겁한 자신의 모습에.

"크흐윽……."

레이지의 턱을 타고 눈물이 뚝뚝 흘러내렸다.

무뚝뚝하고 왈패 같은 그녀였지만 자신의 일에 충실하고 책임감 강한 그 모습을 사랑했다.

진작에 청혼했어야 하는데 결혼식 비용이 모자라다는 핑계로 그녀를 내버려 뒀었다.

"이번 일만 끝나면 정말로 용병 일을 끝내고 작은 가게 하나를 장만하려고 했는데……."

레인 때문에 의뢰비를 잃기는 했지만 오히려 이번 의뢰를 따냄으로써 목표액에 가까워졌다고 생각했다.

이번 일만 끝난다면 그녀에게 청혼할 수 있을 것이라 생각했는데 그녀는 이미 없다.

그가 목표했던 금액을 모두 모은다 하더라도 그녀와 행복한 가정을 꾸리려던 그의 꿈은 영영 이룰 수 없게 되어버린 것이다.

영원히.

그 절망적인 감정에 레이지는 라케시드의 앞에 주저앉은 채 오열을 터뜨렸다.

큰 소리로 엉엉 우는 레이지의 모습에 라케시드는 당황했다.

마족이 언제 그렇게 격렬하게 우는 모습을 보일 일이 있겠는가?

누군가가 그렇게 서럽게 울 수도 있다는, 상상도 못했던 장면이 주는 충격에 라케시드는 멱살을 잡혔던 것에 대해 화를 내야 한다는 것조차 잊어버리고 말았다.

바우트는 혹여 라케시드가 화를 낼까 싶어 여차하면 목숨을 걸고라도 끼어들려다가 그가 별 반응이 없자 가만히 제자리에 서서 그들의 모습을 지켜보았다.

라케시드가 과연 어떤 반응을 보일지를 살펴보기 위해서였다.

그가 만약 인간에 대한 일말의 동정심마저 가지고 있지 않는 자라면 해보나마나 레인의 치료에 대한 것은 불가능한 것일 테니 말이다.

그러하다면 굳이 라케시드의 휘하로 들어갈 이유도 없었다.

라케시드는 난감한 상황에 레이지를 말리지도 못하고 안절부절못해하다가 결국 그에게서 시선을 돌렸다.

어떻게 해야 할지 알 수가 없으니 그냥 내버려 두겠다는 생각이었다.

그런데 그렇게 고개를 돌린 라케시드의 눈에 우연히 하나의 물건이 들어왔다.

"응? 저건?"

잘게 부서진 건물의 잔해 속에 고개를 빼족이 내민 그 물건은 엄지손톱만 한 붉은 루비가 밝힌 목걸이였다.

하지만 라케시드가 놀란 것은 비싼 물건을 주워 횡재했다는 의미가 아니었다.

보석의 전면에 길게 그어진 자국 때문이었다.

"이건… 검흔(劍痕)?"

갑자기 물건을 줍는 라케시드의 행동에 일행의 시선이 그가 줍는 물건을 향했다.

"헉! 보석?"

한눈에 보기에도 비싸 보이는 물건에 레인의 눈동자가 번쩍 빛을 발했다.

하지만 다른 일행은 레인처럼 물건 자체가 아닌 라케시드가 말한 그 검흔이라는 말에 주목했다.

보석에 흠집이 생기면 그 가치는 엄청나게 떨어져 버린다.

더군다나 이렇게 길고 깊게 그어진 상처라면 거의 쓸모없는 것이나 마찬가지다.

반 토막 나지 않은 것이 이상하다 싶을 정도로 보석에 생긴 상처는 심했다.

의아함으로 가득한 일행의 시선과는 달리 라케시드의 시선은 깊게 가라앉았다.

마기가 너무 짙게 깔려 있어서 느끼지 못했는데 그 안에 희미하게 피 냄새와 섞인 신성력의 기운이 느껴지고 있었다.

단지 알 수 없는 것은 신성력을 가진 이들이 이 도시로 온 이유였다.

카이린의 마을을 몰살시킨 이들과 같은 성기사들인지, 아니면 이곳에서 새어나간 마기를 느끼고 찾아왔다가 봉변을 당한 신관들인지 확인할 길이 없는 것이다.

단지 확실한 것은…….

이 루비가 온전히 반 동강이 난 것이 아닌, 피하다가 긁힌 것처럼 일부만 베어졌다는 사실이다.

그 점을 보았을 때 아마도 이 보석의 주인은 살아 있을 확률이 높다는 생각이 들었다.

왜냐하면 그 보석에서 느껴지는 피의 향기는 분명 검을 휘두른 것이 예상되는 신성력을 가진 자의 것이었으니까.

*   *   *

왕성과 비견될 정도로 거대한 성의 한 귀퉁이에 조그맣게
마련되어 있는 아담한 정원.

잔디밭 위의 벤치에 앉아 봄을 맞아 어린잎이 파릇파릇 돋
아나기 시작한 나무를 멍하니 바라보던 유스테인의 입에서 한
숨이 흘러나왔다.

"휴우우～"

고개를 숙이는 그의 위로 은회색 머리카락이 길게 그늘을
드리웠다.

그의 하늘색 눈동자가 수심에 잠긴 듯 처연하게 빛났다.

그의 옆에 앉아 있던 귤색의 곱실거리는 머리카락에 초록
눈동자를 가진 소녀가 의아하다는 듯 눈을 동그랗게 떴다.

"유스테인, 웬 한숨이야?"

"루디……."

"응?"

처량한 그의 목소리에 루디라 불린 소녀가 고개를 갸웃거렸
다.

늘 무슨 생각을 하는지 궁금할 정도로 생글생글 웃고 다니
던 그의 시무룩한 표정을 보니 어쩐지 적응이 되지 않는다는
생각이 들었다.

"나 아무래도 잃어버린 것 같아……."

"뭘?"

루디의 눈동자가 호기심으로 반짝였다.

만사에 완벽을 추구하는 그가 물건 하나를 잃어버렸다는 것

이 무척 신기하게 들렸던 것이다.

하지만 그것보다 그녀의 주위를 끈 것은 그를 이토록 울상 짓게 만든 그 물건의 정체였다.

루디의 질문에 유스테인은 다시 한 번 깊게 한숨을 내쉬며 조심스럽게 입을 벌렸다.

"태양의 보석이라고 불리는 마나석."

"으에엑~?"

루디의 입에서 괴상망측한 비명이 튀어나왔다.

어찌나 놀랬는지 부릅뜬 그녀의 눈이 마치 그녀의 머리 한 쪽에 달린 방울 장식처럼 동그랗게 보였다.

"그거 라드님이 잘 챙겨놓으라고 했잖아! 나중에 쓸 거라고! 매번 실험할 때도 조금씩 사용하고 있는데… 게다가 그거 만드는 데 래드 드래곤의 피가 들어갔다는 거 잊은 거야? 잃어버리면 이제 어디 가서 구하지도 못한다고! 대체 그걸 어디서 잃어버린 거야?"

"그게……."

펄펄 날뛰며 경악하는 루디의 모습에 유스테인이 난처한 표정으로 볼을 긁적거렸다.

그녀의 그런 반응이 당연할 정도로 그 물건은 매우 중요한 것이었다.

그것을 만들기 위해서는 우선 드래곤의 피를 커다란 항아리에 백 년간 담가두고 그 마나의 정화를 모은다.

그것은 시간이 지나면 지날수록 크기가 줄어들어 종래에는 엄지손톱만 한 크기로 변한다.

비록 드래곤 하트만큼은 아니지만 최상급 마나석이라 할지라도 상대가 안 될 정도로 짙은 마나를 가진 보석인 것이다.

매번 호문클로스의 실험에 사용되는 중요한 물건이었기에 혹시라도 잃어버릴까 봐 목걸이로 만들어 걸어두었는데 이번에 어떻게 하다 보니 잃어버리고 만 것이다.

"아무래도 베른 시에서 떨어뜨린 것 같은데……."

기어들어 가는 듯한 목소리로 중얼거리는 유스테인의 말에 루디의 얼굴이 일그러졌다.

"거기는 그 기분 나쁜 뚱땡이 상인 녀석이 있던 곳이잖아! 거기 일 다 해결한 거 아니었어?"

"음… 해결은 했는데 마지막에 좀 귀찮은 녀석이 나타나는 바람에."

"귀찮은 녀석?"

루디는 유스테인의 말에 고개를 갸웃거렸다.

정말로 상대하기 까다로운 자인 듯 그의 입가에는 쓴웃음마저 걸려 있었다.

루디는 잠시 그가 상대하기 껄끄러워할 만한 자들을 추려보았다.

일단은 유스테인 역시 호문클로스이고 자신과 비견될 만한 실력을 가지고 있다.

그것을 상기해 봤을 때 이 성에 있는 그들의 주인과 동료들을 제외하고 그들이 꺼리는 상대란 한 손에 꼽을 정도로 적었다.

"마왕이라도 나타난 거야?"

"설마~! 그랬으면 벌써 난리가 났지. 그가 중간계에 오지 않은 지가 얼만데."

"하긴. 그럼 루파인 공작은… 나간 적이 없으니 아니겠고. 아니면 성기사 란파르인가?"

루디가 내뱉은 말에 유스테인의 얼굴이 딱딱하게 굳었다.

살짝 자존심 상해 보이는 그의 표정에 루디는 그가 바로 유스테인이 귀찮은 녀석이라 표현한 범인임을 알아챘다.

"정말로 란파르를 만난 거야? 그래서? 정체는 들켰어?"

"아니야. 바로 도망쳤어. 근데 검이 목 근처를 스쳤는데… 아무래도 그때 목걸이가 끊어진 것 같아."

"쯧. 그나마 다행이긴 한데… 난감하게 되었네. 지금 찾으러 갈 수 있겠어?"

루디의 표정이 걱정스럽게 변했다.

란파르와 만났다면 별다른 상처 없이 무사하게 돌아온 것만으로도 다행스러운 일이라고 할 수 있었다.

그의 능력이 유스케인을 넘고 안 넘고를 떠나서―최상급 소드마스터라는 소문이 있으나 확인된 바는 없다―그가 지닌 성검(聖劍) 란테스트만 해도 다섯 가지 원소의 정령을 자유자재로 다룰 수 있게 만드는 능력을 지니고 있었으니 말이다.

물론 그가 드래곤 급의 마나를 가지지 않은 이상 오대정령왕 모두를 소환할 수는 없을 것이다.

하지만 최상급 정령이 둘 이상만 되어도 그들의 능력으로는 일대일 싸움은 버거운 것이 사실이었다.

"아마 가도 못 찾을 것 같다. 방금 전에 그 지역을 스캔해 봤는데 갑자기 신호가 사라져 버렸어. 무언가 마법적인 작용이 방해를 하는 것 같아."

유스테인은 어두운 표정으로 고개를 저었다.

생각 같아서는 직접 찾으러 가고 싶었지만 라드의 허락 없이 독단적인 행동을 할 수도 없었다.

그런데다가 혹시라도 그곳에 다시 갔다가 란파르나 라케시드를 만나게 된다면 일이 더 골치 아프게 변할 수도 있었다.

"난리 났군. 하필 그 녀석은 대체 왜 그 시간에 거길 와 있었던 거야?"

시무룩하게 풀이 죽은 유스테인의 표정에 루디가 혀를 끌끌 찼다.

그녀는 흑마법에 손을 대지 않았지만 주인인 라드가 마왕과 계약한 자이기 때문인지 성직에 종사하는 이들에게는 껄끄러운 느낌이 있었다.

게다가 어쩐 일인지 최근에는 신전 전체가 수상한 움직임을 보이고 있어 신경이 잔뜩 곤두선 상태이다.

루디는 혹시 그 이유를 알까 싶어 유스테인을 바라보며 넌지시 입을 열었다.

"요새 신전에서 여기저기 들쑤시고 다니는 것 같던데, 뭐 아는 거 있어?"

짐짓 흘러가듯이 묻는 말에 그의 표정이 미세하게 굳어지는 것이 보였다.

"…그건 나도 모르지."

한참 동안 침묵을 지키던 그가 겨우 꺼낸 말이었다.

그는 자신을 뚫어지게 응시하는 루디의 시선을 슬그머니 피했다.

그녀의 의문은 그 또한 느끼고 있는 바였다.

짐작 가는 바가 아주 없는 것은 아니지만 그것은 라드의 행동에서 유추한 것일 뿐, 확실한 것은 아니었기 때문에 함부로 대답해 줄 수가 없었다.

루디는 유스테인의 행동에서 그가 말해줄 생각이 없다는 것을 느끼고 듣는 것을 포기했다.

그의 성격을 하루 이틀 겪는 것도 아니고 필요하다면 언젠가는 분명 말해줄 것이라고 생각한 것이다.

그녀는 고개를 절레절레 흔들어 머릿속에 남아 있는 잡념을 털어냈다.

"에잇! 골치 아픈 건 딱 질색이라니까. 그런 건 신경 끄고 우리 데이트나 하자! 내가 좋은 장소를 봐뒀거든. 멀지 않은 곳이니까 라드님한테 혼날 걱정은 하지 않아도 돼!"

유스테인은 생글생글 웃으며 자신의 팔에 팔짱을 끼는 루디의 모습에 어쩔 수 없다는 표정으로 피식 웃었다.

"하여간 애라니까……."

＊　　　＊　　　＊

새하얀 대리석으로 지어진 신전의 가장 깊은 곳에 위치한 중앙 예배당.

예배 시간이 지난 탓인지 차가운 고요함만이 흐르는 그곳에 한 남자의 음성이 굳어 있던 침묵을 깨듯 울려 퍼졌다.

"교황성하게 보고드립니다. 베른 시로 향했던 성기사 열여섯 명이 주신의 품으로 돌아갔습니다."

새하얀 법복에 은빛 자수가 새겨진 옷을 입은 고위 신관으로 보이는 자가 무릎을 꿇으며 고개를 숙였다.

오크 나무로 만들어진 의자에 앉아 정면으로 보이는 신상을 향해 기도하듯 손을 모으고 있는 신관. 교황의 눈이 슬며시 뜨여졌다.

"…흑마녀더냐?"

세월의 연륜을 담은 듯 묵직한 목소리가 수면 위에 이는 파문처럼 잔잔하게 회랑 안에 퍼져 갔다.

단 한마디 내뱉었을 뿐이지만 차갑고 공허한 고요에 묻혀 있던 회랑 안이 그의 존재감으로 순식간에 꽉 차는 듯한 느낌이 들었다.

교황의 회색 눈동자가 무릎을 꿇은 자를 고요하게 응시했다.

잔잔하게 가라앉아 있는 그의 눈동자는 모든 것을 포용하고 정화시킬 것처럼 부드럽고 따뜻한 회색빛을 띠고 있었다.

고위 신관은 자신의 주위로 부드럽게 퍼져 가는 성력의 기운에 더욱 깊게 고개를 조아렸다.

"모르겠습니다. 다만 유일하게 생존해서 돌아온 란파르의 말로는 무언가 음습하고 불길한 기운이 라돈 성주의 저택에서부터 뻗어져 나온 후 커다란 폭발이 일었다고 하였습니다."

"음습하고 불길한 기운이라……. 그렇다면 흑마녀가 맞을 수도 있겠구나."

"……."

조용하게 혼잣말처럼 내뱉는 교황의 말에 신관은 아무런 대답도 하지 않았다.

그는 교황이 말하는 흑마녀에 대해 자세하게 아는 것도 아니었고 그 자리에 있었던 것도 아니다.

그렇기에 섣부른 짐작으로 그의 귀를 더럽힐 수 없다고 생각한 것이다.

교황 역시 그의 대답을 기다린 것은 아니었기에 그의 침묵에도 그다지 개의치 않았다.

"신실한 신앙을 가지고 있던 그들이니 분명 신의 품으로 돌아갔을 것이다. 이번 일은 중대한 사안으로 여겨지니 일단 중앙교단회의를 열도록 하지. 엘디슨 고위 신관, 고르스 대신관을 불러주겠는가?"

"예, 알겠습니다."

교황의 명령에 엘디슨은 공손히 시립하여 고개를 숙이고 물러갔다.

고르스 대신관의 방은 바로 옆 건물에 있었지만 그의 평소 생활 습관을 상기해 본다면 이 시각이면 제3 별관의 기도실에 있을 것이다.

교황을 기다리지 않게 하기 위해서는 서두를 필요가 있었다.

소리 내어 뛰지는 않았지만 성큼성큼 빠른 보폭으로 걷는 그의 걸음은 충분히 다급한 그의 마음을 대변하고 있었다.

그 모습을 차근히 지켜보던 교황의 눈동자가 깊게 가라앉았다.

"결국 우려하던 일이 벌어졌구나."

흑마녀에 대한 신탁을 받은 후 그녀가 각성하는 것을 막기 위해 의심되는 곳을 샅샅이 뒤지도록 명했다.

그리고 조금이라도 수상쩍은 기운이 느껴지면 모두 척살하도록 성기사들에게 성지(聖志)를 내렸다.

신을 모시는 성기사들의 손에 얼마나 많은 무고한 영혼들이 흘린 피가 묻었을지 모른다.

교황은 그 모든 것들을 애써 신의 뜻으로 생각하며 어둠과의 성전(聖戰)이라 위안했다.

하지만 그럼에도 불구하고 그동안 염려하였던 어둠의 기운이 세상에 나타났다는 말에 그의 얼굴에는 깊은 그늘이 드리워질 수밖에 없었다.

교황의 머릿속에 삼 년 전 받았던 신탁의 내용이 떠올랐다.

"붉은 별이 떠오르니 그것은 파괴의 상징이라. 강렬하게 빛나는 그것은 마와 악의 정화로 소녀를 잉태하였노라. 바다를 닮은 푸름은 붉은 피에 젖어 순수를 잃어버리고, 깨어난 소녀는 세상에 혼돈을 강림시키리라. 서쪽 하늘에서 검은빛 별이 뜨니 소녀를 돕는 어둠이요, 동쪽 하늘에서 은빛 별이 뜨니 소녀를 쓰러뜨리는 빛이니라. 어둠은 빛의 그늘 아래 숨었으니 빛은 등 뒤의 칼을 조심해야 할 것이다. 새벽이 끝나면 금빛 태양이 모습을 드러내니 그 아래 드러난 참혹함이야 이루 말할 수가 있겠는가."

그때 낙담하듯 슬프게 들려오던 신의 음성에 그 역시도 억장이 무너져 내리는 것처럼 깊은 슬픔을 맛보아야 했다.

눈앞에 피에 절어 절규할 인간들의 모습이 보이는 것 같아 도저히 가만히 있을 수가 없었다.

그래서 성기사들을 보내 악의 씨가 될 소녀의 각성을 억누르고자 한 것이건만…….

"정녕 운명은 바꿀 수 없는 것이란 말인가……."

교황의 입에서 안타까움이 담긴 깊은 한숨이 흘러나왔다.

*   *   *

베른 시에서 동료 성기사들을 잃고 혼자서 살아남은 성기사 란파르는 성수를 만드는 원천인 정결의 폭포 한쪽에 위치한 참회실 안에서 무릎을 꿇고 앉아 신께 기도하고 있었다.

마음을 티 한 점 없이 깨끗하게 닦으라는 의미에서일까.

온통 새하얀색으로 이루어져 있는 참회실 안은 다른 어떠한 물건 하나 놓인 것 없이 그저 순백의 색으로만 채워져 있었다.

평범한 사람이라면 그 깨끗하기 그지없는 방 안에서 자세 변경 없이 오로지 단 한 곳만 바라보고 기도를 해야 한다는 사실에 좀이 쑤셔 미쳐 버릴지도 모른다.

란파르는 그러한 곳에서 세 시간 이상을 있으면서도 자세 하나 흐트러뜨리지 않은 채 고요한 신색으로 두 손을 맞대고 있었다.

얼마 동안을 더 그러고 있었을까.

갑자기 한쪽 벽이 일그러지더니 벽과 같은 하얀 사람이 수면(水綿) 위로 올라오듯 매끄러운 동작으로 방 안에 내려섰다.

"라인파르트, 고생이로군. 대체 뭐 하고 있는 거야, 이런 곳에서? 덕분에 한참을 찾았잖아."

하얀 머리카락에 하얀 눈동자, 그리고 하얀 피부에 하얀 옷까지 걸친 그의 모습은 마치 눈의 요정처럼 새하얀 빛이었다.

그때까지 무심하게 같은 자세를 유지하고 있던 란파르가 살짝 내려뜨고 있던 시선을 서서히 돌렸다.

갑작스럽게 나타난 그의 존재에 놀랄 만도 하련만 그의 푸른 눈동자에는 전혀 동요라는 감정이 비쳐지지 않고 있었다.

"올리프… 무슨 일이냐?"

차갑게 가라앉은 푸른 눈동자가 올리프를 마주했다.

평범한 갈색 머리카락에 푸른 눈동자이건만 은빛 갑옷을 걸친 그의 모습은 그 자체로 강한 카리스마를 가진 검사로 보였다.

성직자라기보다는 왕실을 지키는 근위기사에 가까울 듯한 모습.

만약 그가 기도하고 있는 모습이 그토록 경건해 보이지 않았더라면 한 번쯤 그가 일반적인 기사가 아닐지를 고민할 정도로 그의 분위기에는 짙은 전장의 향기가 묻어나고 있었다.

"하여간 누가 전투의 천사 출신 아니랄까 봐 딱딱하기는 군인 저리 가라라니까."

투덜대는 올리프의 말에도 란파르의 표정은 변하지 않았다.

그가 지금 신경 쓰고 있는 것은 단 하나, 그의 용건이 무엇인가 하는 것이었다.

그 외에는 다른 어떤 것도 신경 쓰지도, 쓰고 싶지도 않았다.

올리프는 무덤덤하게 자신을 응시하고 있는 그의 모습에서 질문에 대한 답을 듣고 싶어한다는 것을 깨달았다.

"에잇! 하여간 재미없는 놈! 그러니까 최상급 천족임에도 불구하고 좌천되지!"

올리프의 말에 그제야 란파르의 눈썹이 꿈틀거리며 반응이 일어났다.

능력이 출중함에도 불구하고 성격 때문에 상관에게 미움받아 쫓겨난 란파르에게 그의 말은 상처를 꼬챙이로 쑤시는 것과 같았다.

“쓸데없는 소리는 하지 마라. 용건이 없다면 그만 가도록.”

무뚝뚝하게 흘러나온 축객령에 올리프의 얼굴이 와락 일그러졌다.

올리프를 향한 란파르의 시선에는 은은한 살기마저 어려 있었다.

원하는 대로 란파르의 반응을 이끌어냈지만 올리프는 오히려 기분이 나빠졌음을 느꼈다.

“오냐. 전언만 전하면 가지 말라고 붙들어도 가마. 젠장! 페아라가 전하라고 한 말이다. ‘마계에서 이상한 낌새를 눈치 챈 것 같으니까 조심해라’. 이상!!”

건성으로 내뱉는 그의 말에 란파르의 표정이 살짝 굳어졌다.

그러나 그는 돌아가는 올리프를 붙잡지 않았다.

중요한 전달 사항이 아직 남아 있다면 이대로 떠나지는 않을 테니까.

그의 예상대로 벽을 통해 스르르 사라지는가 싶던 올리프는 0.1초도 지나지 않아 방향을 돌려 그에게 신경질적인 얼굴을 내밀었다.

“빌어먹을 놈! 붙잡지도 않냐? 마계에서 조사하러 내려온 놈이 누군지는 물어야지!!”

꽥꽥대며 소리 지르는 그의 모습에 란파르가 여전히 무감정한 목소리로 말했다.

“마계에서 벌써 조사를 내려 보냈던가?”

마치 자신과는 상관없는 사항이라는 듯 심드렁한 말투에 올리프는 머리로 열이 솟구치는 것을 느꼈다.

그의 얼굴이 순식간에 시뻘겋게 달아올랐다.

"이 멍충아!! 제일 조심해야 할 놈이 네놈이란 말이다!! 내려온 건 아하만브르드란 말이다! 마계의 동장군이자 1군단장이며 네놈을 찢어 먹으려 드는 그 성질 더러운 마족 녀석!! 실수로라도 그 녀석과 마주치는 날에는 정체를 들키는 것은 물론, 자칫 잘못하는 날에는 우리가 준비한 그 모든 것이 수포로 돌아갈 수도 있단 말이다!!"

"아…… 그 녀석."

란파르는 아하만브르드의 이름을 듣고는 살짝 피곤한 표정을 지었다.

천계의 최상급 전투 천족으로서 서쪽의 관문을 지키던 그와 마계의 동장군으로서 그곳의 성을 지키던 아하만브르드와는 무척이나 자주 얼굴을 봤던 사이이다.

물론 좋은 의미는 아니다.

최전방 분쟁 지역에 있는 두 앙숙 관계에 있는 종족들이 사이가 좋다면 그게 더 이상한 것일 것이다.

그중에서도 란파르와 아하만브르드의 이야기는 두 종족 사이에서도 꽤나 유명했다.

란파르의 머릿속으로 아하만브르드와 처음으로 무기를 겨루었던 때의 기억이 떠올랐다.

매사에 무뚝뚝하고 사무적인 란파르와 반대로 모든 일에 열혈인 아하만브르드는 처음 얼굴을 마주한 이후로부터 사사건건 부딪치기 일쑤였다.

게다가 둘은 실력마저 엇비슷했기에 일단 싸움이 일어났다 하면 쉽게 끝나는 일이 없었다.

오죽하면 란파르가 서쪽 관문의 사령관으로 부임하면서 마족과의 사소한 분쟁이나 접전이 늘어났다고 천족의 고관들이 골머리를 썩었겠는가.

그러던 어느 날. 천계와 마계의 평화협정으로 지루한 눈싸움만 이어지던 것을 지루해하던 아하만브르드가 계약을 핑계로 중간계로 떠났다.

그사이에 아하만브르드의 밑에 있던 한 마족이 천족의 경계를 살짝 넘었는데 란파르는 기다렸다는 듯이 그의 목을 베어버렸다.

그리고는 그에 분노하여 몰려든 마족들과 또다시 한바탕 피 튀기는 전투가 벌어졌다.

엎친 데 덮친 격이랄까, 재수가 없었다고 해야 할까.

아하만브르드를 소환한 계약자가 며칠 만에 죽어버렸다.

아하만브르드가 불쾌해진 기분으로 돌아왔을 때 본 것은 죽거나 다친 마족들로 가득한, 쑥대밭이 된 그의 관할 지역이었다.

당연히 열 받은 그가 당장에 란파르에게 찾아갔다.

당시에는 천마대전으로 인해 천계와 마계 모두 막대한 피해를 입었기에 양 종족 간에 정전을 하고 평화 협정을 맺은 지 얼마 되지 않은 때였다.

그러한 시기에 상대 측 병사를 베었다는 것은 또다시 전쟁이 발발할 원인이 될 수도 있는 엄청난 사건이었다.

"라인파르텔! 천마대전 정전평화협정서 제1조 3항에 의거하면 상대 측 진영에 있는 병사의 일방적인 살육은 금지되어 있다! 그에 대해 제대로 해명하지 못한다면 나 역시 네놈 모가지를 따버리고 말겠다!!"

적진의 중앙에 들어와서 당당하게 외치는 그의 말에 란파르는 예의 그 무표정하고 딱딱하게 굳은 표정으로 말했다.

"네가 내 목을 딸 능력은 되는지 의심스럽다만 나는 정당한 권리를 이행했을 뿐이다. 죽은 그 녀석은 천계의 경계를 넘어왔기에 죽은 것이다. 그 후의 마족들 역시 살기를 드러내고 천족들을 향해 검을 휘두르기에 죽였지."

대수롭지 않다는 듯한 그 목소리에 아하만브르드의 얼굴이 벌겋게 달아오르며 그의 눈이 분노와 살기로 이글이글 타올랐다.

그가 조사한 사건의 개요에 의하면 처음 란파르에게 죽은 마족은 천마대전 당시 이곳에서 중요한 물건을 잃어버려 찾고 있었을 뿐이라고 했다.

천계로 넘어갔다는 란파르의 주장 역시 그 마족은 그 경계를 밟았을 뿐 넘어가지는 않았다고 했다.

그리고 설사 넘었다손 치더라도 한마디의 경고 없이 그의 목을 베었다는 것은 오히려 시비를 부추기려는 것으로밖에 느꺼지지 않았다.

"그는 싸우기 위해 일부러 경계를 넘은 것도 아닐뿐더러 전투 당시 잃어버린 자신의 물건을 찾기 위해 땅 위를 살피던 중이었을 뿐이다. 네놈 천족들 역시 그것을 알았을 텐데?"

"그거야 알 바 아니지. 그는 경계를 넘었고, 그것은 천마협정서('천마대전 정전평화협정서'의 줄임말)의 1조 2항을 어긴 것이기에 처벌했을 뿐이다."

"으드득~! 협정서를 어긴 자에 대한 처벌의 권한은 그와 동족인 자에게 있다는 것을 잊었는가! 게다가 그는 침략의 의도를 가지고 경계를 넘어간 것도 아니었거늘!"

"그런 거야 알 수 없지. 그리고 당시 마족 중에는 너의 부사관인 그보다 계급이 높은 자가 없었다. 당연히 그의 행동을 막고 처벌할 만한 이도 없었지. 네가 자리를 비운 탓에 내가 그것을 대신해 주었는데 오히려 이렇게 화를 내다니 무례하군."

그 말에 아하만브르드는 결국 꼭지가 돌아버리고 말았다.

모든 것을 자기가 생각하는 규칙의 잣대에 짜 맞춘 채 남의 말 따위는 귓등으로도 듣지 않는 고집불통!!

그는 란파르가 왜 천계의 같은 동족들에게조차 꺼려지는 대상인지를 절절이 깨달을 수 있었다.

그리고 그 후로 둘의 관계는 고양이와 개, 혹은 물과 불처럼 결코 서로 양립할 수 없는 관계가 되고 말았다.

물론 그것은 다혈질인 아하만브르드의 일방적인 감정인 경우가 많았다.

하지만 란파르 역시 자신의 일에 사사건건 시비를 걸고 결국 천계에서 추방까지 당하도록 만드는 데 일조한 아하만브르드에게 불쾌한 감정을 가지고 있었다.

그러한 관계이니 아하만브르드가 중간계에서 란파르와 만날 경우 어떠한 일이 생길지 장담할 수 없었다.

란파르는 그것을 깨닫고 얼굴을 굳혔다.

심각하게 굳어지는 란파르의 표정을 보며 킬킬거리고 웃고 있는 올리프의 모습은 분명 그의 곤란을 즐기고 있는 모습이었다.

실제로 그는 란파르가 처한 상황을 매우 통쾌하게 여기고 있었다.

천계에 있을 때는 저 혼자만 그고한 척 법과 규율에서 한 치의 어긋남도 없는 생활을 한 란파르이다.

거기다가 어지간한 자극에는 눈썹조차 까닥하지 않으며 딱딱하고 사무적이어서 생명체가 맞는가 의구심을 가질 정도였다.

그런데 그런 그가 보통 사람처럼 곤란해하고 난감해하는 모습을 보이니 자신과 마찬가지로 신의 일개 피조물일 뿐 별수 없다는 생각이 들어 웃음이 터져 나온 것이다.

"푸흐흐. 조심하라고, 그 녀석 눈에 안 띄게. 뭐, 어지간하면 그가 스스로 신관 앞에 나타날 이유는 없을 테지만 지금 너는 성기사로서 대외적으로 돌아다니고 있는 것이 아니잖아?"

만약 올리프가 아하만브르드에게 들킬 경우 자칫 잘못하면 그들이 준비한 모든 일이 물거품이 되어버릴 수도 있었다.

그를 난처하게 하는 것이 통쾌하기는 해도 올리프 역시 계획이 사라지는 것은 원치 않았다.

"그보다… 이번에 베른 신지 뭔지에 갔다가 재미난 것을 봤다며?"

탐욕스럽게 눈동자를 굴리며 은근한 목소리로 물어보는 올리프의 말에 란파르의 눈꼬리가 잘게 떨렸다.

"그것에 대해서는 내가 나중에 직접 주신께 아뢰도록 하겠다."

란파르는 하이에나 같은 성격을 가진 올리프가 마음에 들지 않았다.

올리프는 천계에서도 고귀하게 생각하는 새하얀 순백의 모습을 하고 있었다.

그러나 그럼에도 불구하고 성격은 마족만큼이나 사악하고 인간만큼이나 탐욕스러웠다.

란파르는 그것이 그의 회색 날개 때문이라 생각했다.

마족의 더러움을 옮겨온 듯 혼탁한 그 날개는 그의 명석하고 뛰어난 두뇌에도 불구하고 고위 천족의 칭호인 '엘'의 이름을 받지 못하도록 만들었다.

그래서였는지 그는 한때나마 엘의 칭호를 달고 있던 란파르에 대한 시기심을 애써 감추지 않았다.

그렇다고 해서 올리프가 란파르를 미워한다거나 하는 것은 아니었다.

단지 자신이 간절히 원해도 가지지 못했던 것을 태어나는 순간 너무도 쉽게 가져 버린 란파르를 시기하고 질투하여 괴롭히는 것뿐.

올리프는 자신을 경계하는 란파르의 모습에 씨익 미소 지었다.

고지식하게 한 길만을 걷는 자의 특징일까.

그는 어수룩하다 싶을 정도로 순진한 구석이 많았다.

지금 것만 해도 그렇다.

란파르가 목격한 것에 대해서는 올리프 역시 대략적인 것은 알고 있었다.

그가 대신전에서 기분 나쁜 어둠의 힘이 느껴지는 폭발이 있었다는 말을 꺼낸 시점에서 이미 상부에서는 그것에 대한 정확한 원인 조사에 나선 차였다.

굳이 그에게 듣지 않는다고 하여도 얼마든지 다른 이들을 통해 일의 전말이나 원인에 대해 더욱 정확하게 알 수 있는 것이다.

'외골수에 하나밖에 모르는 이들은 어차피 누군가의 도구가 되어 이용만 당하다 버려질 뿐이지. 마치 충성심 강한 사냥개처럼.'

올리프는 차갑게 웃으며 속으로 란파르를 비웃었다.

한때는 순수할 정도로 올곧은 그의 성격을 동경했던 적이 있었다.

자신은 죽어도 저러한 마음을 가질 수 없었으니까.

하지만 세상을 살아가는 데 있어서 정작 필요한 것은 역시 약간의 음모와 권모술수였다.

그러한 것에 대해 무지한 자는 결국 타인에게 먹음직스러운 먹이가 되어 자신도 모르는 사이 가련한 희생자가 되어버리는 것이다.

"마음대로……."

올리프는 조소의 의미를 닮은 희미한 미소를 띤 채 벽 속으로 스르르 사라졌다.

중요한 전달 사항은 모두 전했으니 그의 할 일은 일단 모두 끝난 것이나 다름없었다.

란파르는 그의 모호한 미소에 가슴속에 한줄기 서늘한 불안감이 훑고 지나가는 것을 느꼈다.

그러나 그는 끝끝내 그 불안감의 정체를 알아내지 못했다.

Chapter 26
마녀를 만나다?

MUTATION
DEMON

한편 라케시드와 그 일행은 폐허가 되어버린 도시에서 멀리 떨어진 숲 속에서 야영 준비를 하고 있었다.

도시를 그렇게 만든 존재의 정체도 알지 못한 채 그곳에 계속 있는 것은 위험했다.

게다가 다른 이가 왔다가 폐허 위에 서 있는 그들을 발견하기라도 한다면 무척이나 골치 아픈 일이 발생할 것이 분명했다. 그들은 마을을 파괴한 범인으로 몰 것은 물론, 그것을 부인하는 어떠한 말도 먹혀들지 않을 것이기 때문이었다.

또한 라케시드가 우연히 발견한 보석.

그것의 정체에 대해서 의논하기 위해서라도 조용한 자리가 필요했다.

그러한 점에서 봤을 때 베른 시는 주변이 모두 평야였기에 마땅히 쉴 만한 곳이 없었다.

일행은 결국 두 시간을 걸어 근처에서 가장 가까이에 있던 동산에 올라갈 수밖에 없었다.

"……."

"……."

자리에 앉은 일행 사이로 침묵이 흘렀다.

크레이지 윈드 용병단의 단원들은 자신들이 아는 이들이 죽었기 때문에 우울한 기분에 말을 아꼈다.

라케시드와 카이린 역시 딱히 할 말이 없었다.

사람은 많았지만 저마다 자신의 생각에 잠겨 있었기에 공터는 조용한 침묵에 잠겨 있었다.

간혹 들려오는 모닥불이 타닥거리며 자신의 존재를 일깨웠다.

카이린이 라케시드의 손에 들린 보석을 바라보다가 입을 열었다.

"그거……."

그녀는 머뭇거리며 망설였다. 자신이 느끼고 있는 것이 사실인지 확신할 수가 없었기 때문이다.

라케시드는 그녀의 태도가 이상하다고 생각하면서도 보석을 들어 그녀의 앞에 보였다.

"이게 왜? 아는 거야?"

"아니, 그게 아니라… 마나가 느껴져서."

"마나?"

라케시드는 보석을 바라보았다.

그는 그때까지 신성력이 느껴지는 혈흔에만 신경을 쓰고 있었다.

하지만 카이린의 말을 듣고 보니 희미하게나마 마나의 흔적이 느껴졌다.

마치 무언가 뿌연 장막에 가려진 듯해서 어느 정도의 힘을 가지고 있는지는 알 수 없었지만 그것은 분명 마나였다.

"마나석인가?"

라케시드는 애매한 표정으로 보석을 바라보았다.

마나석으로 만들어진 목걸이라니.

마계에서조차 마력을 담은 광석은 그다지 흔하게 취급되는 품목은 아니었다.

마력보다 응집력이 약한 마나로서는 마계의 것보다 더욱 희귀할 것이 분명했다.

'카이린에게 그곳에 신성 기사들로 추정되는 이들이 있었던 것 같다는 사실을 말해줘야 하나 말아야 하나?'

라케시드는 힐끔 카이린의 도습을 바라보았다.

도시를 그렇게 만들 정도의 폭발이었으면 아무리 신성력이 많은 이들이라 할지라도 인간인 이상 살아남지 못했을 것이다.

게다가 이 도시가 위치한 장소는 카이린의 마을과 그다음에 거쳤던 또 다른 희생 마을과 가까이에 위치해 있는 장소였다.

라케시드는 고민하는 스스로가 이상하다고 생각했다.

예전 같으면 이러한 고민 따위는 필요없이 말하고 싶으면 하고, 하고 싶지 않으면 말았을 것이다.

이렇게 다른 이의 기분을 생각하는 것은 자신과는 무척이나 어울리지 않는 행동인 것이다.

목걸이를 바라보던 라케시드의 시선이 카이린에게 향했다.

무언가를 그리듯 아련한 시선으로 먼 하늘을 바라보는 카이린의 옆모습은 무척이나 슬퍼 보였다.

아마도 저 모습 때문일 것이다.

라케시드는 인간에 대해서는 잘 알지 못했다.

하지만 카이린이 억지로 살아가는 데에 복수가 가장 큰 힘이 된다는 것은 알고 있었다.

그런데 그런 복수의 대상이 복수를 시작하기도 전에 허무하게 죽었다는 것을 알면 어떤 느낌을 갖게 될까?

그렇게 생각하자 그녀에게 말을 꺼내기가 어려워졌다.

'…그냥 말하지 않는 것이 낫겠다. 어차피 그녀의 복수 대상은 신전으로 잡을 수밖에 없으니까.'

그녀 혼자서 신전을 향해 복수한다는 것은 말도 안 되는 일이다.

하지만 그러한 삶의 목표라도 있다면 그나마 카이린이 느끼는 상실감이 덜 느껴지지 않을까 하는 생각이 들었다.

보통의 마족이라면 결단코 하지 않았을 생각이었지만 라케시드는 그것을 이상하게 여기지 못했다.

　한편 한쪽에 있던 다른 일행은 라케시드가 들리지 않게 한쪽에 모여 쑥덕거리고 있었다.

　"바우트, 도대체 라케시드에게 거둬달라고 한 이유가 뭐야? 그것도 우리한테는 상의도 없이. 진짜 깜짝 놀랐다고."

　레인이 바우트에게 물었다.

　레이지는 좀 전 보다는 표정이 밝아져 있었지만 일행들은 그것이 애써 웃어보려는 표정이라는 것을 알고 있었다.

　평소라면 엄청난 수다를 떨어대며 이유를 추궁할 레이지가 입을 꾹 담은 채 가만히 경청의 자세를 취하고 있었던 것이다.

　덕분에 일행 중 대화를 나누는 것은 레인과 바우트밖에 없었다.

　세오스 역시 아무런 흥미가 없다는 듯 나무에 등을 기댄 채 눈을 감고 있었던 것이다.

　바우트의 눈동자가 찬찬히 일행들의 면면을 훑어보았다.

　그의 입이 열리며 진중한 목소리가 흘러나왔다.

　"이건 내 생각일 뿐이지만 어쩌면… 라케시드는 드래곤일지도 모른다."

　"……!!"

　레인의 표정이 굳었다.

　건성건성 이야기를 듣던 레이지가 고개를 발딱 들었다.

　"그거… 전설 아니었어?"

　레이지의 목소리가 떨렸다.

드래곤. 그 존재에 대해 태어나 단 한 번이라도 들어보지 못
한 사람이 어디에 있을까.

하지만 드래곤이 세상에 드러내는 일이 없어진 지 천 년이
란 세월이 흘렀다.

세상 사람들은 이제 그 존재를 전설이나 허구상에만 존재하
는 생명체라고 생각했다.

"아니야. 분명 드래곤은 존재해. 마탑에서 한 번 그들과 관
련된 유적을 발견한 적도 있으니까. 뭐, 그래 봤자 건진 거라곤
드래곤의 비늘로 예상되는 금속 덩어리 하나뿐이었지만. 실험
해 봤더니 마나 친화력은 미스릴보다 높고 강도는 다이아몬드
보다 강하더군. 아마 어지간한 칼로는 긁힌 자국조차 안 생길
걸?"

레인이 진지한 표정으로 말했다.

"어쨌거나 그가 드래곤이든 아니든 상관없이 그의 실력이
뛰어난 것은 사실이지. 그렇다면 그의 곁에 있는 것만으로 우
리의 실력에 도움이 되면 되었지, 손해될 것 같지 않은데. 어차
피 우리도 슬슬 우리를 후원해 줄 귀족이 필요하다고 느끼던
참이었잖아? 모르는 녀석보다는 함께 싸워본 그가 나을 것 같
은데."

"하긴 그렇군."

"드래곤이라니 꺼림칙하긴 하지만."

"어차피 유희 중인 드래곤은 정체가 드러나기 전에는 보통
인간이나 마찬가지로 생활한다고 하니까."

드래곤이라면 그러한 제안이 이해가 가지 않는 것도 아니다.

라케시드와 카이린의 여행(?)은 목적이 있어 보이니 그냥 용병단의 일원으로 들어오라고 한다면 아마 거절할 것이 분명했다.

레인은 드래곤이라는 말에 호기심을 가졌고 레이지 역시 더욱 강해질 수도 있다는 소리에 눈을 빛냈다.

"세오스는 어떻게 생각해?"

바우트의 질문에 세오스가 눈을 떴다.

"…글쎄."

긍정은 아니었지만 그렇다고 부정하는 것도 아닌 모호한 대답이었다.

하지만 바우트는 그것이 긍정이나 마찬가지라 생각했다.

마음에 들지 않았다면 아예 거절의 말을 하던지 그냥 홀로 떠나가 버렸을 테니까.

소드 마스터인 그를 찾는 곳은 많았다.

어느 나라에 가든지 당장에 자작 이상의 계급을 받을 수 있을 정도로.

일행들은 그런 그가 어째서 용병으로 활동하는지 궁금해하면서도 그가 자신들과 함께한다는 것에 감사하고 있었다.

이번 역시 그가 함께 한다고 생각하자 바우트는 든든함을 느꼈다.

"그럼 그렇게 정하는 것으로 알지."

일행들의 수궁을 받아낸 바우트가 자리를 정리했다.

“뭐야? 아직도 그 소리냐?”

바우트는 맥 빠진 라케시드의 표정에도 기죽지 않은 채 꿋꿋하게 자신의 의견을 피력했다.

“기사의 서약과는 다르지만 용병들의 충성의 맹세 역시 쓸 만하다니까. 적어도 방해는 되지 않을 거야.”

“그 실력으로?”

“……”

“대체 계속 날 따라온다는 이유가 뭐야?”

바우트는 자신이 왜 이토록 귀찮다는 표정을 노골적으로 드러내고 있는 라케시드에게 이렇게 비굴하게 애원하고 있는지 회의가 들었다.

하지만 곧 레인의 모습을 떠올리며 그러한 생각을 접었다.

다른 이들에게는 말하지 않았지만 그는 레인의 마나서클에 대한 희망을 버리지 않고 있었다.

잠시 고민하듯 머뭇거리던 바우트가 무겁게 가라앉은 목소리로 입을 열었다.

“네 강함을 배우고 싶다.”

당당하게 말하는 그의 대답에 옆에서,

“우리는 이번 일을 겪으면서 우리가 그동안 얼마나 우물 안의 개구리였는지를 깨달았다. 그래도 대륙에서는 강한 이들로 손꼽힌다고 생각했는데 지난번에는 어림도 없더군. 강자인 너와 함께 있다면 우리들도 노력에 박차를 더 가할 수도 있고 단지 보는 것만으로도 배우는 것이 많을 수 있을 거라고 생각했다.”

“…….”

불안한 시선으로 둘을 바라보던 카이린이 몸을 움찔거렸다.

그녀 역시 강해지고 싶다는 이유로 라케시드와 계약했다.

악마와 계약을 해서라도 하고 싶은 복수에 대한 갈망과 힘에 대한 욕망 때문이었다.

왠지 강렬하게 빛나는 그의 눈동자 역시 자신과 같은 아픔을 겪었기 때문인가 싶어 카이린의 표정이 시무룩하게 변했다.

“강함이라……. 하여튼 이 세계나 저 세계나……. 쯧.”

라케시드는 머리를 긁적이며 혀를 찼다.

중간계는 평화로운 곳이라고 들은 것 같은데 강함을 숭배하는 것은 마계와 별다를 바 없다는 생각이 들었다.

하지만 이해가 되지 않는 것은 아니었다.

마을에서 보았던 레이지의 반응으로 보아서는 아마도 카이린과 비슷하게 자신이 살던 마을이 몰살당한 상황인 것으로 보였었다.

아마도 이 마을은 레이지의 고향이거나 했었을 것이다.

그렇다면 복수를 하고 싶은 마음도 있을 것이고, 그 참사를 막지 못했다는 자책감 역시 있을 것이다.

‘뭐, 그냥 데리고 다니면서 잔일이나 시키다가 나중에는 두

고 가면 되겠지.'

라케시드는 대수롭지 않게 고개를 끄덕였다.

"좋아, 따라오는 것은 허락하겠어. 하지만 충성의 맹세인지 뭔지 따위는 하지 마."

어차피 자신의 정체를 알게 되면 헌신짝 버리듯 떨어뜨리고 외면해 버릴 이들이다.

어쩌면 검을 들고 휘두르며 자신들을 속였다며 분개할지도 모르지.

라케시드는 예상되는 피곤함을 예상하면서도 그렇게 대답할 수밖에 없었다.

아니면 억지로라도 따라오겠다는 듯 바우트의 눈빛이 굳게 반짝거리고 있었던 것이다.

라케시드는 그들의 그러한 행동을 대수롭지 않게 여겼다.

하지만 귀찮게만 여겼던 이 동행이 후에 실질적으로 라케시드를 돕는 동료들이 되니 세상일은 아무도 예상치 못한다는 말은 이래서 나온 걸지도 모른다.

라케시드가 정식으로 용병들과 동행하기로 결정한 후 일들은 편의를 위해 라케시드를 단장으로 하여 아예 하나의 용병단으로 바꾸기로 결정했다.

그 용병단의 이름은 '화이트 윈드 용병단' 으로 정해졌다.

원래는 카이린이 '화이트 윙' 으로 하려고 했는데 단원들이 용병단의 이름으로 어울리지 않는다며 윈드로 바꾼 것이다.

　라케시드의 의사는 반쯤 무시된 채 진행된 이 용병단의 결성은 많은 이들의 의아함을 자아냈다.

　용병계에서는 꽤나 유명하다고 할 수 있는 크레이지 윈드 용병단이 누군가의 밑으로, 게다가 그 누군가가 소년이라는 것에 놀란 것이다.

　그러한 사람들의 반응과는 상관없이 용병단의 이름과 단장을 바꾸는 것은 꽤나 쉽게 이뤄졌다.

　첫 의뢰에서 받았던 금액 덕에 돈에 대해서는 별다른 걱정을 할 필요가 없었다.

　일행은 별다른 문제 없이 목표로 했던 이스틴블 제국의 국내에 도착할 수 있었다.

　지금까지와는 입구부터 달라진 분위기에 레인을 제외한 모두가 옅은 감탄사를 내뱉었다.

　"이스틴블 제국이 마법사의 천국이란 것은 알고 있었지만 이 정도인 줄은 몰랐군."

　대륙에서 마법사가 소외당하는 입장이었기 때문인지 이곳에 오기까지 길에서 로브를 입은 사람들은 거의 볼 수 없었다.

　간혹 보인다고 해도 그것은 그저 여행용의 두터운 로브였을 뿐이다.

　그런데 이곳은 국경일 뿐임에도 마법사 특유의 서클을 상징하는 원이 그려진 로브를 입고 보석이 달린 긴 스태프를 들고 다니는 이들이 심심치 않게 보였다.

　게다가 마법등이 설치된 가로등과 광장 중앙에 위치한 워터 마법을 응용한 3단 분수는 물론, 성벽에 설치된 광범위 실드 마법 등 마법과 관련된 물건들도 계속 눈에 띄었다.

"쳇. 겨우 외곽에서 그렇게 말해봤자지. 수도에 가면 더 엄청나다고."

레인은 타의에 의해 쫓겨나다시피 도망 나온 곳을 제 발로 다시 찾아간다는 생각 때문인지 인상을 찌푸린 채 투덜거렸다.

그는 카이린에게 마탑에 찾아갈 필요 없이 자신이 마법을 가르쳐 주겠다고 했다가 라케시드로부터 믿을 수 없다는 핀잔을 듣고 난 후 잔뜩 골이 난 상태였다.

사실 5서클 유저인 레인 정도라면 딱히 스승으로서 나쁘다고 평가할 수 없는 실력이었다.

세상에는 그보다 못한 이들에게 배움을 받는 이들도 허다했으니까.

하지만 라케시드는 카이린을 저런 떠돌이(?)에게 맡길 수 없다는 생각에 굳이 이스틴블의 수도에 있다는 마탑을 향해 가기로 한 것이다.

그들은 이곳으로 오는 동안 베른 시에서 있었던 참사 이후로 폐허가 된 마을을 발견하지 못했다.

라케시드는 그것이 베른 시에서 성기사들이 죽은 이유 때문일 것이라 생각했다.

하지만 그것을 알지 못하는 카이린은 더 이상의 피해 마을이 없다는 것에 안도하는 한편, 그들의 행적을 영영 놓치는 것은 아닌지 불안해했다.

신전에 복수를 하는 것보다 그들 본인에게 직접 하는 것이 진정한 복수라 생각했기 때문이다.

"정말로 마탑으로 갈 거야?"

라케시드가 그들의 충성 맹세를 거부했기 때문인지 단장이란 지위에 있는 라케시드였지만 일행은 그에게 굳이 존댓말을 하지는 않았다.

라케시드는 겉모습만 보면 자신들의 반밖에 살지 않은 어린 소년으로 보인다.

그런데 그는 반말을 사용하는데 자신들만 그에게 존댓말을 쓰기에는 조금 자존심이 상했던 것이다.

물론 그것은 존칭이나 경어의 사용에 대해 신경 쓰지 않는 라케시드 덕분이기도 했다.

만약 그가 왜 존대를 쓰지 않느냐고 따진다면 일행 모두 찍소리도 못하고 꼬박꼬박 존댓말을 해야 했으니까.

불안한 듯 눈동자를 굴리는 레인의 질문에 라케시드는 단호한 태도로 고개를 끄덕였다.

오래 있지는 못하겠지만 적어도 3서클에 이를 때까지는 스승의 도움을 받아야 한다는 생각이 들었던 것이다.

카이린은 마족인 라케시드와 계약해서 그 힘을 끌어다 쓰는 만큼 서클 마법에 크게 구애를 받지는 않는다.

하지만 서클이라는 것이 마력을 담는 그릇의 역할을 하는 것이다.

라케시드의 힘을 빌려 쓰기 위해서는 적어도 서클을 만드는 법이라던가 기본적인 마법의 사용 방법(?)에 대해서는 알아야 했다.

라케시드는 카이린이라면 어느 정도 마나를 움직일 수 있으니 3서클까지라면 얼마 걸리지 않을 것이라고 생각했다.

"기본적인 것 정도는 나도 가르쳐 줄 수 있는데……."

"네가 가르치는 건 영 못 믿겠어."

"차라리 독학이 낫지."

라케시드는 레인이 들리지 않을 정도로 조그맣게 중얼거렸다.

사실 그가 처음부터 이렇게 레인을 거부한 것은 아니었다.

처음 마나에 대해 설명하겠다며 입을 연 레인의 말이 두서없이 횡설수설하지만 않았어도 아예 카이린에게 접근조차 하지 못하게 막아버리는 일은 하지 않았을 것이다.

레인은 자신을 날카롭게 노려보는 라케시드의 시선에 슬그머니 고개를 돌렸다.

카이린의 재능을 보고도 그냥 내버려 둔다는 것은 마법사의 입장에서 보았을 때 무척이나 아까운 일이었다.

하지만 라케시드의 완강한 태도로 보아서는 그녀를 자신의 제자로 삼는다는 것은 불가능에 가까워 보였다.

라케시드는 아쉬운 표정으로 입맛을 다시는 레인을 보며 한숨을 내쉬었다.

만약 근처에 흑마법사가 있었다면 당장 그에게 카이린을 맡

졌을 테지만 신전의 권력이 강한 이곳에서 흑마법사를 찾는다
는 것은 절대로 불가능…….

"마녀다!! 마녀가 나타났다!!"

"흑마법사다! 피해~!!"

'…한 일이 아니구나.'

라케시드는 어처구니없다는 표정으로 소리가 들린 곳을 바
라보았다.

멀찍이서 자신들이 있는 방향을 향해 다급한 표정으로 달려
오고 있는 두 사람의 모습이 보였다.

한 사람은 애꾸눈에 안대를 한 뚱뚱한 남자였고, 한 사람은
반대로 나뭇가지처럼 앙상해 보일 정도로 마른 남자였다.

둘은 무언가에 쫓기듯 그들이 달리는 길을 따라 흙먼지가
자욱하게 피어오를 정도로 발을 움직이고 있었다.

라케시드 등은 알지 못했지만 그들은 레비와 그리비츠라는
이름의 현상범 사냥꾼들로 이 인근에서는 꽤나 유명한 이들이
었다.

실력으로든 행실로든 말이다.

갑작스럽게 외치며 달려오는 그들의 모습에 주변에 있던 사
람들 모두가 당황한 표정으로 달려오는 그들의 뒤를 바라보았
다.

새파랗게 질린 얼굴로 잔뜩 겁을 먹은 채 달려오는 그들의
모습과는 달리 그들의 뒤에서 쫓아오는 이의 모습은 어디에도
보이지 않았다.

당황과 긴장감으로 굳어져 있던 사람들의 표정에 의아함이 번져 가기 시작했다.

곧 그들 사이로 웅성거림이 퍼져 갈 즈음 모여 있던 사람들 사이에서 갈색 로브를 걸친 육십대의 노인이 나타나 그들의 앞을 가로막았다.

"레비, 그리비츠, 무슨 일인데 이렇게 소란이냐?"

"볼란츠님!!"

달려오던 두 사람의 표정이 일순간 환하게 변했다.

살았다는 듯 변하는 그들의 표정은 분명 그들이 누군가에게서 생명의 위협을 당했으며, 볼란츠란 사람을 만나 안도감을 느꼈음을 절절하게 표현하고 있었다.

"마녀가!!"

"서쪽 숲에 마녀가 나타났습니다!"

둘은 덩치에 어울리지 않게 울상을 지으며 볼란츠에게 매달렸다.

그들의 표정에 다시금 공포감이 드리워졌다.

"시끄러워!! 마녀라니? 정확히 어떤 건지나 말해!"

볼란츠는 둘의 반응에 이마를 찌푸렸다.

그는 이곳 국경지대의 총경비대장으로 자신의 영지에 들어앉아 있는 영주를 대신해 파견된 대리인이었다.

남작이라는 지위에도 불구하고 이러한 한직으로 발령된 것만 해도 그에게는 무척이나 짜증스러운 일이었다.

이곳에 있는 것이라고 해봐야 용병들이나 떠돌이 마법사,

현상금 사냥꾼들뿐이었으니 말이다.

당연히 돈이 될 일은 없었고, 오히려 사건이 터지지 않으면 다행이었다.

그러한 터에 이러한 소란까지 겹치자 그동안의 짜증이 신경질적인 목소리로 터져 나온 것이다.

매서운 그의 반응에 레비와 그리비츠가 몸을 움츠렸다.

어려서부터 그의 손에 해결사로 키워진 그들은 볼란츠의 반응에 두려움을 느끼면서도 선뜻 마녀란 존재에 대해 입을 열지 못했다.

"그러니까 그게… 붉은 머리카락을 길게 늘어뜨린 여자였는데요… 손을 드니까 갑자기 수백 마리의 뱀이 쏟아져 나와서 덮치는 바람에……."

"그러니까 고작 뱀 때문에 이런 소란을 일으켰다는 것이냐?"

볼란츠의 눈빛이 스산하게 가라앉았다.

이곳 국경지대는 다른 지역에서 들어오는 여행객―주로 마법사들이나 마법사 지망생―들이 많았기에 여러 소란스러운 일들이 벌어지는 곳이었다.

하지만 마녀나 흑마법사에 대한 것은 그런 자잘한 소란스러움과는 비교도 되지 않을 정도로 매우 민감한 사안이었다.

그러한 것을 큰 소리로 떠들고 다니면서 하는 말이 고작 수백 마리의 뱀을 불러온 여자에 대한 이야기라니, 어이가 없었다.

“그게 아니에요!! 뱀이라고 해도 엄청나게 큰 놈들이었단 말이에요! 게다가 이마에 뿔도 달려 있고…….”

“시끄럽다! 그렇게 위험한 존재라면 니들이 살아 돌아올 수 있었을 리가 없지 않느냐? 별것 아닌 걸로 호들갑을 떨기는.”

불쾌해하는 볼란츠의 얼굴에 레비와 그리비츠가 울상을 지었다.

“진짠데…….”

확실히 몇백 마리의 거대한 뱀이라면 그들이 상처 하나 없이 무사한 것이 이해가 되지 않기는 했다.

그들의 실력이 현상금 사냥꾼치고는 뛰어나다고는 해도 그래 봐야 B급 용병을 조금 상회하는 수준이었다.

그러한 실력이라면 오우거 한 마리를 만나도 두 사람뿐이면 전멸을 면치 못할 전력이었다.

만약 그들이 정말 흑마법사나 마녀를 만났다면 이렇게 살아서 올 수 없었을 것이 틀림없다.

불안한 표정으로 모여 있던 주변 사람들은 볼란츠의 말에 안도하며 ‘그럼 그렇지. 흑마법사들이 씨가 말린 게 언젠데’라는 표정으로 뿔뿔이 흩어졌다.

하지만 라케시드만큼은 그 말을 쉬이 넘길 수가 없었다.

“그 말… 자세하게 듣고 싶은데?”

웅성대던 사람들이 모두 사라지고 두 사람 역시 의기소침한 표정을 지으며 자리를 떠나려다가 라케시드의 목소리에 고개를 돌렸다.

“응?”

둘은 자신들을 부른 것이 한참은 어려 보이는 소년이라는 것과 그 소년이 반말을 내뱉었다는 것에 울컥했다.

하지만 무언가 말을 꺼내기도 전에 그의 등 뒤로 시립하는 다른 단원들의 모습을 보고 찔끔하며 입을 다물어야만 했다.

레인이 걸친 로브에 새겨진 것은 5서클 마법사를 뜻하는 다섯 개의 원이었다.

게다가 그 옆에 있는 바우트는 남들보다 반은 더 커 보이는 체구에 등 뒤에는 거대한 클레이모어까지 메고 있었다.

다른 사람은 몰라도 그 두 사람은 이들을 압도하기에 충분한 분위기를 가지고 있었다.

“그… 마녀에 대해서는 왜 묻는 것인지……?”

두 사람 중 삐쩍 마른 그리비츠가 좌우로 눈을 굴리며 조심스러운 목소리로 물었다.

갑자기 이런 식으로 다가오는 라케시드 등의 모습이 수상쩍게 여겨졌던 것이다.

일행 역시 갑자기 마녀라는 말에 관심을 보이는 라케시드에게 의문을 갖기는 마찬가지였다.

‘혹시 지난번의 베른에서 있었던 사건 때문일까?’

예상할 수 있는 것은 그 정도이기는 하지만 베른 시의 모습을 보면서 눈썹 하나 까딱하지 않았던 라케시드이다.

레인이라면 몰라도 그가 그 사건 때문에 마녀에 대해 묻는 것이라는 생각은 들지 않았다.

"묻는 말에 대답이나 해. 그 마녀는 어디에 있나? 그리고 그 거대한 뱀이라는 것 혹시… 길이는 3m 정도에, 어지간한 아름드리나무 두께 정도만 하고, 이마에 유니콘 뿔처럼 나선 형태의 뿔이 솟아 있지 않냐? 눈은 검은색에 고양이 눈동자처럼 길게 찢어져 있고."

"어… 어떻게……?"

마치 직접 본 것처럼 설명하는 라케시드의 말에 둘의 눈동자가 동그랗게 커졌다.

"코가크리프라고, 마계에서 애완동물로 사육되는 녀석이다. 아마도 너희가 봤다는 그 여자는 소환 계열의 흑마법사 같다는 생각이 드는군. 만나 봐서 아니면 할 수 없는 거지만."

레비와 그리비치는 대수롭지 않게 말하는 라케시드를 미친놈 보는 듯한 시선으로 바라보았다.

흑마법사, 또는 마녀라는 존재들은 마족의 힘을 빌려 세상에 행사하는 자들이다.

성 하나쯤은 순식간에 괴멸시킬 수 있는 무시무시한 능력을 가진 이들인 것이다.

그러한 자를 어린 소년이 만나겠다며 당당하게 말하는 것을 보았으니 기가 차지 않으면 이상할 것이다.

더군다나 다른 이들처럼 거짓말이라고 생각하는 것 같지도 않으니 말이다.

"이 일행으로 그 마녀를 만나겠다고? 아서라, 꼬맹아. 위험한 일이다."

레비는 몸을 부르르 떨며 공포 어린 표정을 지었다.

불과 조금 전에 느꼈던 거대한 뱀의 머리와 뺨에 와 닿던 차갑고 축축한 혀의 느낌이 기억나 온몸에 소름이 끼치는 느낌이 들었다.

"우리는 살아서 도망친 게 아니야. 그 마녀가 살.려.준. 거.지. 무슨 생각을 하고 있는지 모르겠지만 하루라도 빨리 이 도시에서 도망치는 것이 살길이다."

공포로 새파랗게 질린 레비의 모습은 그가 느꼈을 두려움이 어느 정도였는지를 짐작할 수 있게 했다.

일행은 자신도 모르게 침을 삼켰다.

왠지 몇백 년간 활동하지 않던 흑마법사들에 대한 이야기를 요 몇 달 동안 계속해서 마주하는 것 같다는 생각이 들었다.

"자질구레한 말은 필요없어. 위험한지, 그렇지 않은지는 내가 결정하는 거야. 그 마녀라는 존재를 어디서 봤는지나 말해봐라."

라케시드의 오만한 명령에도 레비와 그리비치는 아무런 이상함을 느끼지 못했다.

아랫사람에게 명령하듯 말하는 라케시드의 말투는 평어를 말하듯 자연스러웠다.

레비와 그리비치는 귀족들에게 그러한 어투의 말을 거의 매일 접하다시피 하며 살아왔다.

"아, 알카이노 산맥입니다!"

그들은 라케시드의 말에 반사적으로 대답하고 나서야 아차

하며 표정을 굳혔지만 그때는 이미 일행이 저 멀리로 사라져 가고 있을 때였다.

"저 말투는 설마 귀족… 인 건가?"

레비는 해쓱해진 얼굴로 자신의 목을 쓰다듬었다.

에스카라노 대륙은 강력한 계급제에 의해 통치되는 세계였다.

그렇기에 평민이 귀족에게 말을 함부로 했다가는 귀족 모독죄로 그 자리에서 목이 잘리는 경우도 있었다.

게다가 호위하듯(?) 그를 중심으로 따라다니는 일행의 모습을 보니 그의 생각에 확신이 더해졌다.

"…그 마녀랑 만나서 죽지나 않았으면 좋겠군."

레비는 귀족에 대해서 좋게 생각하지 않는 사람이었다.

하지만 만약 그가 죽게 된다면 그를 모시는 이들은 그 원인을 자신이 그에게 마녀가 있는 장소를 알려줬기 때문이라고 말할지도 모른다.

그리고 그렇게 된다면 아마도 편한 삶을 살 수는 없으리라.

그의 시선이 탐탁지 않은 듯 라케시드 등의 뒤를 바라보았다가 돌려졌다.

"뭐, 나는 그저 알려달라고 하기에 말해줬을 뿐이니까……."

하지만 불안한 그의 감정을 모두 떨쳐 낼 수는 없었는지 그의 목소리는 잘게 떨렸다.

“이곳인가?”

일행은 모두 자신들의 눈앞에 펼쳐진 오솔길의 풍경을 심각한 표정으로 응시했다.

사람들이 별로 왕래하지 않았음을 나타내듯 길 위에는 잡초가 무성히 자라 있었고 주변으로는 나무가 울창하게 우거져 있었다.

“별로 높아 보이지는 않은데 산세는 조금 험한 것 같군.”

라케시드는 가만히 서서 산에서 느껴지는 기운을 훑었다.

인공적인 무언가가 가미되지 않은 듯 숲에는 깨끗하고 농도 높은 마나의 기운이 가득 깔려 있었다.

그 때문에 조금 방해가 되기는 했지만 라케시드는 어렵지 않게 그 안에 자신이 찾는 기운이 숨어 있다는 것을 느꼈다.

그것은 분명 마족의 기운과 같은 짙은 어둠의 기운이었다.

아무래도 도시에서 그들이 말했던 마녀의 이야기는 사실일 수도 있다는 생각이 들었다.

“그런데 라케시드, 대체 여기는 왜 온 거야? 만약 그곳에 있는 것이 마녀가 확실하면 이대로는 좀 어려울 것 같은데……. 무엇보다 우리 쪽에는 신관도 없다고. 만약 마족이나 그런 거라도 나타나면 어떻게 하려고 그래?”

레인이 걱정스러운 표정으로 라케시드를 바라보았다.

바우트는 그가 드래곤일지도 모른다고 말했지만 마법사인 그가 보기에 라케시드에게서는 전혀 마나의 향기가 느껴지지 않았다.

드래곤이라는 존재를 만나본 적은 없지만 마법을 사용할 수 있는 자라면 마땅히 주변의 마나가 친근하게 그에게 달려들 것이 분명했다.

하지만 라케시드의 주위에 있는 마나들은 무엇이 두려운지 주변을 뱅글뱅글 돌기만 할 뿐, 선뜻 그에게 다가가지 않았다.

마치 그 공간만 마나가 텅 비어 있는 느낌이랄까.

그것은 라케시드가 마법을 사용할 수 없는 몸이라는 뜻이었다.

그리고 그가 절대 마법의 종족이라 불리는 드래곤일 수 없다는 증거이기도 했다.

라케시드는 레인의 말에 흘끗 일행의 표정을 바라보았다.

그들의 표정에는 하나같이 의문이 떠올라 있었지만 딱히 두려움이라는 감정은 비치지 않았다.

오히려 무언가에 대한 기대감이랄까, 믿음이랄까.

그러한 것이 라케시드를 향해 반짝반짝 빛을 발하고 있었다.

왠지 부담스러운 그 눈빛에 라케시드가 움찔하며 시선을 피했다.

"여기 있는 것이 마녀가 맞다면… 한 가지 알아봐야 할 게 있거든. 그리고 부탁할 것도 있고."

호문클로스에 대한 것과 그 호문클로스 중의 하나가 자신에 대해 알고 있는 원인에 대해서 정확히 알아야 했다.

마녀라 불린 그녀와 계약한 마족이 누구인지는 현재로써는 알 수 없었다.

하지만 그가 누구든 말로 안 된다면 무력에 의한 협박을 통해서라도 마계의 상황에 대해 알아봐야 한다는 생각이 들었다.

고위급 마족이라면 어렵겠지만 적어도 중급 마족이거나 상급 마족이라면 충분히 가능성이 있는 일이었으니까.

하지만 그것을 위해서라면 일행은 함께 있지 않는 편이 나았다.

그의 말을 이해해 줄 리도 없을뿐더러 오히려 방해나 하지 않는다면 다행일 테니까.

"그런 의미에서 너희들은 돌아가 있어, 카이린만 남고."

"뭐어어?!"

당연히 함께 가리라 생각했던 일행의 얼굴이 당황으로 변했다.

어려울지도 모른다는 생각은 그들 역시 하고 있었다.

하지만 방해가 된다면 카이린 역시 두고 가는 것이 정석이었다.

그런데 오히려 다른 일행은 다 두고 가면서 카이린만 데리고 간다는 말은 일행에게 납득이 가지 않았다.

"너무하잖아! 우리는 같은 용병단이라고. 아무리 위험해도 단장 혼자만 보낼 수는 없잖아? 무슨 일인지는 몰라도 함께해야지!"

"그래. 그동안 함께했던 우리의 우정(?)은 잊은 거야? 마녀

에게 대체 무얼 부탁하려는지 몰라도 방해는 안할 테니까 그
렇게 버리고 가지 마."

일행의 격렬한 반발에 라케시드의 몸이 움찔거렸다.

그는 설마하니 일행이 이러한 반응을 보일 것이라고는 꿈에
도 생각하지 않았다.

그동안 함께한 시간이 있으니 일행이 자신의 실력을 모르는
것은 아닐 것이다. 그러면 안전에 대한 것 역시 걱정할 필요가
없음을 알 것이다.

그런데도 굳이 따라가겠다며 열을 올리는 그들을 보니 이상
하게 가슴이 울렁거리는 기분이 들었다.

더군다나 그는 말미(末尾)에 분명 마녀에게 알아볼 것과 부
탁할 것이 있다고 말했다.

그런데 그러한 것이 상관없다는 듯 방해가 되지 않겠다고
말하는 그들의 말은 라케시드에게 무척 의외로 다가왔다.

적어도 '어둠의 존재에게 부탁이라니 가당치도 않다! 차라
리 멀리 돌아가더라도 다른 방법을 알아보는 것으로 하자!' 라
고 말할 줄 알았는데 말이다.

하지만 일행은 나름대로 라케시드에 대한 믿음이 있기에 그
렇게 말했던 것이다.

그동안 함께한 동안의 라케시드의 행적을 보아서는 정체가
무엇이든 결코 악인은 아니라고 생각한 것이다.

물론 그들이 보기에 라케시드는 타인에 대한 연민이라든지
기타 기본적인 인간적인 감정은 부족해 보였다.

하지만 그는 아이에게 친절했고, 자신과 직접적으로 부딪치지 않는 이상 타인에게 피해를 주지 않았다.

그것은 어느 면에서는 세오스와 비슷했다.

타인에게 무관심할 뿐 누군가에게 일부러 피해를 주는 성격은 아닌 것이다.

하지만 라케시드는 그러한 일행의 태도에서 불편함을 느꼈다.

그는 믿었던 타인에게서 배신 받는 느낌이 어떠한 것인지를 알고 있었다.

어찌 보면 사소한 것이라고 생각할지도 모르겠지만 아이켄이 그에게 숨긴 것이 있었다는 사실을 알았을 때 얼마나 괴로웠던가.

그것은 마치 심장을 칼로 도려내어 갈기갈기 찢어내는 것과 같은 느낌이었다.

인간은 마족을 믿지 않는다.

그가 마족이라는 것을 알게 된다면 일행 역시 그를 전과 같은 눈으로 바라볼 수는 없을 것이다.

그러니 그 역시 인간을 믿어서는 안 된다.

어차피 그 믿음의 끝은 심장에 박힌 한 자루의 검에 의해 증명될 테니.

"후우, 만약 너희들이 내 일을 방해한다면… 내가 직접 너희들을 죽일 수도 있다. 그래도 따라올 거야?"

스산하게 가라앉은 라케시드의 시선에 일행이 몸을 움찔

했다.

그러고 보니 라케시드의 분위기가 평소와는 달리 조금 차갑고 단호하게 느껴졌다.

일행은 그의 말이 심상치 않다는 것을 느꼈지만 그것이 정확히 어떤 의미인지는 추측할 수 없었다.

"무슨 일인지는 모르겠지만… 네가 나쁜 짓을 저지를 것 같지는 않군. 마녀에게 무엇을 부탁할지는 모르겠지만 방해하지 않겠다. 다른 녀석들이 방해한다면 내가 막도록 하지."

당황해서 아무런 대답도 하지 못하는 일행을 대신해 레인이 나서서 말했다.

그를 믿는 마음도 있었지만 사실은 호기심이 더욱 컸다.

그동안의 라케시드는 카이린의 스승을 찾기 위해 움직인다고만 했을 뿐이다.

하지만 그들의 태도를 살펴본 바에 의하면 목적은 그것뿐만이 아닌 듯싶었다.

카이린이 마법을 배우는 것은 그것을 위한 수단의 하나일 뿐 목표가 아니었던 것이다.

라케시드의 능력에도 불구하고 마녀의 도움을 필요로 해야만 하는 것.

그는 그가 바라보고 있는 것이 무엇인지가 궁금했다.

단지 느낌뿐이었지만 어쩌면 그것이 지난번 베른 시에서의 사건과 관련이 있을 것 같다는 생각이 들었던 것이다.

결국 라케시드는 그들의 합류를 허락할 수밖에 없었다.

굳이 방해를 하지 않겠다고 말하는데 마땅히 거부할 만한 이유가 생각나지 않았던 것이다.

'어차피 나중에 방해가 된다면 그때 가서…….'

라케시드의 눈동자가 깊게 가라앉았다.

어지간하면 그들을 죽이고 싶지 않았다.

그래서 어떻게든 떼어놓으려 했지만 이렇게 된 이상 어떻게든 정체를 들키지 않기 위해 노력할 수밖에 없다.

만약 그럼에도 불구하고 정체를 들켜 저들이 자신을 향해 적대감을 비치게 된다면…….

'결론은 그때…….'

아직은, 아직은 괜찮다.

라케시드는 조용히 눈을 감고 마음을 가라앉혔다.

조급해할 필요는 없었다.

우선은 이 산에 자리 잡고 있는 마족이 누구냐가 중요한 일이었다.

만약 그와 적대적인 존재라면 정체고 나발이고 공격부터 할 터이고, 친근한 존재라면 간단한 질문만으로 문제를 해결할 수 있을 테니까.

푸드덕!

그때였다.

산에 있던 산새들이 무언가에 놀란 듯 한순간 하늘 위로 날아올랐다.

긴장한 채 길을 걷고 있던 일행이 소리에 놀라 반사적으로 무기를 움켜쥐었다.

쏴아아아―

바람결에 숲이 흔들렸다.

나무들이 서로 가지를 부딪치며 스산한 울음소리를 흘렸다.

일행은 어쩐지 해가 떠 있음에도 불구하고 주위가 어둡다고 생각했다.

그것은 마치 눈꺼풀 위에 투명한 어둠의 장막을 하나 뒤집어씌운 듯한 느낌이었다.

일행의 얼굴이 긴장감으로 굳어졌다.

꿀걱.

누군가의 목에서 목울대가 움직이는 소리가 들려왔다.

라케시드를 믿고는 있었지만 그것과는 별개로 흑마법사에 대한 본능적인 공포는 여지없이 그들의 마음을 쥐고 흔들고 있었다.

일행은 모두 정체를 알 수 없는 거대하고 두려운 존재가 자신들을 향해 이빨을 드러내는 것 같은 기분을 느꼈다.

마치 뱀 앞에 선 개구리처럼 온몸이 얼어붙는 기분에 일행의 표정이 딱딱하게 굳어졌다.

그러한 일행의 반응과는 달리 라케시드는 시종일관 침착함을 유지하고 있었다.

하지만 그라고 해서 감정의 변동이 없는 것은 아니었다.

기운이 가까워질수록 라케시드의 표정은 서서히 기묘하게 변해갔다.

“이 기운은…….”

그것은 라케시드가 마계에서 몇 번이나 마주친 적이 있는 존재를 떠올리게 하는 기운이었다.

친하다고 하기에도 애매하고, 사이가 나쁘다고 말하기도 뭐한 마족.

“설마 그 녀석은 아니겠지?”

라케시드는 가슴속에 짙은 불안감이 스멀거리는 것을 느꼈다.

그의 시선을 느낀 것인지 그가 보고 있던 곳의 풀숲이 파삭파삭 소리를 내며 거칠게 몸을 흔들었다.

그 모습에 일행이 흠칫 놀라 무기를 치켜 올렸다. 그들의 이마에는 어느새 굵은 땀방울이 맺혀 있었다.

일행의 사이에 긴장감이 흐르는 순간, 수풀이 사르륵 길을 비키며 커다란 무언가가 홱 모습을 드러냈다.

“뭐, 뭐야?!”

“배, 뱀?”

일행의 얼굴에 당혹감이 떠올랐다.

그들의 앞에 모습을 드러낸 것은 제보(?)대로 마녀가 소환해 낸다고 하는 커다란 뱀이었다.

코가크리프.

마계에서만 존재한다는 그 몬스터가 모습을 드러낸 것이다.

말로만 듣고 상상했던 모습보다 두 배는 커 보이는 그 압도적인 크기에 일행의 표정 위로 사색이 번져 갔다.

코가크리프의 온몸을 감싼 청록색 비늘은 철갑처럼 단단해 보였다. 그리고 그것을 뚫고 검을 집어넣더라도 치명타는 입히기 힘들어 보일 정도로 몸집이 거대했다.

더군다나 이마 위에는 공격을 위한 것인지 뾰족하게 날이 선 뿔도 하나 길게 자라나 있었다.

아마 그걸로 공격해 들어온다면 숙련된 기사가 쓰는 랜스차지보다 더욱 강한 위력을 발휘할 것이다.

일행은 마치 먹이를 바라보는 포식자의 그것처럼 번들거리는 코가크리프의 눈동자에 오한을 느꼈다.

여타의 동물과는 달리 커다란 검은 동공에 세로로 길게 찢어진 노란 동공이 탐욕스럽게 빛나고 있었다.

긴장하던 일행의 몸이 더욱 딱딱하게 굳어졌다. 눈앞에 나타난 코가크리프의 모습 뒤로 또 다른 그림자가 나타났기 때문이다.

자그마치 셋이라는 숫자가 나란히 함께 등장한 것이다.

"모두들… 조심해라."

바우트가 긴장 어린 목소리로 입을 열었다. 그의 이마 옆으로 땀방울이 길게 꼬리를 이으며 흘러내렸다.

어쩌면 이곳에 마녀가 있다는 그들의 말은 사실일지도 모른다는 생각이 들었다.

이대로 두면 곧 전투가 벌어질 것 같은 일촉즉발의 상황이었다.

라케시드가 무언가 말을 하려 입을 여는 순간, 어디선가 짜

랑짜랑하게 울리는 여자의 목소리가 들려왔다.

"꺄아~! 쿄이! 큐이! 케이! 사람들 괴롭히지 말랬지!! 니들 때문에 사람들이 숲에 안 들어으잖아! 그럼 먹고살기가 막막해진단 말이야! 여기 있던 동물들도 다 너희들의 살기 때문에 도망갔는데 나보고 풀만 씹으라는 거야, 뭐야?"

"……?"

세 마리의 코가크리프가 그 목소리에 몸을 움찔거리며 시선을 돌렸다.

일행의 시선 역시 그들의 시선을 따라 목소리가 들린 곳을 향해 움직였다.

그곳에는 붉은 머리카락을 네 갈래로 땋은 성격 있어 보이는 십팔구 세쯤의 여인이 허리춤에 두 손을 얹은 채 코가크리프들을 노려보고 있었다.

"저 여자가… 마녀?"

일행이 얼떨떨한 표정으로 그녀를 바라보았다.

예쁘장하게 생긴 여인은 새빨간 원색의 드레스를 입었다는 것을 제외하면 어디에서든 쉽게 볼 수 있을 듯한 모습을 하고 있었다.

단지 이웃집에 사는 대가 센 여자 아이 같은 느낌이랄까.

그녀의 모습 어디에서도 시커먼 로브나 해골로 만든 스태프 등 일반적인 흑마법사—또는 마녀—의 이미지는 찾을 수가 없었다.

물론 이웃집에 사는 평범한 소녀가 몬스터를 향해 큰 소리로 떽떽거릴 일은 없을 테지만.

일행이 긴장하는 표정으로 자신을 바라보는 것을 알았을까, 그녀가 일행을 향해 고개를 돌렸다.

"어라? 이 사람들은 안 도망가네?"

그녀의 초록빛 눈동자가 신기하다는 듯 일행을 훑었다.

이곳에 온 이들은 모두 이 커다란 뱀을 보고 도망갔는데, 그렇지 않은 이들을 보자 신기하다는 표정이었다.

그 순진무구한 눈빛에 일행이 모두 몸을 움찔거렸다.

그들은 차마 눈앞의 가녀린 여인을 향해 검을 빼 휘두를 엄두가 나지 않았다. 그녀가 먼저 그들에게 공격을 하기라도 했다면 차라리 편하게 적대감을 비칠 수 있었을 것이다.

하지만 그녀는 오히려 그들을 향해 혀를 날름거리며 위협하던 코가크리프의 행동을 저지하지 않았던가?

"너는… 이 몬스터와 대체……?"

레이지가 당혹스러운 표정으로 그녀와 코가크리프를 번갈아 돌아보았다.

그녀가 나타난 이후 코가크리프들은 몬스터라는 이름이 아까울 정도로 온순하게 변해 자신들끼리 몸을 부대끼며 장난을 치고 있었다.

그런 모습에 일행 모두가 어이없어하고 있었다.

하지만 여인은 만날 보는 장면이라 흥미가 없다는 듯이 그들에게 흘끗 시선을 줬다가 거둔 후 어깨를 으쓱거렸다.

"아~ 그거요? 아하의 애완동물이라던데? 이름은 저쪽에 있는 이마 중앙에 검은 비늘 하나가 있는 녀석이 쿄이구요, 그 옆에 조금 날씬하고 키(?)가 큰 애가 큐이구요, 옆에 제일 작고 뿔도 조그만 애가 케이예요."

"아니, 이름을 물어본 것은 아니다만."

레이지의 이마에 땀방울이 삐질 흘러내렸다.

그의 머릿속에 정말 이 여자가 마녀인가 하는 의문이 스치고 지나갔다.

'아냐! 아냐! 어쩌면 이 모든 것이 다 연기일지도 몰라. 으음. 생각보다 고단수일지도……'

레이지는 수상쩍은 시선으로 그녀의 모습을 위아래로 훑어보았다.

어딘가 자신이 찾지 못한 수상한 부분이 있는지를 찾으려 했던 것이다. 하지만 아무리 봐도 평범한 소녀 그 이상으로는 보이지 않았다.

혼란스러워하는 그들과 달리 라케시드는 그녀를 바라보고 있지 않았다. 그는 그녀의 뒤쪽에 있는 숲을 똑바로 바라보며 외쳤다.

"아하는 애칭인가? 그만 나오지 그래? 이런 데서 뭐 하고 있는 거야?"

라케시드는 상당히 어이없어하고 있었다.

이곳에 짙게 깔려 있는 어둠의 마력과 짙은 마나의 느낌으로 봐서 분명 마족이 내려와 있는 것은 사실일 것이라 생각했다.

하지만 막상 마주한 마족이 이 녀석이라니 정말이지 무언가 커다란 둔기로 뒤통수를 맞은 기분이 들었다.

"아하만브르드!"

라케시드의 입에서 하나의 이름이 흘러나왔다.

그 부름에 답하듯 주위를 에워싸고 있던 어둠이 일렁이더니 여인의 뒤쪽 숲 안에서 한 남자가 걸어나왔다.

무릎까지 흘러내려오는 회색의 머리카락.

가늘게 뜨인 청색 눈동자.

보는 순간 남녀노소를 불문하고 눈을 뗄 수 없을 정도로 사이한 분위기를 풍기면서도 무척이나 아름다운 외모를 가지고 있는 남자였다.

그의 등 뒤로 키보다 길어 보이는 거대한 언월도가 메어져 있는 것이 특이사항이라면 특이사항이랄까.

무표정하던 그의 눈이 라케시드와 정면으로 마주친 순간 그가 짓궂은 미소를 지었다.

"여어— 오랜만에 뵙는군요, 가출 청소년님."

"……?!"

예상치 못한 그의 인사말에 라케시드의 얼굴에 황당함이 번졌다. 일행의 시선도 한순간 라케시드에게 모아졌다.

"가출……?"

가출이란 무엇인가?

사전적 의미로는 가정을 버리고 집을 나간다는 뜻.

그리고 가정생활에 불만을 갖거나 외부의 유혹에 의해 안정

된 생활을 하지 못하고 도피하듯 집을 떠나는 행동을 말한다.

그럼 청소년이란 말은 또 무엇인가?

에스카라노 대륙에서 정의하는 청소년이란 18세 미만의 남성, 혹은 16세 미만의 여성을 뜻한다.

라케시드의 나이가 열일곱 살이라고 했으니 분명 청소년에 속하는 나이는 맞다.

하지만…….

"설마 설마 하기는 했지만 진짜로 가출한 귀족 도령이었나?"

"저 정도 실력으로 진짜 가출?"

그들은 자신들의 귀로 들려온 말을 믿을 수가 없었다.

사실 그의 태도로 보아서는 가출을 했다고는 절대로 믿기 힘들 정도로 당당했다.

그래서 일행은 그가 귀족가의 도련님이라고는 생각했지만 집안에 허락을 받고 무사 수행 같은 것을 나온 것이라고만 생각했다.

그리고 그러한 생각에는 은연중 밖으로 뿜어져 나오는 그의 카리스마적인 분위기에 기인한 것도 많았다.

나이가 어린 것으로 치부하기엔 그의 몸에 배어 있는 전투의 노련함이라든지 순간순간의 상황 판단이나 리더십이 너무나 능숙하고 자연스러웠던 것이다.

마치 정식으로 사람을 다루는 법을 배운 대귀족의 후계자처럼.

그러니 그가 치기 어린 어린아이처럼 가출을 시도했다는 것에 놀라지 않을 수 없었던 것이다.

그런 그들의 경악과는 달리 라케시드와 아하만브르드의 대화는 계속 이어지고 있었다.

"대체 누가 가출이야?!"

"응? 그럼 아니셨습니까?"

"그, 그건… 당연히 아니지!!"

라케시드는 잠시 움찔했다가 곧 억울한 얼굴로 소리쳤다.

물론 그러한 마음이 아주 없었던 것은 아니다.

마계를 벗어나고 싶다는 생각은 자라면서 몇 번이나 해왔던 생각이니까.

어머니가 자란 중간계 역시 가보고 싶었던 마음이 아주 없지는 않았다.

하지만 자신은 마계의 마왕자였다.

인간의 피가 섞였다는 이유로 다른 마족에게 경멸받으며 자라왔지만 그는 분명 마계에 속한 이였다.

그러하기에 그들의 경멸을 차곡차곡 마음에 쌓으며 자신의 자리를 찾으려 애를 썼다.

그러는 동안 중간계에 대한 생각은 점점 마음속에서 사라져갔다.

오히려 다른 평범한 마족들보다도 더욱 관심을 갖지 않을 정도로.

거기다가 이번에 이곳에 온 것은 100% 스스로의 의지가 아니었다.

마계에 있으면 그대로 괴로워하다가 죽을지도 모른다고 생각했고, 그 순간 타이밍 좋게 세크리티히의 꼬임이 들려왔을 뿐이다.

그리고는 아차 하기도 전에 차원의 문이 열려 중간계로 떨어져 버렸고.

라케시드는 죽어도 자신이 가출을 했다고 여기지 않았다.

가만히 탐색하듯 라케시드의 눈을 응시하던 아하만브르드의 얼굴이 서서히 난감하게 변했다.

“이것참, 정말인가 보군요. 그럼 대체 이블루시아님은 어디로 가신 건지…….”

“뭐?”

혼잣말에 가까운 아하만브르드의 중얼거림에 라케시드의 몸이 움찔 떨렸다.

이블루시아는 본인이 원하면 어디든 갈 수 있다. 그녀는 라케시드와는 달리 완전한 성인 마족이었으니까.

하지만 아하만브르드의 어투에서 느껴지는 느낌은 그러한 것이 아니었다.

그의 심장이 불길하게 두근거렸다.

“누님이 왜? 어디 놀러라도 가신 거 아니야?”

라케시드의 음성이 자신도 모르게 살짝 떨려 나왔다.

“흐음. 그게… 저도 그런 줄 알았는데 흔적이 전혀 안 남아 있어서 말입니다. 보좌관인 로드리온도 허둥대고 있고…….

지금 마계는 왕위 계승자가 둘 모두 아무런 징조도 없이 사라
져 버리는 바람에 아주 난리도 아닙니다. 표면상으로는 아무
런 일도 없는 것 같지만 두 분을 추종하는 무리가 서로 상대를
탓하며 문제를 만들고 있으니까요.”

“……!”

라케시드의 눈동자가 흔들렸다.

그가 아는 이블루시아는 누구보다도 책임감이 강한 존재였
다. 결코 아무에게도 말하지 않고 자리를 비워 다른 이들이 걱
정하도록 만드는 이가 아닌 것이다.

한편 다른 이들은 중간 부분부터 들리지 않은 그들의 목소
리에 계속 귀를 기울이고 있다가 놀란 표정을 지었다.

“저거 무슨 마법이지? 레인, 너는 아냐?”

답답한 듯 묻는 레이지의 질문에 레인이 딱딱하게 굳은 표
정으로 입을 열었다.

“사일런스라고, 풍속성에 속해 있는 5서클 마스터 급의 마
법이야. 게다가 저걸 쓴다고 해도 어지간한 마나로는 5분이 한
계야. 정말 중요한 얘기를 나눌 때만 쓰는 거니까. 그런
데……”

레인은 뒷말을 꾸욱 삼켰다.

그의 머릿속에 라케시드는 드래곤이 아닐 것이라는 생각이
서서히 수정되어 가고 있었다.

그들이 이야기를 나누는 시간은 10분을 넘어 거의 20여 분

에 가까워지고 있었다.

그러나 두 사람 중 어느 누구의 얼굴에도 피곤함 따위는 보이지 않았다.

그 마법을 쓰고 있는 존재가 둘 중 누구인지는 그의 능력으로는 알 수 없었다.

그러나 단 하나 확실한 것은, 그것이 누구이든 간에 결코 인간일 수 없다는 것이었다.

밖에 있는 일행이 무슨 생각을 하는지와는 상관없이 라케시드와 아하만브르드는 편하게 이야기를 나누고 있었다.

"…그러면 그것에 대해서는 아무도 모르고 있다는 거야?"

"그렇습니다. 호문클로스라니, 들어본 적은 있지만 그게 또 다시 나타났다는 말은 처음 듣는군요."

"그럼 신관들의 수상한 동향에 대해서도 모르고 있겠네?"

"신관들의 수상한 동향 말입니까?"

아하만브르드의 눈동자에 호기심이 어렸다.

그는 이블루시아와 라케시드의 행방을 찾는 것을 최우선으로 여겼기에 그 외의 수상한 상황에 대해서는 신경 쓸 겨를이 없었다.

그런데 지금 이블루시아는 찾지 못했어도 가장 중요한 후계자라 할 수 있는 라케시드를 찾자 주변 일에도 시선을 둘 여유가 생긴 것이다.

"성기사들이 마을 몇 개를 몰살시켰더군. 마녀 사냥이라도 하려는 건지.”

라케시드의 눈이 잠시 카이린을 스쳤다. 그는 잠시 연민 어린 눈동자로 그녀를 바라보다가 아하만브르드의 옆에 있는 여인에게 고개를 돌렸다.

“그런데 저 여자는……?”

처음에는 아하만브르드와 함께 있기에 그의 계약자인가 생각했다.

하지만 그녀에게서는 흑마법사나 마녀 특유의 마력의 힘이 느껴지지 않았다.

오히려 맑은 바람 같은 마나의 느낌이랄까. 그러한 것이 짙게 풍겨 나오고 있었다.

아하만브르드는 라케시드의 시선이 가리키는 곳을 바라보며 머리를 긁적였다.

“뭐, 전하께서 말씀하시는 것처럼 신관들의 마녀 사냥에 희생된 마을의 생존자라고나 할까요.”

“뭐?”

라케시드의 눈이 동그랗게 떠졌다. 아까는 신관들의 수상함에 대해 모르고 있다며? 라케시드의 시선은 마치 그렇게 말하는 것 같았다.

“하하, 그게 마계에서 나올 때 어쩌다 보니 마렌의 마을로 떨어져 버려서 말입니다. 백 년 전까지만 해도 아무것도 없는 숲이었는데 말이죠. 어쨌든 거기서 혼자 성기사 일곱 명을 상대하고 있었는데 거의 지쳐서 쓰러지기 일보 직전이더군요.

4서클밖에 안 되면서 말이죠."

"안녕하세요. 마렌이에요."

라케시드는 자신을 향해 생긋 미소 짓는 그녀를 향해 떨떠름한 표정을 지었다.

"네 계약자는 아닌 것 같은데?"

"하하, 소환 때문에 온 것은 아니니까요. 그런데 아까 그 말은 성기사들이 마렌이 사는 곳 외에도 여러 마을들을 몰살시켰다는 이야기입니까?"

"응."

라케시드는 고개를 끄덕였다.

"내 일행 중 카이린도 희생된 마을의 생존자 중 하나야."

"호오……. 계약자이신 겁니까?"

재밌다는 듯 반짝이는 아하만브르드의 눈동자에 라케시드가 아차 하는 표정으로 몸을 움찔 떨었다.

"성년식도 치르기 전에 계약이라… 아주 생명줄을 놓으려고 작정을 하셨군요?"

미성년 마족의 계약은 성공률도 낮지만 그만한 위험성도 있다.

그러한 것을 모를 리 없는 라케시드가 대책없이 인간과 계약을 맺었다는 것을 알게 되자 아하만브르드는 분노보다 호기심이 앞섰다.

"게다가 전하께서는 인간을 싫어한다고 생각했는데 말입니다."

　마계에서 중간계에 가장 관심을 보이지 않던 마족이 라케시드다.

　자신에게 흐르는 피의 반쪽이 인간의 것이라는 콤플렉스 때문인지 유난히도 중간계에 대한 이야기에 시큰둥한 반응을 보였던 것이다.

　그러했기에 아하만브르드는 이블루시아보다 라케시드를 더욱 걱정했었다.

　이블루시아야 성년에다가 마계 서열 17위의 고위 마족이니 아무래도 걱정이 덜했다. 게다가 그녀의 성격상 어디 가서 누군가에게 당할 일도 없었다.

　하지만 라케시드는 그녀와는 반대로 무언가 시선을 떼면 무너질 것 같은 위태로운 불안감 같은 것이 있었던 것이다.

　그것은 그가 반마족이나 미성년자라는 의미를 떠나 그의 영혼 자체가 갈 곳을 찾지 못한 채 여기저기를 부유하고 있는 듯한 느낌 때문이었다.

　마치 한 컵의 물에 떨어진 한 방울의 기름처럼 다른 이들에게 섞이지 못한 채 주위만을 맴도는 것 같은 느낌이랄까. 그런 기분이 그로 하여금 어쩐지 신경을 끊을 수 없도록 만들었던 것이다.

　"전 중간계에서 누군가를 만난다면 이블루시아님일 거라고 생각했는데 말입니다."

　아하만브르드는 알 수 없다는 표정으로 볼을 긁적였다.

　잠시 그 모습을 물끄러미 바라보고 있던 라케시드가 계속

묻고 싶었던 질문 하나를 입에 담았다.

"…아이켄은?"

"네?"

"아이켄은 어떻게 지내고 있어?"

Chapter 27
아이켄의 음모

MUTATION
DEMON

긴 종유석이 천장을 빼곡히 메우고 있는 한 동굴 안.

어디선가 흘러들어 오는 빛 한 점만이 사위를 겨우 구분할 수 있을 정도로 어둠에 둘러싸인 그곳에 한 여인의 한 맺힌 절규가 울려 퍼졌다.

"제길~! 아이켄 이 빌어먹을 자식!! 나가기만 해봐! 아주 갈기갈기 찢어 마물들의 먹이로 던져 줘버릴 테다!"

엉덩이 아래까지 내려온 굵은 웨이브의 붉은 머리카락에 붉은 눈동자를 가진 여인. 바로 마계의 왕녀이자 라케시드의 누나인 이블루시아였다.

주위를 둘러보는 그녀의 눈동자에 귀화(鬼火)가 타올랐다.

"으드득—! 이렇게 가둬둔다고 내가 포기할 줄 알아?"

　아이켄이 무슨 생각을 하고 있는지는 몰라도 그녀를 해칠 생각이 아니라는 것은 주변에 흐르는 짙은 마력의 기운만으로도 알 수 있었다.

　아직 2천 살이 되지 않아 주변의 기운을 에너지로 흡수하기 힘든 그녀조차 호흡마다 흘러들어 오는 충만한 기분을 느낄 수 있을 정도로 이곳에 깔린 마기는 깨끗하면서도 짙었다.

　아이켄이 이곳에 그녀를 가둔 후 얼마의 시간이 지났는지는 모른다.

　하지만 주변에 흐르는 기운으로 인해 자신이 이곳에 갇히기 전보다 훨씬 강해졌음은 충분히 인식할 수 있었다.

　하지만 그러면 뭘 하는가.

　자유를 구속당한 채 아무것도 없는 이곳에서 그녀를 채우는 것은 미칠 듯한 초조감뿐인데.

　"그 녀석! 대체 라케시드에게 무슨 짓을!"

　이블루시아는 신경질적으로 엄지손톱을 깨물었다.

　"순수한 진마족. 마신의 힘에 의해 탄생한 마왕이 지금 중간계에 있거든요."

　아이켄이 마지막에 내뱉었던 말이 아직도 귓가에 쟁쟁하게 울리는 기분이 들었다.

　진마족이라니? 마신의 힘에 의해 탄생한 마왕이라니?

　현재의 마왕은 베리알이다.

그는 마신이 정한 최초의 마왕에서부터 내려온 정당한 혈족이었다.

그리고 마계의 율법이 인정한 최강의 힘을 가지고 있는 마족이었다.

마신과 마족 모두가 인정한 명실상부한 마계의 주인인 것이다.

마왕에게 능력이 없는 것도 아니고, 폐위를 시켜야 할 정도로 심각한 문제가 있는 것도 아니다.

그런데 굳이 질서를 유지하고 있는 마계의 상황을 마신이 나서서 뒤흔들 이유가 없었다.

아이켄이 말한 것과 같은 진마족이니 마신이 택한 마왕이니 하는 것은 절대로 있을 수도, 있어서도 안 되는 말이라는 것이다.

"이대로 있을 수는 없어. 빨리 이곳을 나가야 해. 하지만 대체 어떻게?"

이블루시아는 끊임없이 중얼거렸다.

그렇지 않고서는 이 미칠 듯한 불안감을 견딜 수 없을 것 같았다.

마족은 어둠을 사랑한다.

그것은 물론 맞는 말이다.

하지만 그것도 본인이 어둠에 있기를 택했을 때이다.

이렇게 타의에 의해 강제적으로 어둠 속에 갇힌 채 누구와도 만나지 못하고 시간을 보내다 보면 초조함과 불안감에 미칠 것 같은 기분이 든다.

더군다나 지금은 동생인 라케시드가 어찌 되었는지도 모르는 상황이 아닌가.

이블루시아는 신경질적으로 입술을 질겅거렸다. 그녀는 자신의 생각에만 빠져 주변을 덮고 있는 어둠이 조금 흐려진 것을 눈치 채지 못했다.

고민에 빠져 있던 그녀의 귓가에 누군가의 목소리가 속삭였다.

[정말이지… 시끄럽기 그지없는 아이구나.]

"누구냐?!"

이블루시아는 목소리를 듣자마자 앞으로 튀어나가며 재빠른 동작으로 몸을 돌렸다.

[돌아보기 전에 몸을 먼저 날린다……. 좋은 선택이구나. 전투를 할 줄 아는 아이야.]

그러나 재빠르게 취했던 동작과는 달리 목소리는 여전히 그녀의 귓가에 속삭이듯 가까운 곳에서 들려오고 있었다.

이블루시아의 표정이 딱딱하게 굳어졌다. 그녀는 자신의 감각을 최고조로 끌어올렸다.

'분명 목소리가 들려온 즉시 그 의미를 판단하기도 전에 몸을 먼저 날렸다. 하지만 뒤를 보았을 때 내가 있던 곳에는 아무도 없었고, 목소리는 또다시 등 뒤에서 들려왔다.'

그 얘기는, 즉 스피드로 그를 피하기란 거의 불가능에 가깝다는 의미가 되었다.

이블루시아의 이마 위로 땀방울이 맺혔다.

그나마 다행이랄까. 누구인지는 알 수 없지만 들려오는 목소리에는 그녀를 향한 살의 같은 것은 들어 있지 않았다.

이블루시아는 그것을 느끼자 두 팔을 늘어뜨린 채 언제라도 반응을 보일 수 있도록 전신의 근육을 살짝 긴장시켰다.

이곳에 있다는 말은 아이켄이 가뒀거나 그와 관련된 다른 어떤 인물이거나 둘 중 하나라는 의미이다.

상대하기가 어렵다면 최대한 정보를 모아두는 것이 나았다.

어쩌면 이곳을 빠져나갈 수 있는 실마리를 얻을 수 있을지도 모르니까.

[흐음~ 쿡. 일단은 내 반응을 지켜보겠다는 건가?]

목소리는 이블루시아의 반응이 재미있다는 듯이 키득거리며 웃었다.

그의 웃음소리에 따라 주변을 덮고 있는 짙은 먹빛 어둠이 생명체처럼 꿈틀거렸다.

"…내가 두려운 것이 아니라면 정체를 드러내시지."

[쿡쿡. 도발하는 거야? 아서라, 아가야. 위험한 짓은 하지 않는 게 좋아. 지금은 귀엽게 봐주지만… 기분이 나빠지면 잡아먹어 버릴 수도 있으니까.]

마지막으로 내뱉은 목소리는 마치 심연 속의 어둠처럼 깊게 가라앉아 있었다.

스산한 그 목소리에도 이블루시아는 오히려 입꼬리를 살짝 올리며 서늘한 비소(誹笑)를 머금었다.

"흥, 어둠 속에 숨어 목소리만 키워대니 겁쟁이라고 할 수
밖에."

자신의 감각에 잡히지 않는 것을 보니 그의 말을 허언으로
만 치부할 수는 없었지만 협박에 꼬리를 말 만큼 그녀는 자존
심이 낮지 않았다.

죽음조차 오연(傲然)시하는 그녀의 태도에 목소리가 잠시
침묵을 지켰다.

[크크크큭.]

목소리가 낮게 숨죽여 웃었다. 마치 놀림을 받는 듯한 불쾌
한 기분에 이블루시아의 눈썹이 꿈틀거렸다.

"왜 웃지?"

[아니. 아무것도 아니야. 단지…….]

"단지?"

[설마하니 내게 이런 식으로 말할 수 있는 자가 존재할 거라
고는 단 한 번도 상상해 보지 못했거든.]

신선하다는 듯이 말하는 그의 목소리에 이블루시아가 얼굴
을 구겼다.

목소리의 주인이 누군지는 몰라도 무척이나 오만하다는 생
각이 들었다.

마계에서 가장 강하다는 마왕인 그녀의 아버지조차 누군가
에게 저런 식의 말을 하기는 쉽지 않을 것이다.

왜냐하면 세상에는 그보다 더욱 높은 존재인 마신과 주신이
존재하니까.

그렇다고 해서 귓가에 들려오는 이 목소리의 주인공이 신이라는 느낌은 들지 않았다.

마신과 주신을 굳이 성별로 표현하자면 여성체라고 할 수 있었고, 귓가에 들려오는 목소리는 낮고 허스키하게 들리는 남자의 목소리였으니까.

[그리고 그렇게 나를 찾기 위해 애쓰지 않아도 돼. 어차피 나는 이곳 전체에 있으니까. 네가 눈치 채지 못하고 있을 뿐. 봐, 지금도 바로 눈앞에 두고도 보지 못하고 있잖아?]

"……!"

이블루시아의 동공이 커졌다.

그녀의 앞으로 검은 어둠들이 꿈틀거리며 하나의 형상을 이루고 있는 것을 볼 수 있었던 것이다.

그것은 마치 하나의 구슬과도 같은 커다랗고 둥근 모양이었다.

그가 마치 웃는 것처럼 주변의 어둠을 흔들었다.

[큭큭. 이제야 찾은 모양이군. 좋아, 당돌한 아이야. 나의 잠을 방해했지만 또한 즐겁게 해준 것도 사실이니 선택의 기회를 주마. 너의 소원 하나를 들어줄 테니 대신 내 사소한 부탁 하나를 들어주겠느냐?]

잠시 놀란 듯 그를 응시하던 이블루시아의 시선이 가라앉았다.

마치 뻐기듯 으스대는 그의 행태가 무척이나 마음에 들지 않았다.

게다가 둥그렇기만 하지, 손도 없고 발도 없고 이목구비도 존재하지 않는 볼품없는 먹빛 기류의 모습에 긴장했던 것이 무색할 정도로 김이 확 빠져버린 것이다.

"됐어, 됐어. 하아~ 이제는 별 희한한 것들도 다 나를 우습게보는구나. 미안하지만 난 바쁘니까 저쪽 가서 놀아라."

휘이~ 휘이~

귀찮은 듯 손을 휘두르는 그녀의 손짓에 먹빛 기류가 부르르 떨었다.

[이… 이잇! 여기서 영영 나가지 못해도 좋다는 거냐?!]

그의 말에 돌아서던 이블루시아의 신형이 멈췄다.

스윽.

천천히 돌아서는 그녀의 두 눈이 차갑게 빛났다.

"네 알량한 소원, 접수해 줄 테니까 나가는 법부터 말해봐. 대신 못 나가면… 네놈 몸뚱이를 활활 불태워 버릴 줄 알아."

어둠을 순식간에 몰아버릴 정도로 강렬하게 타오르는 붉은 불꽃.

지옥의 불이라 불리는 8서클 대인 공격 마법인 헬파이어의 모습에 주위를 감싸던 기류가 스슥 멀어지는 것이 느껴졌다.

[좋아, 약속했다. 너야말로 그 약속을 지키지 못하면 네 손에 들린 그 불꽃이 얼마나 하찮은 것인지를 알 수 있을 것이다.]

먹빛 기류가 소용돌이를 이루며 하나의 형상을 이루었다.

마치 재로 만든 사람처럼, 혹은 동상처럼 생긴 그의 모습은 그녀가 아는 누군가와 매우 흡사한 모습을 가지고 있었다.

"라… 라케시드?"

이블루시아의 눈동자가 놀람으로 흔들렸다.

먹빛의 기류가 만들어낸 모습은 라케시드와 놀랄 정도로 흡사했다.

조금 성숙해 보이기는 했지만 라케시드가 조금 더 나이가 들면 그의 모습과 똑같지 않을까 싶을 정도였다.

그녀의 놀란 표정을 즐기듯 바라보던 그가 입가에 씨익 미소를 걸쳤다.

그의 눈동자에 오만한 희열이 감돌았다.

마치 자신이 원하는 무언가를 쟁취했다는 듯 그의 눈동자는 승리감에 젖어 있었다.

[분명히 약속했다.]

그가 다가왔다.

이블루시아는 귓가에 들리는 사악한 목소리에 움찔거리며 주먹을 쥐었다.

그는 그 모습을 키득거리며 바라보았다. 그리고는 다시 먹빛의 기류로 변해서 이블루시아의 주위를 에워싸더니 눈 깜짝할 사이에 그녀의 품 안으로 모습을 감추었다.

"크윽!"

이블루시아는 속에서 느껴지는 타는 듯한 열기에 인상을 찡그리며 자신도 모르게 신음을 내뱉었다.

생각지도 못했던 일이라 아무런 반응도 하지 못했기에 충격은 더욱 크게 느껴졌다.

동굴을 가득 메우고 있던 짙은 마력은 그 먹빛 기류를 잡으려는 듯 그 뒤를 따라 줄줄이 그녀의 몸 안으로 딸려 들어왔다.

"쿨럭~!"

묵직하게 내뱉은 기침 소리와 함께 이블루시아의 입에서 검붉은 피가 뱉어졌다.

소용돌이라고 표현해도 무방할 정도로 엄청난 속도로 사라지는 마력의 공백에 동굴을 감싸고 있던 결계가 흔들리며 사방에 균열이 일어나기 시작했다.

후드득.

균열은 가지를 뻗듯 순식간에 사방을 잠식했고, 자신을 지탱하지 못한 돌가루는 중력을 거스르지 못한 채 아래로 떨어져 내렸다.

이블루시아는 몸 위로 떨어지는 자잘한 돌멩이들을 느끼고 있으면서도 온몸의 뼈가 바스러져 가는 듯한 고통에 아무런 조치도 취할 수가 없었다.

신경이 전부 타들어가는 듯한 기분에 그녀의 머릿속이 하얗게 변했다.

희미하게 빛을 잃어가고 있는 그녀의 눈동자 위로 커다란 종유석 하나가 떨어지는 모습이 크게 확대되어 비췄다.

콰아앙—!!

"아이하르켄."

낮게 으르렁대듯 들려오는 여인의 부름에 검푸른 머리카락을 가지런히 묶은 남자가 호수를 보고 있던 몸을 돌렸다.

큰 키에 앞머리를 내려 한쪽 눈을 가린 남자.

그는 분명 라케시드의 보좌관인 아이켄의 모습이었다.

다른 점이 있다면 언제나 쓰고 있던 안경을 쓰지 않았다는 것이랄까.

그의 눈동자가 가만히 자신을 부른 여인을 응시했다. 마치 그녀가 자신을 그렇게 부를 줄 알았다는 듯 담담한 표정이었다.

검은 머리카락을 발끝까지 길게 늘어뜨린 차가운 표정의 미녀가 그를 바라보며 검은 눈을 날카롭게 치켜떴다.

"어떻게 된 거지? 네게 관리를 맡겼던 마신전의 봉인이 어째서 깨진 것이냐?"

노한 어조로 소리치는 그녀의 주위로 검은 어둠이 실처럼 넘실거렸다.

금방이라도 사지를 잡아 뜯을 듯 위협하는 칼날 같은 기운에 아이켄의 얼굴이 굳어졌다.

투명한 흑요석처럼 짙고 깊은 어둠을 머금은 그녀의 눈동자 위로 드리워진 새파란 살기는 그녀가 진심으로 분노하고 있음을 나타내고 있었다.

"마신이시여……."

아이켄의 목소리가 낮게 가라앉았다.

그는 이 순간 자신에게 절체절명의 위기가 닥쳤음을 알 수 있었다.

하기야 어찌 분노하지 않을 수 있을까.

그녀가 천여 년간 공들여 쌓아놓은 탑이 이 순간 무너지게 될지도 모르게 생겼는데.

아이켄의 얼굴에 짙은 그림자가 드리웠다.

그는 마치 그녀가 원한다면 자신의 목숨을 가져가도 좋다는 듯 무방비한 모습으로 무릎을 꿇었다.

"제 실수입니다. 마왕녀가 이런 때에 마신전에 들어가는 것을 말렸어야 하는데……."

그의 목소리에는 후회와 자책이 깊게 배어 있었다.

그의 목숨을 거두기 위해 손을 들어 올리던 마신이 멈칫거리며 멈추었다.

"…이블루시아가 그곳에 들어갔다고?"

"예. 그곳에 무엇이 있는지는 알 수 없으나… 그녀의 힘이 마신께서 내리신 권능으로 만들어진 봉인을 깰 수 있으리란 것을 예상치 못한 저의 잘못입니다. 단 0.1%의 가능성일지라도 가능성이 있다면 그것에 미리 대비했어야 하는데……."

애절하게 말하는 아이켄의 모습은 어떻게 보나 충직하고 고지식한 충신의 모습이었다.

마신은 그 말의 진실을 가리겠다는 듯 가늘게 뜬 눈으로 아이켄의 얼굴을 뚫어지게 바라보았다.

그녀는 아이켄이 비록 자신에게 충성하고 있는 듯 고개를 숙이지만 그가 결코 누군가에 의해 다스려질 수 있는 성격이 아님을 알고 있었다.

그것은 그녀가 마신이라 할지라도 마찬가지였다.

그는 타고난 반골(叛骨)의 기질을 가지고 있었다.

만약 그녀가 신이 아니라 평범한 마족이거나 마왕이었다면 그를 거둘 생각 따위는 꿈에도 갖지 못했을 것이다.

지금의 모습 역시 그녀가 강하기에 보이는 얄량한 연극일 것이다.

"…되었다. 우연히 일어난 사고치고는 봉인의 기운이 흔적조차 사라져 버린 것이 마음에 걸리지만… 이왕 이렇게 된 것, 다음 계획을 시작해야겠지."

마신은 애써 담담한 어조로 말을 하며 고개를 돌렸다.

곰의 쓸개를 삼킨 듯 입 안이 지독한 쓸쓸함으로 물들었다.

마신의 눈동자가 낮게 가라앉았다.

'좋다. 네 계획이 어느 것인지 지켜보마.'

그녀는 아이켄을 바라보며 속으로 중얼거렸다.

솔직히 그가 일부러 이블루시아를 봉인지에 밀어 넣었다는 확신은 없었다. 하지만 마신은 특유의 예감을 통해 이것이 그에 의해 벌어진 것이라는 것을 짐작할 수 있었다.

그가 무엇을 생각하고 있는지는 모르겠지만 그 봉인지에 갇힌 것을 이용해 무언가를 꾸미려 하고 있음을.

"그 봉인은 나의 힘 외에도 태초의 힘에 의해 보호되던 것이었다. 그것이 깨졌다면… 아마도 때가 되었다는 얘기겠지.”

마신은 아이켄이 아무리 날고 기는 재주가 있다고 하더라도 자신조차 결국 풀지 못해 신전 지하 깊숙한 곳에 감춰두었던 그 봉인을 풀 수 있으리라고 생각하지 않았다.

마신은 골몰히 생각에 잠긴 채 자리를 떠났다.

그녀의 모습이 사라지는 것을 끝까지 지켜보던 아이켄이 입꼬리를 비틀었다.

“어리석은 마신. 끝내 이루어지지 않을 헛된 망상을 꿈꾸는구나. 그것이 자신을 파멸로 몰고 갈 수 있다는 것도 모르고.”

아이켄의 눈동자가 마신이 오기 전까지 보고 있던 호수를 향했다.

수면 아래 깊숙한 곳.

그곳에는 아이처럼 몸을 둥글게 만 이블루시아가 먹빛 기류를 휘감은 채 물속을 떠돌고 있었다.

만약 마신이 그곳을 조금만 살폈더라도 그녀를 발견할 수 있었을 것이다.

하지만 마신은 아이켄에게만 신경을 쓰느라 다른 곳에 눈을 돌릴 만한 여유가 없었다.

아이켄의 눈동자가 초승달처럼 희어지며 입가에 희미한 미소가 번졌다.

그는 마신을 볼 때와는 확연하게 다른 아련한 표정으로 이블루시아가 갇혀 있는 수면을 향해 입을 열었다.

“이제 곧 봉인이 풀린다. 그러면 다시 너를 볼 수 있겠지. 나의 동생아……."

어디선가 바람이 불어왔다.

그의 머리카락이 흔들리며 가려져 있던 오른쪽 눈동자가 살짝 드러났다가 다시 모습을 감추었다.

자줏빛 눈동자와 확연하게 비견되는 오드아이의 눈동자.

그것은 분명 라케시드와 같은 선명한 황금빛의 눈동자였다.

＊　　＊　　＊

라케시드를 포함한 일행은 다시금 그들이 왔던 이스틴블 제국의 국경도시로 돌아가고 있는 중이었다.

일행의 시선이 힐끔힐끔 라케시드의 모습을 훔쳐보았다.

좀 전에 아하라 불리는 남자와 사일런스 마법으로 소리를 막아놓고 심각한 분위기로 얘기를 나눈 이후로 그의 표정이 무척이나 어두워 보였다.

하지만 그들은 차마 그것을 입 밖으로 소리 내어 물어볼 수 없었다.

그들의 뒤에 당사자들이 있었으니까.

"헤에~ 그러니까 아하가 자리를 비우면 라케가 일을 대신해 줬단 말이야?"

"응, 그렇지. 라케시드 전… 이 아니라 그 녀석, 워낙 말썽꾸러기여서 걸핏하면 문제를 일으키고는 했거든. 그래서 벌을 받는 대신 하루 동안 집무실에 틀어박아놓고 내 업무를 대행하도록 했다고나 할까?"

레인은 슬며시 눈동자를 돌려 아하라 불리는 남자와 마렌이라는 여자를 훔쳐보았다.

간간이 들려오는 목소리의 의미로 봐서는 라케시드의 어릴 적에 관한 이야기 같았는데 아무리 봐도 그 정체를 짐작할 수 없었다.

처음에 보았을 때의 그는 존재 자체가 깊은 어둠에 묻혀 있는 듯한 착각이 들 정도로 짙은 마력이 느껴졌었다.

하지만 그것이 지금은 언제 그랬냐는 듯이 아무것도 느껴지지 않았다.

그럼에도 불구하고 그는 손을 튕겨 가벼운 불꽃을 만들어내고 나무를 베어내는 등, 마법이 아니면 설명할 수 있는 일들을 해내었던 것이다.

마나에 대해 느끼지 못하는 다른 일행은 그를 그저 마법사라고 생각했다.

하지만 그 모든 현상에서 아무런 마나의 움직임을 느끼지 못한 레인은 온몸에 소름이 돋는 듯한 기분을 느꼈다.

"음? 왜 그러지?"

그의 시선을 느낀 아하만브르드가 고개를 돌려 그를 바라보았다.

레인은 갑작스럽게 자신에게 말을 거는 그의 모습에 흠칫 몸을 떨었다.

"어휴, 바보. 너한테서 마나가 안 느껴지니까 그렇잖아."

아무 대답도 못하고 당황하는 레인의 모습에 아하만브르드의 옆에 있던 마렌이 핀잔을 던졌다.

그녀 역시 마법사였기에 레인이 무엇에 당황하고 있는지를 안 것이다.

레인은 그녀의 말에 더더욱 당황한 표정을 지었다.

아하만브르드도 의문스러웠지만 자신과 비슷한 서클을 가지고 있으면서도 이십대 초반 정도로밖에 보이지 않는 마렌 또한 인간 같지 않다고 생각하고 있었다.

그래서 그녀가 끼어드는 이 상황이 그리 달갑게 느껴지지 않았다.

더욱 난감하게 생각되는 것은 그녀에게서도 어둠의 마력 따위는 흔적조차 보이지 않는다는 것이다.

마치 아까 산에서 느꼈던 진득한 어둠이 거짓이라는 듯 그녀에게서 느껴지는 마나는 자연의 향기처럼 맑고 깨끗하기만 했다.

그렇다고 아하만브르드에게서 그러한 어둠의 기운이 느껴지는 것도 아니었으니 그는 정말 귀신에 홀린 듯한 기분이 들었다.

"쓸데없이 말 거니까 당황하잖아. 심심하면 혼자 놀아, 다른 일행한테 장난 걸지 말고. 어딜 보는 거야? 아하만브르드, 너 말이야, 너!"

라케시드가 뒤에서 멈춰 선 그들을 향해 소리쳤다.

그는 좀 전에 아하만브르드에게 들은 말 때문에 무척이나 기분이 가라앉아 있는 상태였다.

그런데 계속 뒤에서 시끄러운 소리가 들리자 결국 참지 못하고 한마디 하고야 만 것이다.

건드리면 폭발할 것처럼 날카롭게 곤두선 그의 반응에 일행이 약속한 듯이 일제히 입을 닫고 라케시드에게서 시선을 돌려 딴청을 부렸다.

쓰윽.

라케시드의 시선이 일행의 면면을 천천히 훑어갔다.

"또 떠드는 소리 들리면 가만 안 놔둔다. 날 어둡기 전에 도착해야 한다는 걸 잊은 거야, 뭐야? 주둥이 놀릴 시간 있으면 발이나 빨리 움직여!"

확실히 평소보다 거친 그의 말투에 일행의 이마에 땀방울이 흘러내렸다.

'괜히 말해줬나……'

특히나 그의 기분을 저조하게 만드는 데 지대한 공헌을 한 아하만브르는 그의 시선이 마치 바늘방석에 앉은 것처럼 불편해서 도망가고 싶은 기분이 들 정도였다.

"아이켄은 전하께서 사라진 날 함께 사라져 버렸습니다. 물건도 옷도, 그리고 전하와 함께 살던 폐탑마저도 흔적도 없이. 마치 존재조차 하지 않았던 것처럼 그렇게 사라져 버렸습니다."

그는 자신의 대답에 딱딱하게 굳던 라케시드의 모습을 잊을 수가 없었다.

마왕의 후계자의 보좌관으로 채택된 이들은 자신의 주인이라 할 수 있는 그들과 운명을 함께한다.

당대의 마왕처럼 보좌관을 계절 바꾸듯 바꾸는 경우도 있지만 대체적으로 보좌관이란 스스로의 목숨이 다할 때까지 자신이 정한 군주와 운명을 함께하는 것이다.

물론 마음에 안 들면 버릴 때가 없는 것은 아니지만, 그 순간 그의 마족으로서의 운명 역시 끝나는 것이라 할 수 있었다.

보좌관을 맡는 순간 마족 안에서 그들이 맡았던 서열이나 직위는 사라지고 오로지 보좌관이라는 타이틀만 거머쥐게 된다.

그리고 그것은 그들의 주인이 죽는 순간 아무런 소용이 없는 휴지조각이 되어버린다.

무(無) 서열.

마왕 역시 서열이 없지만 그 의미는 천지 차이였다.

서열 밖으로 밀려 나가는 것이 아니라 아예 서열 자체를 받을 수 없는 몸이 되는 것이다. 즉, 살아 있으되 죽은 것과 같은 취급을 받는다는 뜻이다.

그러니 보좌관이 그들의 군주에게 갖는 정성이 어떠할지는 굳이 구구절절하게 설명하지 않아도 알 수 있으리라.

오죽하면 보좌관과 그의 주군을 가리켜 우스갯소리로 운명공동체라 부르겠는가?

그러니 라케시드는 자신이 사라진 후 아이켄이 마계에서 어

떠한 취급을 받았을지 눈에 보이듯 선명하게 그려지는 기분이
들었다.

아이켄의 잘못이든 아니든 라케시드의 행방이 묘연해진 것
은 사실이다.

그러니 보좌인 아이켄 역시 다른 마족들에게 행방불명자 취
급을 받았을 것이다.

고고한 마족의 특성상 그것은 매우 받아들이기 힘든 대우일
것이다.

어쩌면 열 받은 나머지 화풀이로 성을 부순 후 어디론가로
가버렸을 수도 있었고, 라케시드를 찾기 위해 이곳저곳을 헤
매고 있는 중일 수도 있었다.

어떠한 것이 사실이든 라케시드는 그가 사라진 것이 자신의
탓인 것만 같아 괴로운 마음이 들었다.

한때 그가 자신을 속였다는 생각에 원망도 들었지만 그는
자신이 태어났을 때부터 키워준 부모와 같은 존재였다.

'아이켄…… 별일없는 거겠지.'

라케시드는 의식하지 못한 사이 입술을 꾹 깨물었다.

마계에서 그를 해할 만한 능력이 있는 마족은 거의 없다는
것은 알고 있었다.

하지만 마음 한편에 자리 잡은 자그마한 불안감의 불씨는
꺼지기는커녕 조금씩 그 크기를 더욱 키우고 있었다.

그때였다.

무언가 한줄기 익숙한 기운이 그의 심장을 꿰뚫는 듯한 느

낌을 받은 것은.

지잉~

연주하던 하프의 줄이 끊어지듯 아릿하게 울리는 심장의 느낌에 라케시드의 발걸음이 뚝 멈추었다.

부릅뜬 그의 뺨으로 한줄기 식은땀이 흘러내렸다.

"이 느낌은……?"

라케시드의 눈동자가 파르르 떨렸다.

마계에서 발작을 일으킬 때의 느낌과는 달랐다.

무언가가 자신의 존재를 알리기 위해 그의 심장을 뒤흔드는 느낌이랄까.

옅은 미열처럼 혼미하게 그를 감싼 두근거림은 마치 그에게 무언가를 속삭이는 느낌을 주었다.

"누군가… 나를 부르고 있어."

라케시드는 자신도 모르게 한 방향을 향해 걸음을 옮겼다.

일행의 시선이 갑작스럽게 멍한 눈동자로 다른 곳을 향해 걸어가려 하는 라케시드를 바라보았다.

"무슨 일이야?"

흠칫.

라케시드는 자신을 붙잡는 손길에 퍼뜩 정신을 차렸다.

방금까지 무슨 생각을 했는지 알 수 없을 정도로 머릿속이 멍했다.

"방금… 누군가가……."

라케시드는 자신이 가려던 방향을 향해 손가락을 들다가 멈쳤다.

　좀 전까지 느껴지던 가슴의 두근거림이 사라졌다. 남아 있는 것은 마치 여운처럼 선명하게 자리 잡은 방향에 대한 감각뿐.

　"저곳에 무엇이 있지?"

　일행은 라케시드가 묻는 곳을 향해 시선을 돌렸다.

　"숲뿐인데?"

　"아니, 그보다 더 먼 곳에."

　"먼 곳? 어디 보자… 거기가 북쪽이니까… 파이올라 제국이 있는 쪽인 것 같은데?"

　"파이올라 제국?"

　생소한 이름에 라케시드의 눈동자에 이채가 서렸다.

　그동안 이곳에 와서 가장 많이 들었던 곳이 이스틴블 제국이었고, 그 외에는 그가 최초로 떨어졌던 터글 왕국뿐이었다.

　의아해하는 라케시드를 향해 레인이 시큰둥한 얼굴로 투덜거렸다.

　"있어. 힘쓰는 것밖에 모르는 무식한 바보들의 집단."

　그는 무언가 파이올라 제국이라는 곳에 대해 나쁜 감정을 가지고 있는 듯싶었다.

　가만히 보고 있던 바우트가 그의 말에 보충 설명을 덧붙였다.

　"이스틴블 제국이 마법의 제국이라면 파이올라 제국은 검의 제국이거든요. 그래서인지 거기가 마법사를 무척이나 천대하고 있어서 마법사들은 거의 대부분이 파이올라 제국이라고 하면 꺼리는 편이죠."

좋은 말로 해서 꺼리는 것이지 이 정도면 거의 앙숙 관계나 마찬가지였다.

라케시드는 이를 갈고 있는 레인을 한 번 바라본 후 파이올라 제국이 있는 북쪽을 바라보았다.

"방향을 바꾼다. 거기로 가지."

"에~엑~?"

뜬금없는 그 말에 일행이 놀라 소리쳤다.

"거기로 가려면 지금까지 왔던 길을 정반대로 돌아가야 한다고! 지금 똥개 훈련시키는 것도 아니고, 날도 어두워지고 있는데 코앞에 마을을 놔두고 돌아가서 노숙을 하려고 그래!"

질색하며 외치는 레이지의 말에 바우트도 고개를 끄덕였다.

"지금 움직이는 것은 여러모로 좋지 않아. 파이올라 제국이 이곳에서 하루 이틀 사이에 닿을 정도로 가까운 곳도 아니고. 무슨 일인지 정확히는 알 수 없지만 급할수록 돌아가라는 말도 있잖아? 우선은 마을로 돌아가서 쉰 다음에 차분하게 이야기하는 게 낫다고 생각하는데. 봐. 카이린 양도 힘들어하고 있잖아?"

과연 그의 말대로 카이린의 얼굴에는 땀이 가득 흘러내리고 있었고 눈가에는 피로가 역력했다.

그럼에도 불구하고 다른 일행에게 방해되지 않기 위해 필사적으로 호흡을 가다듬고 있었던 것이다.

카이린을 바라보는 라케시드의 표정에 미안한 감정이 떠올랐다.

"카이린……."

사실 이것은 그의 여행이라기보다는 카이린의 복수를 도와준다는 의미가 더욱 컸다.

하지만 막상 그녀의 힘을 키울 수 있는 방법은 찾지도 못한 채 자신의 일에만 마음을 쓰는 것 같은 기분에 라케시드는 말을 이을 수가 없었다.

"그럼 베이런 시(이스틴블 국경도시)에서 쉬었다가 가는 거지?"

레이지는 라케시드의 대답은 듣지도 않은 채 잽싸게 길을 잡았다.

그들이 도착한 베이런 시는 출발했을 당시와 달리 어수선한 분위기에 휩싸여 있었다.

미처 해가 지지도 않았음에도 성문은 닫혀 있었고 붉게 진 노을 아래로 성벽 위를 부산스럽게 움직이는 병사들의 검은 그림자가 길게 늘어졌다.

"누구냐!"

성벽 위에 있던 병사 중 한 명이 라케시드의 일행을 발견하고 소리쳤다.

"화이트 윈드 용병단입니다! 오늘 아침에 이곳을 떠났다가 사정이 생겨 돌아오게 되었는데… 무슨 일이라도 있는 겁니까?"

일행을 대표로 바우트가 소리쳤다.

성벽 위의 병사들은 자신들끼리 조금 웅성거리는 것 같더니 누군가가 그들을 알아본 듯 소리쳤다.

"아! 아침에 출발한 일행이군. 그런데 일행이 늘어난 것 같은데?"

"그럴 만한 일이 있었습니다. 가다가 몬스터에게 위협을 당하고 있는 이들에게 의뢰를 좀 받아서요."

능청스러운 대답에 아하만브르드가 어처구니없다는 표정으로 중얼거렸다.

"누가 몬스터에게 위협을 받았다고?"

"놔둬. 저 녀석들에게 일일이 설명할 필요는 없잖아? 어쨌거나 들어가기만 하면 되지."

"……"

"왜 그런 눈으로 봐?"

"…아뇨. 많이 태평해지셨다 싶어서요."

아하만브르드가 기억하는 마계에서의 라케시드는 뭐랄까, 매사에 조금 긴장이 되어 있는 상태였고 쉽게 남에게 마음을 여는 타입이 아니었다.

이런 식으로 타인을 옹호하는 것은 더욱더 생각하기 어려웠다.

그래서일까. 그런 라케시드의 변화가 조금은 신선하게 느껴졌다.

“뭐, 괜찮겠죠. 전 인간적인 것도 좋아하니까요.”

아하만브르드는 마계에서도 라케시드와 이블루시아 어느 쪽의 편도 들지 않은 채 중립을 지키겠다고 했던 마족이다.

그 의지가 너무나 확고하였기에 라케시드 역시 마족 중에서도 그만은 아이켄 다음으로 믿을 수 있다고 생각했다.

다만 매번 계약을 펑계로 중간계로 내려갈 때마다 자신에게 일거리를 떠넘긴 것은 괘씸한 일이었지만.

아무튼 바우트의 대답이 통했는지 거대한 성문이 조금씩 열리기 시작했다.

끼이익~

“빨리 들어오슈. 고 서클의 마법사님이 있던 일행이니 수상한 이들은 아니라고 생각해서 특별히 열어주는 것이니까.”

반쯤 열린 문 사이로 병사가 손짓했다.

조심스러운 그 태도에 일행이 잠시 서로를 마주 보았다.

“…일단 무슨 일인지는 들어가서 알아보는 게 낫겠군.”

도시 안으로 들어서자 그곳에서도 사람들을 통제하는 것인지 길을 걷는 사람들의 모습이 별로 보이지 않았다.

“쓸데없이 이리저리 돌아다니지는 마쇼.”

걸렁하게 말하는 경비병의 말에 일행은 건성으로 고개를 끄덕이며 주위를 둘러보았다.

여관까지 가는 동안 치안병을 제외하고 일행의 눈에 띈 사람은 노인 한 명과 두 명의 남자뿐이었다.

그들은 모두 바쁜 일이 있는 듯 잰걸음으로 발을 옮기고 있었다.

"무슨 일이 있는 건가?"

"글쎄……."

여관에 도착해서도 사정은 별로 다르지 않아 저녁 식사 시간임에도 불구하고 식당 안은 텅텅 비어 있었다.

"죄송합니다, 손님들. 지금 안에 방이 다 차 있어서……. 식사는 되지만 방은 구하실 수 없을 것 같은데요."

난처한 듯 미안한 표정을 짓는 여관 주인의 말에 일행은 어이가 없었다.

"아니, 그게 무슨 말입니까? 이 근처에 축제가 있었던 것도 아니고 여기 와서 한 번도 여관이 모자란 적이 없는데 이 시간에 방이 다 찼다는 게 말이나 됩니까?!"

"죄송합니다. 옆 마을인 페르온 마을에서 온 피난민들 때문에 정말로 남는 방이 없어요."

"피난민이요?"

최근에 이 근처에 전쟁이나 기타 자연재해가 일어났다는 말은 한 번도 들은 적이 없었다.

그런데 다른 곳도 아닌 이곳에서 고작 반나절 거리에 있는 페르온 마을에서 이곳으로 피난민들이 왔다는 말에 일행의 표정에 의아함이 번졌다.

"거긴 베르메타 산맥 쪽 아니던가요? 거긴 몬스터도 별로 없고 산세도 험해서 외지의 침략을 받는 곳은 아니라고 알고 있는데요?"

"큼. 저도 잘은 모르겠는데……."

여관 주인은 대답을 미적거리며 흘긋 일행의 눈치를 살폈다.

그 모습에 바우트가 알겠다는 듯 10쿠퍼짜리 동전을 찔러주었다.

"그냥 간단한 거라도 일러주십시오."

자신의 손 위에 얹어진 동전의 모습에 여관 주인이 언제 그랬냐는 듯 만면에 미소를 띠며 자신이 들은 바를 줄줄 읊기 시작했다.

"어흠. 저도 별로 들은 말은 없습니다. 다만 마을에서 피난 온 사람 말이 그 산맥에서 마족이 나타났다나요. 사람들이 하나둘씩 없어져서 찾아봤는데 글쎄 그 사람들이 전~부 말라비틀어진 채로 발견되었다지 뭡니까? 그래서 살아남은 사람들은 결국 여기로 이동해 왔다고 하더라고요. 게다가 오늘 아침에 여기서도 레비랑 그라비츠 녀석들이 마녀가 나타났다며 소란을 떨어댄 것 때문에 영주 대리님께서 도시 전체에 계엄령을 선포해 버렸습죠."

여관 주인은 말하면서 소름이 끼친다는 듯 몸을 부르르 떨었다.

확실히 옆 마을에서 그러한 일이 벌어졌다는 것을 듣는다면 같은 인간으로서 두렵고 혐오스러운 마음이 들 수도 있을 것이다.

일행의 표정도 딱딱하게 굳었다.

단 세 명만 빼고.

"호에~ 말라비틀어졌다면 뱀파이어 아니야? 막 피가 빨려서 말이야. 뱀파이어는 얼굴도 무지 예쁘다던데."

"글쎄? 뱀파이어는 아닐 것 같은데. 인간의 몸에는 피 외에도 수분이 다량 함유되어 있는데 뱀파이어들은 피만 빨아먹기 때문에 죽었을 때 핏기가 없는 새하얀 밀랍 인형 같은 모습으로 죽지, 말라비틀어지거나 하지는 않거든."

"확실히… 쓸데없이 미의식만 강한 그 녀석들이라면 하릴없이 작은 마을에서 사람들을 하나씩 죽일 이유가 없겠지. 거기 미남미녀만 모여 있는 곳도 아닐 테고 말이야."

태평스럽게 중얼거리는 마렌과 아하만브르드, 그리고 라케시드의 말에 일행과 여관 주인이 아연한 표정을 지었다.

"하아! 저들은 내버려 두고 일단은 식사부터 하죠."

잠시 멍한 표정을 지었던 카이린은 곧 그들의 정체를 생각하고는 체념한 표정으로 한숨을 지었다.

이럴 때면 라케시드가 영락없는 마족이라는 것을 싫어도 느끼고 만다. 그리고 그와 계약한 것이 자신이라는 것 역시 상기하게 된다.

카이린은 한숨을 내쉬며 고개를 돌렸다.

창문 밖으로 빈집인 듯 썰렁한 시내의 풍경이 눈에 들어왔다.

그리고 그 길을 걷는 한 사람…….

"응?"

카이린은 자신이 잘못 봤나 싶어 눈을 비볐다. 그러나 그녀의 눈에 비친 누군가의 모습은 변함이 없었다.

"설마… 진짜로?"

갑자기 벌떡 일어나서는 홀린 듯 정신없이 여관을 나가는 카이린의 모습에 떠들던 라케시드를 비롯한 일행 모두의 시선이 그녀를 향했다.

"카이린! 갑자기 어디 가는 거야?"

라케시드가 크게 소리쳤지만 카이린은 들리지 않는 듯 뒤도 돌아보지 않고 뛰어갈 뿐이었다.

'그분이다! 잘못 본 게 아니라면… 분명 그분이었어!'

그녀에게 처음으로 마나를 다룰 수 있도록 만들어주었던 사람.

카이린은 반사적으로 목 부근을 매만졌다.

차가운 금속질의 느낌과 함께 엄지손가락만 한 굵기의 둥근 펜던트가 목걸이를 따라 차르륵 흘러나왔다.

짙은 회색이 섞인 듯 짙은 보랏빛의 특이한 금속이었는데, 겉에는 뜻을 알 수 없는 기하학적인 문양이 마치 장식처럼 새겨져 있었다.

이것은 처음 그녀가 마나의 소용돌이를 손바닥 위에 만들어 내었을 때 그가 떠나가며 준 선물이었다.

언젠가는 그것이 도움이 될 날이 올 것이라며 건네준.

"…어디로 간 거지?"

그를 발견하고 바로 뛰어나왔다고 생각했는데 그녀가 기억하고 있던 자리에는 아무도 서 있지 않았다.

텅 빈 골목을 보고 있자니 왠지 모를 서운함과 아쉬움이 교차하며 한숨이 흘러나왔다.

"후우……."

그러나 그 한숨은 너무 이른 감이 있었다.

"그 펜던트… 일라인이 준 건가요?"

"……!!"

흠칫.

느닷없이 뒤에서 들려온 목소리에 카이린의 몸이 굳었다. 그녀의 발밑에 깔린 그림자는 어느덧 처음보다 더욱 길게 늘어져 있었다.

인기척 같은 것은 조금도 느끼지 못했는데 누군가가 그녀의 등 뒤로 다가와 있었던 것이다.

카이린의 고개가 서서히 돌아갔다.

그녀에게서 멀리 떨어져 있지 않은 거리에 한 남자가 서 있었다.

달빛을 받은 은빛 머리카락이 희게 빛났다.

그는 그 빛만큼이나 희게 미소 지으며 카이린에게 말했다.

"처음 뵙겠습니다, 레이디. 카이린 티그리스 양 맞으시지

요? 제 이름은 일레스. 당신께 마법을 가르쳐 준 이의 쌍둥
이 형이지요. 그리고… 당신을 데리러 온 사람이기도 합니
다.”

Chapter 28
납치된 카이린

MUTATION
DEMON

날… 데리러 왔다고?

카이린의 눈동자가 흔들렸다.

그녀는 일레스가 하는 말을 이해할 수 없었다.

"왜 날 데려가려 하죠?"

그녀는 특출한 아이가 아니다. 단지 남들과 조금 다른 점이라면 마나를 다룬다는 것밖에 없었다. 그런데 그것만 가지고 그를 데려가려 왔다고 보기에는 시기와 장소가 미묘했다.

제자가 필요했던 것이라면 그녀가 훨씬 어렸을 때, 그러니까 그녀와 일라인이 처음 만났을 때 데려가는 것이 옳았으니까.

검술과 마찬가지로 마법 역시 어렸을 때부터 교육을 받는 것이 훨씬 더 미래에 대한 가능성이 열려 있는 것이 사실이다.

그녀의 나이는 열다섯 살.

늦은 나이는 아니지만 그렇다고 빠르다고 할 수 있는 나이도 아니다.

무엇보다도 의문인 것은 그가 어떻게 이곳에 나타날 수 있었느냐는 것이었다.

마치 그녀의 뒤를 쫓아 따라왔던 것처럼.

그녀의 고향과 이곳의 거리는 무척이나 멀었다.

카이린의 눈이 경계심으로 빛났다.

일레스는 잔뜩 굳어 있는 그녀의 표정에 입가에 피식 미소를 띠며 한 걸음 다가왔다.

"나는 이곳에서 당신이 오기를 기다리고 있었어요. 마법사의 재능을 가진 자라면 반드시 이스틴블 제국으로 향할 테니까요."

듣기로는 일견 타당해 보이는 소리다.

확실히 대륙에서 마법사가 그나마 대우를 받을 수 있는 곳은 이스틴블 제국이 유일하다시피 했으니까.

하지만 그렇다고 의문이 아주 사라진 것은 아니었다.

아니, 오히려 증폭되었다고 할 수 있었다.

"제가 언제 올지도 모르면서 말인가요?"

그녀를 기다릴 참이었다면 차라리 그녀의 마을로 가는 것이 옳았다.

이곳에서 기다린다는 것은 그녀의 머리로는 이해가 되지 않는 일이었다.

그러나 일레스는 아무렇지도 않다는 듯 싱긋 미소 지으며 말했다.

“음… 어쨌든 뭐, 예상대로 이렇게 왔잖아요?”

깨끗해 보이는 미소였지만 카이린은 왠지 모를 불길한 기분을 느꼈다.

“그렇게 겁먹지 말아요. 나는 레이디를 도우러 온 것이니까.”

“나를… 돕는다고요?”

“죽은 마을 사람들의 복수. 하고 싶지 않나요?”

“……!!”

카이린의 눈동자가 떨렸다.

동그랗게 떠진 그녀의 동공에 일레스의 모습이 비춰들었다.

“아무것도 못하는 당신의 모습에 분노하고 있지 않나요?”

그는 천사처럼 해맑은 미소를 지으며 나직하고 은근한 목소리로 말했다.

“나라면 당신께 줄 수 있어요. 그들을 죽음으로 몰아넣은 이들에게 복수할 수 있는 힘을요.”

그의 말은 너무나도 달콤하게 카이린을 유혹했다.

복수를 위해 마족과의 계약조차 서슴지 않았던 그녀다.

물론 라케시드에 대한 개인적인 믿음도 있었으나 그녀가 악마에게 영혼을 팔아서라도 힘을 얻으려 했다는 사실은 변하지 않았다.

자수정 빛으로 빛나는 일레스의 눈동자가 사이한 빛을 내뿜었다.

카이린은 자신도 모르게 멍한 눈빛으로 그를 향해 손을 내밀었다.

"도대체 어디를 가는 거야?"

라케시드는 카이린이 다급한 태도로 여관을 뛰쳐나가자 따라가기 위해 벌떡 일어났다.

"내버려 둬. 뭐, 급한 볼일이라도 생겼나 보지."

"화장실 간 거 아니야?"

일행이 별일있겠냐는 듯 손사래를 쳤다.

라케시드 역시 주위에서 수상한 기운은 아무것도 발견하지 못했지만 왠지 모를 불길한 예감이 그의 심장을 두드리는 것을 느꼈다.

"아무래도 이상해. 그 녀석 표정… 대체 뭘 본 거지?"

반가움과 당황, 그리고 불신이 뒤섞여 있던 그녀의 눈동자.

라케시드는 짧은 순간 스쳐 지나갔던 그녀의 표정을 떠올리며 얼굴을 굳혔다.

"아무래도 나가봐야겠어."

그의 심각한 표정에 나머지 일행의 표정도 굳어졌다.

일행이 생각하기에 이중에서 가장 강한 자는 라케시드였다.

나중에 합류한 아하만브르드나 마렌은 분위기나 풍기는 기질 같은 것으로 강자라는 것은 대충 짐작하고 있었다.

하지만 그것이 지난번 이름을 알 수 없는 던전에서 루페라와 싸울 때 목격했던 라케시드의 힘만큼이나 강할 것이라고는 상상할 수 없었다.

그런 라케시드가 이처럼 바짝 날이 선 모습으로 말을 하는 것을 보자 불안한 마음이 들었다.

"설마… 정말 뱀파이어 같은 게 나온 건 아니지?"

레이지가 떨리는 목소리로 물었다.

카이린 역시 마법사라고는 알고 있지만 그녀의 실력이 어느 정도인지 직접 확인하지는 못했다.

다만 지난번의 싸움에서 그녀가 제일 먼저 기절했던 것으로 보아 이중에서 가장 약할지도 모른다고 예상할 뿐이었다.

스승이 될 마법사를 찾으려는 것으로 보아 어쩌면 아직 3서 클도 채 되지 않았을지도 모른다.

일행이 몸을 일으키려 하자 라케시드가 막았다.

"됐어. 나 혼자서 충분해. 게다가… 무언가 느껴지는 게 아니라 단지 불안한 것뿐이니까."

'마치 누님이 짓궂은 장난으로 저주인지 마법인지를 걸어 골탕 먹이려 할 때처럼 말이야.'

라케시드는 그들이 무슨 말을 더 하기 전에 여관을 나섰다.

나간 지 얼마 되지 않았으니 뛰어가면 금세 따라잡을 수 있을 것이라는 판단에서였다.

어떤 면에서 그의 예상은 맞았다고 볼 수 있었다.

그녀는 실제로 여관에서 멀리 떨어지지 않은 곳에 있었으니까.

"카……."

카이린을 발견하고 이름을 부르려던 라케시드의 몸이 멈칫
했다.

그녀의 등 뒤에 누군가가 있음을 알아챈 것이다.

"이거 이거, 왕자님이 납시셨네요."

딱딱하게 굳어지는 라케시드의 표정에 일레스가 예의 천사
처럼 새하얀 미소를 머금었다.

카이린은 그의 앞에서 마치 인형처럼 감정이 텅 비어버린
눈동자로 얼어붙은 듯 미동도 하지 않고 서 있었다.

"넌… 누구냐?"

라케시드의 목소리가 가라앉았다.

정확한 상황은 판단할 수 없었지만 카이린의 모습으로 보아
그가 결코 호의를 가지고 찾아온 것은 아닐 것이라는 생각이
들었다.

적개심이 가득 들어 있는 라케시드의 목소리에 일레스가 다
시 생긋 미소 지었다.

"글쎄요……. 레이디 카이린에게 '힘'을 줄 존재라고나 할
까요?"

"뭐라고?"

라케시드의 얼굴이 이해하기 힘들다는 듯 묘하게 일그러졌
다.

그가 차라리 위협을 하거나 협박을 했다면 무언가 정체를
알 만한 실마리 정도는 나오지 않을까 싶었다. 하지만 힘을 줄
존재라니?

인간에게 인위적으로 힘을 줄 수 있는 존재는 천족 아니면, 마족밖에 없다.

그리고 눈앞의 존재는 천족으로도, 마족으로도 보이지 않았다.

그렇다면 남은 가능성은 단 하나.

그것을 떠올린 라케시드의 눈동자가 잘게 떨렸다.

그조차 쉽게 승부를 장담할 수 없는 존재.

그리고 중간계에 내려와서야 처음으로 그 이름을 알게 된 존재.

"네놈… 호문클로스를 만든 놈이냐?"

혹은 그 스스로가 호문클로스일지도 모른다.

라케시드의 몸이 긴장으로 굳었다.

일레스는 잠시 눈을 크게 뜨는 것 같더니 쿡 하고 웃음을 터뜨렸다.

"원 농담도. 중간계에 오시더니 감마저 사라지신 겁니까? 저희 환영(幻影)의 일족조차 알아보시지 못하시다니 말입니다."

"환영의 일족이라고?!"

환영의 일족.

그들은 마계에 사는 마족들 중 한 부류로 환상의 일족, 또는 은둔의 일족이라고도 불리며 마계의 끝자락에 살고 있다는 소수의 민족이었다.

같은 마족들조차 평생에 단 한 번 볼까 말까 할 정도로 희귀한 종족.

무엇보다 그들의 특징은 어지간한 자는 분별할 수 없을 정도로 희미한 무채색의 기운이었다.

마계에서 사는 마족의 한 갈래에 해당하는 종족임에도 그들은 마기가 거의 느껴지지 않을 정도로 희미했다.

땅을 기어다니는 개미의 기척을 느껴본 적이 있는가? 환영의 일족이 가진 마기는 거의 그 기척에 해당할 정도였다.

아예 느껴지지 않는다고 해야 옳을 정도인 것이다.

마계에서라면 마기가 느껴지지 않는 그들의 존재 자체가 희귀하게 느껴져서 알아보겠지만 중간계에서라면 얘기는 달라졌다.

동족이라는 것을 알았지만 라케시드의 긴장감은 풀어지지 않았다.

"환영의 일족이 여기는 왜 온 거지? 너희 일족은 중간계의 존재와 계약을 하거나 유희를 나오지 않는다고 알고 있는데?"

정확히는 자신들의 영토에 틀어박힌 채 한 발자국도 나오지 않는 폐쇄적인 이들이다.

그러한 존재가 엉뚱하게 중간계에 내려와서 카이린을 붙들고 있으니 의심이 생기지 않을 수가 없었다.

라케시드는 경계 어린 표정으로 그와 카이린을 번갈아 바라보았다.

만약 그가 라케시드에게 나쁜 마음을 먹고 찾아온 것이라면 낭패스러운 일이 생길 수도 있었다.

미성년에 맺은 첫 계약을 완수하지도 못한 채 깨뜨려 버린다.

그 충격이 어느 정도일지는 가히 상상이 가지 않았다. 어쩌면 그 반작용으로 생명을 잃을지도 모른다.

"걱정하지 마세요. 당신이 알고 있는 대로 저희 일족은 왕자님과 왕녀님, 그 어느 편도 들지 않으니까요. 그나마 마계에서 저희가 듣는 것은 오로지 마신의 명령뿐……. 하지만 오늘의 일은 그 때문에 온 것은 아닙니다."

하지만 라케시드는 그 말을 곧이곧대로 믿을 수 없었다.

무언가 목적이 있어서가 아니라면 마족 중에서도 환영의 일족에 속한 그가 일개 인간에 불과한 카이린에게 관심을 가질 이유가 없으니 말이다.

그것도 더더욱 다른 마족과 계약이 되어 있는 당사자를!

"흐음~ 못 미더우시다면 할 수 없죠. 하지만 카이린 양은 무슨 일이 있어도 제가 데려가야 해서요."

"목적이 뭐냐?!"

"목적요? 글쎄요……. 그녀의 복수를 돕는 것이라고나 할까요?"

"뭐라고?"

라케시드의 눈동자가 흔들렸다.

고작 그런 이유라고?

마계와 천계는 서로 침략하지 않기로 서로 불가침 조약을 맺었다. 단, 그것은 종족 당사자들뿐이었다.

신관이나 흑마법사 등 인간들끼리의 싸움은 해당 사항이 없는 것이다.

거기다가 직접적인 계약 관계에 있는 이가 아닌 이상, 신관과 흑마법사를 죽인다고 해도 천족이나 마족에게 크게 피해가 가는 것은 없었다.

카이린이 복수를 하겠다고 신전을 부수고 다녀도 고작해야 천족을 따르는 인간들에게 괜한 화풀이나 하는 것일 뿐, 천족에게는 손톱만큼의 피해도 입힐 수 없는 것이다.

물론 짜증이야 나겠지만.

그러니 굳이 마족이 그녀의 복수를 돕겠다며 신전의 인물들을 죽여봤자 실질적으로 얻을 수 있는 것은 하나도 없다.

즉, 그의 목적이 카이린의 복수를 돕는 것이라는 말은 씨알도 안 먹히는 거짓말이라는 것이다.

라케시드는 금방이라도 그녀를 데려갈 듯 어깨를 감싸는 그의 모습에 울컥 분노가 치솟는 것을 느꼈다.

"그녀는 내 계약자다. 내버려 둬!"

카이린이 다칠 염려만 없었어도 다짜고짜 빙화를 꺼내 들었을지도 모른다.

하지만 빙화의 열기는 간접적으로만도 일반적인 쇠를 순식간에 녹여 버릴 정도다.

평범한 인간인 카이린이 그 공격을 버틸 리가 없었다.

으드득, 이를 가는 라케시드를 향해 일레스가 웃었다.

"후후, 계약의 내용을 지킬 능력도 없는 미성년 마족의 계약을 과연 진정한 계약이라 인정할 수 있을까요? 능력이 된다면 그녀를 제게서 빼앗아보십시오. 하지만 이것은 명심하세요.

당신은 카이린 양에게 힘을 줄 수 없습니다."

"나도 마력을 나눠 주는 것 정도는―!!"

"오우~ 그런 무식하고 야만적인 방법만 가지고는 안 되죠. 카이린 양이 원하는 것은 성기사들에 대한 복수. 그걸 설마 마력만 가지고 할 생각은 아니셨겠죠?"

"……!!"

마법을 가르쳐 줄 수 있는 것은 마법을 사용할 줄 아는 자뿐이다.

라케시드처럼 어설픈 특징 몇 가지 알아서는 죽어도 가르칠 수 없는 것이 마법이라는 학문이었다.

그렇다고 지금에 와서 카이린에게 검을 배우게 할 수도 없었다.

그녀가 상대하고자 원하는 성기사들은 십 년 이상 동안 검을 수련해 온 검의 고수일 것이다.

그리고 카이린의 나이는 상승의 경지를 배우기에는 조금 늦어버린 것이 사실이다.

설혹 라케시드가 나서서 그녀의 복수를 해준다고 해도 대상이 누구인지 정확하게 알 수도 없을뿐더러 자칫 천계와의 외교에 말썽이 생길 수도 있었다.

"하지만… 카이린에게… 지켜준다고 약속했단 말이다!"

카캉!

라케시드의 검이 일레스의 검과 부딪쳤다.

눈 깜짝할 사이에 빼어진 라케시드의 검도 빨랐지만 허공중에서 검을 뽑아낸 일레스 역시 만만치는 않았다.

하지만 예상보다 과격한 행동에 일레스가 놀란 것은 사실이었다.

'검으로 하면 카이린 양을 다치지 않게 할 자신이 있다는 건가?'

과연 그의 자신감처럼 라케시드의 검은 물 흐르듯 카이린을 교묘히 비켜서며 독사처럼 일레스의 몸을 향해 혀를 날름거렸다.

일레스가 몇 번이나 카이린을 이용해 위기를 모면하려 하였지만 그때마다 라케시드의 검은 예상했다는 듯 경로를 바꿔 그를 향해 짓쳐들었다.

"치잇! 과연 마왕자 전하께서 검술의 기교로는 마계 최고라 해도 과언이 아니라던 소문이 거짓은 아니었군요."

일레스는 그의 검을 아슬아슬하게 피하며 혀를 내둘렀다.

아마도 그의 품에 카이린이 안겨 있지 않았다면 좀 더 재미있는 싸움이 되었을 거라는 생각이 들었다.

물론, 그때는 목숨을 잃을 것 역시 각오해야겠지만.

"하지만 그 정도 가지고는 어림도 없습니다."

일레스의 입가에 진한 미소가 떠올랐다.

라케시드는 순간 가슴에서 느껴지는 섬뜩한 기운에 황급히 몸을 비켜섰다.

"빙화를 쓰지 않는 당신의 검은 마나를 담지 못한 죽은 검 그 이상도 이하도 아니니까요."

촤악—!

"……?"

라케시드의 눈동자가 한순간 커졌다.

제대로 비켜섰다고 생각했음에도 그의 검과 부딪친 상대방의 검에서 뻗어 나온 한줄기 마나의 실이 거칠게 그의 가슴을 베어버린 것이다.

"마… 법? 수식을 외우는 걸… 보지 못… 했… 쿨럭!"

"환영의 검이죠. 마법처럼 보여도 마법은 아닙니다."

싱긋 웃는 일레스의 얼굴이 물에 비친 듯 일그러져 보였다.

"검에… 무슨 짓을…….'

"그냥 마취약일 뿐이에요. 드래곤이라 해도 한 방울만 닿아도 삼 일 밤낮을 재울 수 있는 강력한 거라는 게 특징이기는 하지만요."

'출혈 과다로 죽는 일은 없을 겁니다' 라며 그는 희게 웃었다. 라케시드는 흐려지는 정신을 억지로 부여잡았다.

"카… 이… 린…….'

"저런 저런. 아직도 잠들지 않으셨다니 꽤나 끈질기시네요. 하지만 저는 꽤나 바쁜 몸이라서요. 어라? 이 기운은 아하만브르드님? 이거… 조금이라도 더 능장을 부렸다가는 엉뚱한 분께 죽을 수도 있겠는걸요? 아쉽지만 저와 왕자님의 만남은 여기까지인가 봅니다. 다음을 기약하도록 하지요. 그때는 꼭 공.주.님.을. 찾.아.가.실. 수. 있.기.를. 빌.겠.습.니.다. 텔레포트!"

"라케시데라—!!"

라케시드는 하얗게 물든 시야 사이로 낯익은 목소리가 들린 것 같다고 생각했다..

'느림보 아하만브르드 녀석. 좀 빨리 올 것이지……'

일레스는 텔레포트를 통해 저장되어 있던 좌표로 이동했다.

그곳은 거대한 성과 같은 곳이었다.

회색의 거대한 기둥들이 새워져 있는 로비를 지나자 연구실에 앉아 있는 그와 닮은꼴의 한 사내가 보였다.

그는 일레스가 들어오는데도 모른 척 자신의 일에 몰두하고 있었다.

"다녀왔어, 일라인."

"늦었잖아."

"아아, 간 김에 마왕자 전하를 만나 뵙느라고."

멈칫.

녹색 시약을 플라스크에 부으려던 일라인이 몸을 멈췄다. 그의 시선이 서서히 일레스에게 돌려졌다.

"위험하다고 했을 텐데? 왜 시키지도 않은 짓을 한 거야?"

노기를 억누른 듯 나직하게 쏘아붙이는 일라인의 말에 일레스가 어색한 표정으로 뺨을 긁적였다.

사실 일레스가 형이기는 하지만 고작해야 알에서 10여 초 정도 먼저 고개를 내밀었다는 정도의 차이이다.

순수 능력으로만 따지자면 일라인이 더욱 뛰어났기에 일레스는 언제나 그의 앞에 서면 약간은 주눅이 드는 느낌을 받았다.

"으음~ 하지만 궁금하잖아, 천하의 아이하르켄 전하께서 마신의 의지까지 거스를 정도로 아끼는 존재가 있다는 게. 네가 갔어도 아마 호기심을 억누를 수 없었을걸!"

태평하게 웃으며 내뱉는 일레스의 말에 일라인의 한쪽 이마에 힘줄이 꿈틀거리며 돋아났다.

"쓸데없는 행동으로 그분의 계획을 망쳤다가는 우리가 죽는다고. 제길! 왜 그런 약점을 잡혀가지고 이런 위험한 계획에나 동참하고 있는 것인지."

일라인은 지금의 상황이 무척이나 못마땅한 듯 입술을 짓씹으며 투덜거렸다.

신경질적으로 고개를 돌리던 그의 시선이 문득 일레스의 앞섶에 머물렀다.

일라인의 표정이 묘하게 변했다.

"뭐야? 몸매 자랑이라도 하려그 찢은 거냐? 그래 봐야 볼 거 하나도 없거든?"

"응?"

일레스의 시선이 그를 따라 자연스럽게 자신의 옷을 바라보았다.

그의 입가에 맺혔던 미소가 딱딱하게 굳어지며 눈가가 파르르 떨렸다.

그의 옷자락은 누군가 일부러 찢어놓은 듯 길게 사선으로 잘린 채 그의 몸 위에서 달랑달랑 흔들리고 있었다.

"언제……? 설마 그때인가?"

그의 머릿속에 라케시드와 공방을 주고받던 마지막 순간이 떠올랐다.

빙화를 머금지 않은 검이라 방심했는데 그의 겉가죽에는 미세한 실금 같은 상처가 긁힌 것처럼 얇게 그어져 있었다.

그가 라케시드에게 입힌 상처 또한 그 자체만으로는 심각하다 할 수 없는 것.

일레스의 얼굴에 식은땀이 흘러내렸다.

자칫 잘못했으면 그와의 싸움에서 지는 것은 자신이 되었을 수도 있었다는 것이 그 순간 확실하게 피부로 실감되었다.

카이린을 이용해 라케시드가 실력을 십분 발휘할 수 없게 만들었음에도 불구하고 이러한 상처를 입었다는 것이 믿어지지가 않았다.

'평범한 검으로는 내 보호막을 뚫고 피부에 상처를 낼 수가 없는데……!'

마계의 검이라 해도 마찬가지다.

마나로 만들어낸 방패를 뚫을 수 있는 것은 오로지 같은 에너지에 속해 있는 마나뿐이다. 그 검 자체의 재질 따위는 아무런 상관이 없는 것이다.

만약 그게 가능하다면 마나의 성질 따위는 가볍게 무시할 만큼 어마어마한 물리력을 가지고 있다는 말이다.

하지만 그가 알기로 라케시드는 그렇게 괴력을 가진 존재는 아니었다.

곰곰이 생각하던 그가 무언가 생각났다는 듯 주먹으로 손바닥을 내려쳤다.

"그 검!!"

흑보랏빛 검신에 여마족의 형상을 닮은 손잡이를 가진 검.

그러한 특징의 검은 그 역시 들어본 적이 있었다.

비록 여덟 쌍의 날개를 가진 마족이 그려져 있는 검집은 보이지 않았지만 그 검이 진정 라케시드의 손에 의해 뽑힌 것이라면 그것만으로도 경악의 의미는 충분했다.

"설마… 마왕의 검이 인정했을 줄이야. 훗, 재미있는 왕자님이라니까."

일레스의 입가에 쓴 미소가 떠올랐다.

한 명은 비록 돌연변이로 태어나기는 했지만 마왕의 검이 선택한 정식 마왕자.

그리고 또 한 명은…….

일레스의 시선이 자신이 데리고 온 카이린의 얼굴에 닿았다.

그녀는 여전히 인형처럼 무표정한 얼굴로 약에 취한 듯 축 늘어져 있었다.

일레스는 마치 죽은 이의 그것처럼 초점을 잃어버린 그녀의 눈동자가 어쩐지 그 짙은 푸른빛만큼이나 서글퍼 보인다고 생각했다.

"일레스! 뭐 하는 거야? 할 짓 없으면 멍하니 있지만 말고 주변 정리라도 좀 해!!"

잠시 생각에 잠긴 듯 그녀의 얼굴을 바라보던 엘레스가 일라인의 고함 소리에 흠칫 정신을 차렸다.

"아아, 알았어! 알았다고!! 휘유~ 저 녀석 머리에 형이라는 개념은 도대체 박혀 있기는 한 거야?"

일레스는 투덜거리며 카이린을 한쪽 침대에 눕혔다.

축 늘어진 카이린의 얼굴 위로 누군가의 얼굴이 겹쳐 떠올랐다.

달콤한 벌꿀 빛의 허니 블론드도, 투명한 금빛의 눈동자도 아니었지만 청순한 소녀 같은 얼굴의 윤곽은 분명 그녀를 닮아 있었다.

인간이면서 마왕의 마음을 사로잡은 지금의 마왕비와…….

"설마하니 당신이 라케시드 전하와 함께 있을 줄은 몰랐습니다. 마왕 폐하를 끌어들일 미끼라고만 생각했는데 말입니다. 이런 걸 일거양득이라고 해야 할까요?"

일레스는 손등으로 그녀의 볼을 쓸어 내렸다. 따뜻한 온기가 느껴졌다.

인형처럼 보이지만 살아 있는 존재.

엘레스의 입가에 나직한 미소가 맺혔다.

"기대해도 좋습니다. 당신은 틀림없이 복수할 수 있을 겁니다. 당신에게 친인을 잃는 괴로움을 겪게 만든 자들에게… 당신을 버려 고작 천족의 종 따위에게 희롱당하도록 만든 당신의 잘난 아버지와 오라비에게요."

그것은 짙은 살기에 젖은 광기 어린 미소였다.

Chapter 29
행방

MUTATION
DEMON

　라케시드는 볼을 간질이는 따뜻한 기운에 서서히 눈을 떴다.

　"여기는……."

　"여관입니다. 일행 중에 쓰러진 사람이 있다고 하니까 다락방을 빌려주더군요."

　아하만브르드의 말에 라케시드가 서서히 고개를 돌려 주변을 바라보았다.

　그를 걱정하다가 잠이 든 건지 일행이 모두 그의 주위에 옹기종기 모여 쭈그린 채 잠이 들어 있었다.

　"내가 쓰러진 지 얼마나 지났지?"

　"음, 어제저녁이었으니까 이제 반나절 정도 된 것 같군요."

“그 녀석은?”

“누굴 말씀하시는 건지 모르겠습니다만 제가 갔을 때는 아무도 없었습니다.”

“…….”

“그나저나 헬모스의 독이 아무리 마취용이라지만 조금이라도 과하면 영원히 잠에서 깨어날 수 없을 정도로 독한데, 그것에 중독되고도 고작 반나절 만에 깨어나시다니 완전히 괴물이시군요.”

아하만브르드는 질린 표정으로 라케시드의 몸을 훑었다.

헬모스의 독은 마계에서도 손가락에 꼽힐 정도로 지독한 마취약이다. 오죽하면 살상 능력이 없음에도 불구하고 독이라는 이름이 붙었을 정도일까.

그러나 드래곤조차 재운다는 헬모스의 독조차 라케시드에게는 그저 평범한 수면제의 역할밖에 하지 않은 듯 반나절을 재웠을 뿐이다.

“독에는 익숙하니까.”

라케시드는 대수롭지 않게 말하며 자신의 옷을 살폈다.

“이건 더 이상 못 입겠군.”

그의 옷은 앞섶이 사선으로 길게 찢어져 있었다.

다행스럽게도 다쳤던 상처는 큰 것은 아니었는지 마족 특유의 치유력으로 인해 흔적도 보이지 않았다.

“마렌이 애를 쓴 덕분에 저 녀석들이 힐링 포션을 쓰겠다는 것을 말릴 수 있었습니다. 마법으로 치료한다고 했거든요.”

"리커버리는 7서클 아니었어?"

"…마법에는 힐이라는 것도 있습니다. 그건 4서클만 되어도 가능한 거고요."

쓰지는 못해도 기본적인 상식 정도는 좀 알아두라고 말하는 듯한 아하만브르드의 표정에 라케시드가 피식 웃었다.

그는 자신이 영원히 마법을 쓸 수 없을 것이라는 것을 알고 있었다.

다른 이들이 마나라 부르는 그 기운은 그의 부름에 절대로 응답하지 않았으니까.

보이되 거부당하는 그러한 현실은 그로 하여금 마법에 흥미를 갖지 않게 만들었다.

라케시드는 아무 말 없이 조용히 자신의 짐을 챙겼다.

아하만브르드는 그런 라케시드의 모습에서 무언가를 느꼈다. 그의 표정에서 여유가 사라지며 딱딱하게 굳어졌다.

"그 인간 여자 애를 구하러 가시는 겁니까? 카이린인가 뭔가 하는?"

나직하게 가라앉은 아하만브르드의 말에 라케시드가 고개도 돌리지 않은 채 대답했다.

"…약속이다."

그녀가 어디로 사라졌는지는 알지 못한다.

하지만 일부러 라케시드가 올 때까지 기다려 그를 자극했다는 것은 그에게 그녀를 빌미로 요구하고 싶은 게 있다는 의미와도 같았다.

그렇다면 언젠가는 그에게 그녀의 소식이 닿을 날이 있을 것이라고 생각했다.

"다른 이들이 있다면 바로 가는 게 곤란할 수도 있으니까."

그가 서둘러 간다면 체력으로도 능력으로도 다른 일행은 따를 수 없게 된다. 그렇다면 차라리 짐이 될 바에야 여기서 두고 가는 것이 났다.

라케시드는 그렇게 생각했다.

"그녀는 그만두고 마계로 돌아오십시오. 계약의 파기에 의한 반동은 마신께 청을 드려서라도 어떻게든 해결을 해드릴 테니까요. 저와 마왕 폐하께서 간청한다면 마신께서도 정상은 참작해 주실 겁니다."

"……!"

방문을 잡던 라케시드의 눈이 아하만브르드로 향했다.

그의 눈동자가 동그랗게 커진 채 흔들렸다.

그가 아는 아하만브르드는 결코 남을 위해 고개를 숙이는 자가 아니었다. 게다가 계약을 파기하라니?

"오늘 새벽에 마계에서 연락이 왔습니다. 마계에 문제가 생겼다고 하더군요. 벨제뷔트가 움직이기 시작했다고 합니다."

흠칫.

마계에 문제가 생겼다는 소리에 라케시드는 반사적으로 몸을 떨었다.

비록 좋은 기억보다는 나쁜 기억이 압도적으로 많은 곳이었고, 마계 따위 확 망해 버렸으면 좋겠다는 생각을 해보지 않았던 것도 아니다.

하지만 그곳은 부정할 수 없는 그의 고향이고 또한 가족과 소중한 이들이 있는 곳이었다.

라케시드의 머릿속에 순간적으로 그들의 얼굴이 스쳐 지나갔다.

아이켄, 마왕 베리알, 이블루시아, 그리고…….

'어머니…….'

라케시드의 눈빛이 침중하게 가라앉았다.

그는 단 한 번 악마들의 군주인 벨제뷔트를 만나본 적이 있었다.

잠시 스치듯 지나간 것이었지만 자신을 바라보던 그 붉은 눈동자에 서려 있던 분노와 경멸만큼은 똑똑하게 기억하고 있었다.

벨제뷔트는 이블루시아의 외할아버지이자 전(前) 마왕비의 아버지였음에도 마왕과 굉장히 사이가 좋지 않았다.

만약 그가 정말로 이빨을 드러낸 것이 맞는다면 아마도 라케시드와 관련된 이들 모두를 제거하려 들 것이 분명했다.

그동안 들어온 벨제뷔트의 성격대로라면 승산이 없는 싸움이라면 아예 시작조차 하지 않았을 것이다.

그리고 시작을 했다면 끝나기 전에는 둘 중 하나가 파멸할 때까지 멈추지 않을 것이다.

"전하께서도 그의 성격을 아시겠지만, 직접 돌아 가서서 무사하다는 걸 알리지 않는다면 마계는 분명히 분열되고 말 겁니다. 어쩌면 이 모든 것도 그가 꾸민 일이고 마왕녀 이블루시 아님도 그가 데리고 있을지도……. 저야 뭐, 두 분 전하 중 어느 분이 마왕이 되시든 상관없지만 벨제뷔트 같은 놈이 미꾸라지처럼 촐랑거리는 건 마음에 들지 않는……."

"아하만브르드."

"예?"

"나는 마계에 돌아가지 않아."

단호하게 말하는 라케시드의 말에 아하만브르드의 얼굴이 굳었다.

"어째서입니까?"

"돌아가도… 어차피 죽을 테니까."

라케시드는 심장이 있는 쪽의 가슴을 움켜쥐며 고통스럽게 웃었다.

그 쓰디쓴 웃음에 아하만브르드의 눈동자가 흔들렸다.

그는 라케시드의 몸 안에 있는 두 상반된 기운의 충돌로 죽어가고 있다는 것은 알지 못했다.

하지만 라케시드의 그러한 태도에서 무언가 말로 꺼내지 못할 무거운 분위기를 엿볼 수는 있었다.

"그럴 바에야 여기서 살아남는 법을 찾는 게 낫잖아? 세크리티히도 중간계에 내가 살 수 있는 방법이 있다고 말했고."

"세크리티히요?"

라케시드가 가리키는 곳을 따라 시선을 옮기던 아하만브르드의 얼굴에 경악이 떠올랐다.

"마, 마왕의 검?! 이걸 전하께서 왜……?!"

"에……?"

그러고 보니 라케시드가 그 전날 뽑아 들고 있던 검이 그 검이었던 듯싶기도 했다.

그동안은 한 번도 뽑힌 모습을 본 적이 없어서 미처 생각도 하지 못했다.

하지만 검집에 들어가 있는 모습을 보니 마신의 신전에서 단 한 번 본 적이 있는 마왕의 검이라는 것을 알 수 있었다.

"대체 어떻게……."

라케시드는 영문도 모른 채 엉거주춤한 포즈로 자신의 손에 들린 세크리티히와 놀란 표정의 아하만브르드를 번갈아 바라보았다.

"이 검을 알아?"

이블루시아가 그냥 심심풀이 삼아 던져 준 실험작이라고 보기에는 너무나 뛰어난 능력을 갖고 있다고 생각하기는 했다.

하지만 아하만브르드의 반응을 보니 그 정도가 아니라 꽤나 유명한 검일지도 모른다는 생각이 들었다.

"설마 아무것도 모르고 들고 다니신 겁니까?"

"아니, 난 누님이 주기에 그냥 실험작 중 하나인가 하고……."

아하만브르드의 한심하다는 듯한 어조에 왠지 자신이 잘못을 한 건가 싶어서 라케시드의 말끝이 흐려졌다.

그 태도에 아하만브르드가 더욱 기막혀 한 것은 당연한 수

순이었다.

"하아, 보물을 옆에 두고도 그 가치를 알지 못하는 주인이라니."

그의 어조에서는 허탈함마저 느껴졌다.

왜 그렇지 않겠는가. 마계의 역대 마왕들이 그토록 뽑고자 노력했지만 뽑히지 않았던 것이 마검 세크리티다.

그런데 정작 뽑은 것은 마왕도 아닌, 성마식도 치르지 않은 새파랗게 어린 마왕자라니…….

더군다나 본인은 자신이 들고 있는 검의 의미도 모르는 것 같지 않은가?

세상의 끝을 본 노인처럼 허망한 표정을 짓고 있는 아하만브르드의 표정에 라케시드의 이마로 땀방울이 흘러내렸다.

그는 아직도 그가 무슨 말을 하고 있는 건지 이해하지 못한 것이다.

"뭐… 이것도 마신께서 정한 운명이겠지요. 그걸 가지고 계시다면 굳이 지금 마계에 들어가서 흙탕물 싸움에 뒹굴 필요는 없으십니다. 이미 승자가 정해진 게임이니까요. 낄낄낄. 벨제뷔트 녀석, 나중에 짓게 될 표정이 기대되는 걸요?"

"무슨 말인지 아직 이해는 안 가는데……. 어쨌든 마계로는 가지 않아도 된다는 말이지?"

"네, 네. 물론이죠. 아예 한 백 년쯤 머물다 가셔도 됩니다. 크켈켈켈."

"……"

미친 듯이 웃는 아하만브르드의 모습에 라케시드의 표정이 살짝 일그러졌다.

그는 슬슬 자신이 가진 검의 유래가 궁금해지기 시작했다.

아하만브르드는 라케시드의 표정에서 그러한 궁금증을 읽었지만 그것에 대해 얘기해 주고 싶은 마음은 없었다.

마왕의 검이 쓰이는 것은 마왕의 즉위식 때와 천 년에 한번 초대 마왕의 탄생을 기념한 마신께의 기원제가 있을 때뿐이었다.

그리고 세크리티히의 가장 중요한 점은 그 검을 뽑은 자는 초대 마왕과 같이 위대한 마왕이 될 것이라는 예언처럼 전해져 내려오는 말 때문이었다.

마신이 한 말이라는 얘기도 있고 실제 그 어떤 마왕조차 뽑지 못했던 신비한 검(?)이라는 타이틀 때문인지 그것은 거의 신탁에 가깝게 마족들 사이에 전해져 내려왔다.

벨제뷔트가 백날 쿠데타를 일으켜 성공해 봤자 마왕의 검을 뽑을 수 있는 이가 존재하는 한 왕권이 흔들리는 일은 결코 일어나지 않을 것이다.

벨제뷔트의 입장에서는 그야말로 닭 쫓던 개의 입장이랄까.

아하만브르드의 입가에 샐쭉 미소가 지어졌다.

후에 벨제뷔트가 지을 표정을 생각하니 저절로 유쾌한 웃음이 흘러나왔다.

"어쨌든 제 할 일은 모두 끝난 것 같으니 마계로 돌아가도록 하겠습니다. 모쪼록 중간계에서 즐겁게 지내다가 오시길."

“돌아가는 건가?”

“전하께 마계의 상황을 전했으니 굳이 더 이상 이곳에 있을 필요는 없겠지요. 마계에서 볼일도 있고요. 그런데 저들은 그대로 두고 가실 겁니까?”

아하만브르드의 말에 라케시드가 시선을 돌렸다.

그가 바라본 곳에는 바닥에 불편한 자세로 쪼그린 채 그들이 떠들고 있는 것도 모르고 꿈속에 빠져 있는 일행의 모습이 보였다.

“어차피 너도 저들이 있으면 방해가 될 거라는 생각에서 마법을 써 재운 것이 아니었던가?”

“들어서 좋을 건 없다고 생각한 겁니다만… 확실히 그 아가씨를 찾아가시는 데는 방해가 될지 모르겠군요.”

“만만치 않은 이들이었어. 자칫 내 정체라도 들키면… 오히려 더 골치 아파질지도 몰라.”

“큭. 지내는 동안 정이라도 든 것입니까?”

그의 실력에 일행 정도를 상대하기 어려워 그렇게 말을 하는 것은 아닐 것이다.

“글쎄……”

라케시드는 말끝을 흐리며 고개를 돌렸다.

긍정인지 부정인지 모를 애매한 말이었지만 아하만브르도는 어쩐지 잔정이 많은 그의 진심을 엿본 것 같은 기분에 키득키득 웃었다.

“그거야 전하께서 알아서 하실 일이니 신경 쓰지 않겠습니다. 어제 그곳에 있던 게 누구인지는 모르겠습니다만 그곳에서 텔레포트의 흔적은 읽을 수 있었습니다. 전하께서 쓰러져 계셔서 따라가지는 못했지만요. 방향이나 거리로 봐서는 드래곤 산맥 근처의 어디쯤인 것 같았습니다.”

생각지도 못했던 실마리에 라케시드의 눈동자가 반짝 빛났다.

“…고맙다.”

문을 나서는 라케시드의 뒤로 아하만브르드가 다시 피식 웃었다.

설마하니 자존심 강한 라케시드에게서 감사의 표현을 들을 것이라곤 생각지도 못했기에 붉게 상기된 그의 얼굴이 귀엽게만 느껴졌던 것이다.

그가 나가고 얼마 안 있어 누워 있던 일행 중 한 명이 스르르 몸을 일으켰다.

붉은 머리카락에 초록빛 눈동자를 가진 여인. 마렌이었다.

“저희도 이제 가야겠죠?”

잠들지 않았었다는 듯 또렷한 목소리로 말하는 마렌의 모습에 아하만브르드가 물었다.

“더 자지 않아도 되겠어?”

“옆에서 그렇게 시끄럽게 떠들어댄 덕분에 잠이 다 깨버렸다고요.”

“하하…….”

입을 빼죽거리며 투정을 부리는 마렌의 모습은 무척이나 귀여워 보였다.

아하만브르드는 난처한 얼굴로 웃으며 머리를 긁적였다.

"세상에! 숙녀를 다른 남자들과 한 방에서 재울 생각을 하다니. 돈이 없는 것도 아니면서."

"그래서 다른 이들은 다 슬립으로 재워뒀잖아. 그렇다고 너를 혼자 다른 방에 둘 수도 없고."

"그거야 라케시드 왕자님하고 나누는 대화를 듣지 못하게 하려고 그런 거잖아요."

입을 삐죽거리는 마렌의 모습에 아하만브르드가 웃었다.

"내가 옆에 있는 한 누구도 네게 손댈 수 없으니 안심하고 자도 돼. 굳이 슬립이 아니더라도. 아니면 날 믿지 못하는 거야?"

"…그거야 아니지만."

확실히 아하만브르드의 실력을 믿지 못하는 것은 아니었다.

다만 그녀가 아쉽게 생각하는 것은 그가 이렇게 자신을 보호하는 이유였다.

신관들에게 공격당한 마을의 생존자로서 천계의 음모에 대해 알릴 중요한 증인이라고 생각하고 있기 때문에 그녀를 그토록 보호하는 것이었으니까.

"걱정 마. 마계에 가서도 절대로 네 목숨에 위협이 가해지는 일은 없을 테니까."

'바보……'

마렌은 깊은 한숨을 내쉬었다.

"드래곤 산맥이라……."

여관을 나온 라케시드는 잠시 멈칫했다.

막상 발걸음을 옮기려 보니 중간계에서 아는 길이 없었다.

누군가에게 물어보기 위해 주위를 두리번거리는 그에게 세크리티히의 목소리가 들려왔다.

[동쪽이다.]

"응?"

[카이린 찾는 거 아니냐? 드래곤 산맥인지 뭔지 몰라도 동쪽에서 느껴진다.]

라케시드의 시선이 하늘을 바라보았다.

"동쪽… 중간계에서는 아침 해가 뜨는 쪽이 동쪽이랬던가?"

[그렇지. 지금이 아침이니 해가 떠 있는 쪽으로 가면 될 거다. 그리고… 환영의 일족이라던 그 남자를 조심해라. 그들이 나섰다는 것은 무언가 심상치 않은 일이 벌어질 조짐이라는 것이니까.]

나직하게 가라앉은 그의 목소리에 라케시드가 멈칫했다.

"그들 일족에 대해 뭔가 아는 거라도 있어?"

마계에 알려진 그들의 특징이라고는 그냥 마계의 한구석에 박혀서 마신의 명령에만 움직인다는 것뿐이다.

그러나 설마 마신이 카이린을 납치하라고 시켰을 거라는 생각은 들지 않았다.

마계의 신이 하릴없이 인간 하나를 납치한다는 것도 우스운 일이거니와 굳이 이렇게 번거롭게 일을 처리할 이유가 없다고 생각한 것이다.

그러던 차에 세크리티히가 뭔가 아는 듯한 말을 내뱉자 라케시드의 얼굴에 반색이 떠올랐다.

세크리티히는 생각보다 격렬한 라케시드의 반응에 움찔했다.

그 역시 많은 것을 아는 것은 아닌지라 그러한 반응이 조금 부담스럽게 느껴진 것이다.

[글쎄? 나도 뭐라고 확실히 말해줄 수는 없다만, 내가 마왕이 되던 때에는 마신의 명령조차 무시하던 종자들이라는 것은 알고 있지.]

"마신의 명령도… 무시했다고?"

너무나 의외의 말에 라케시드가 멈칫하며 발걸음을 멈췄다.

마계의 생명체로 있으면서 그곳의 신인 마신을 거부했다는 것이 좀처럼 이해가 되지 않았다.

[그들이 믿는 신은 마신이 아니라고 하더라고. 뭐라더라? 파괴신 라… 뭐라고 하는 것 같던데.]

"라드나엘?"

[오! 맞아. 그런 이름… 응? 그 잊혀진 신의 이름을 어떻게 아는 거냐?]

"아이켄이 말하던데? 마계와 천계, 중간계의 3계가 탄생하게 된 원인이 된 존재로 창조신의 아들이자 형제인 두 절대신 중 하나라고."

대수롭지 않게 말하는 라케시드의 말에 세크리티히가 어쩐지 당황하는 목소리로 물었다.

[아이켄……? 그가 그렇게 말했다고?]

"응. 왜?"

[그 신의 이름을 아는 건 주신과 마신, 그리고 그 신을 믿는 신도인 환영의 일족뿐이야. 나조차도 류에게서 지나가듯이 환영의 일족이 따르는 신이라며 이름만 들었을 뿐이니까.]

"류?"

[내가 그녀… 마신을 부르던 이름이다.]

"마신을 이름으로 불렀단 말이야? 아니, 그보다 신에게 이름이 존재했던가?"

[시끄러. 지금 그런 게 중요한 게 아니잖아. 아이켄이 그 이름을 어떻게 알았느냐가 중요한 거지!]

"뭐… 기록에라도 남아 있었던 거겠지."

[전혀! 마계의 신보다 상위에 있다는 신의 이름이다. 지금은 잊혀진 그 신의 이름에 대한 기록을 마신이 남겨둘 리가 있겠냐! 더군다나 마계가 안정되고 마족들이 살기 시작한 것도 몇천 년이 지난 후라고!! 아무리 아이켄이 마신의 대리자라지만 류가 그런 것까지 시시콜콜하게 말해줄 리가!!]

흥분해서 외치는 세크리티히의 말에서 무시할 수 없는 말을 들은 라케시드가 믿을 수 없다는 듯 눈을 크게 떴다.

"누가… 마신의 대리자라고?"

마신의 대리자.

그것은 곧 마계에서 마왕과 비견되는 명실상부한 권력자라는 이야기다.

지금껏 자신을 돌봐주고 가르치던 보좌관이 그런 대단한 존재라는 말에 라케시드는 마치 누군가가 뒤통수를 망치로 후려갈긴 듯한 기분이었다.

[헉! 이런……. 말실수를 했군. 대리자의 정체는 마신과 마왕 외에 누구도 알지 못하는 건데…….]

세크리티히는 자신의 실수에 난처한 목소리를 내뱉었다.

당황한 감정에 하지 않아도 될 말을 내뱉고 말았다.

충격을 받은 라케시드의 모습도 미안했지만 후에 아이켄으로부터 받게 될 눈총을 생각하니 벌써부터 머리가 지끈거리는 기분이 들었다.

[미안하다. 못 들은 걸로 해라. 어차피 그 녀석도 다른 이들에게 정체를 밝히면 안 되는 존재라 너한테도 말하지 못한 것일 테니까.]

세크리티히는 자신의 실수를 만회하기 급급하여 정작 하고자 했던 말을 하지 못했다.

어쩌면 아이켄이 환영의 일족과 관계가 되어 있을지도 모르니 조심하라는 말을……

라케시드가 카이린을 찾기 위해 드래곤 산맥으로 떠난 후, 아하만브르드의 마법에서 풀린 화이트 윈드 용병단원들 역시 슬슬 눈을 뜨고 있었다.

“후아암— 잘 잤다. 으음…….”

레이지는 기지개를 펴며 멍한 시선으로 주위를 두리번거렸다.

불편하게 쪼그리고 잔 탓인지 온몸이 몽둥이로 얻어맞은 것처럼 욱신거리는 느낌이 들었다.

그의 시선이 바닥에 아무렇게나 널브러진 채 꼼지락거리는 일행을 지나 라케시드가 누워 있던 침대로 향했다.

“……?”

없었다.

분명 그 곳에 누워 있어야 할 라케시드의 모습이 감쪽같이 사라져 있었다.

“다들 일어나 봐! 문제가 생겼어!! 단장이! 단장이 사라졌어!!”

“뭐야?!”

당황함이 가득한 레이지의 목소리에 일행이 벌떡 몸을 일으켰다.

어느덧 그들의 눈에 맺혀 있던 졸음의 기운은 흔적도 없이 달아난 상태였다.

“아하만브르드라는 녀석과 마렌이라는 여자도 없다.”

그런 와중에도 침착하게 주위를 둘러보던 세오스가 조금 떨리는 목소리로 말했다.

그는 자신이 같은 방에 있었음에도 그가 사라지는 동안 어떠한 기척도 느끼지 못했다는 것에 커다란 충격을 받고 있었다.

그의 말에 일행 역시 둘의 부재를 깨닫고 당황한 표정을 지었다.

"젠장! 라케시드와 아는 것 같아서 안심하고 있었는데 정말로 마녀였던 건가!!"

레인이 분한 표정으로 이를 갈았다.

아하만브르드란 자에게서 느껴진 불길한 기운을 라케시드가 아는 자라는 이유로 쉬이 넘겼던 것이 무척이나 억울했다.

마렌에게서 어둠의 기운이 느껴지지 않았던 것도 자신의 눈을 속일 정도로 고위 마법사였다면 충분히 가능한 일이었다는 생각이 들었다.

적어도 7서클 이상이었다면.

"잠깐. 뭔가 이상하다는 생각 안 들어?"

일행 중 가장 침착하게 상황을 둘러보던 바우트가 하는 말에 일행이 무슨 말이냐는 시선으로 그를 바라보았다.

"라케시드의 옷이 사라졌어. 우리가 아무리 잠들어 있었다고 해도 싸움이 일어났다면 알지 못했을 리가 없어. 게다가 라케시드의 실력은 누군가에게 무기력하게 당할 만한 것은 아니잖아?"

"하지만 다쳤었다고! 의식 불명이었단 말이야!!"

비록 라케시드가 그들과 햇수로 따질 정도로 오랫동안 알아왔던 것은 아니지만 그와 함께하면서 의지한 점도 많았고 도움을 받은 적도 많았다.

레이지는 태평스럽게만 보이는 바우트의 모습이 적잖이 원망스럽게 느껴졌다.

강하다고는 하지만 까마득한 나이 차이의 동생뻘(?)이나 될까 말까 한 어린 소년이다.

그런 이가 납치를 당했을지도 모르는데 침착한 태도로 상황이나 분석해 가면서 무사하길 비는 것은 그의 취향이 아니었다.

"그가 죽일 거였다면 번거롭게 데려갈 필요 없이 이곳에서 죽였을 거야."

"네가 어떻게 알아! 데려가서 죽였는지 아닌지!"

"물론 그건 나도 모른다."

"그러니까 내 말이……!!"

"그러니까 찾으러 간다."

"……!!"

흥분해 있던 레이지가 순간 굳은 듯 딱 멈췄다.

머리끝까지 치밀었던 분노가 한순간 얼어버린 듯했다.

그를 바라보는 바우트의 눈동자는 흔들림없는 깊은 심연과도 같았지만 그 속에는 레이지와 똑같은 붉은 불꽃이 너울거리고 있었다.

"어디에 있든 찾으러 간다. 설사 죽었다고 해도 그 시신이라도 보기 전에는 절대 물러서지 않겠다."

＊　　　＊　　　＊

햇빛이 쨍쨍 내리쬐는 열사(熱砂)의 바다.

붉은 태양 아래 가지런히 깔려 있는 황금빛 모래는 오븐 안에 넣어진 팬케이크처럼 뜨겁게 달구어진 채 발을 내디딜 때마다 발목을 푹푹 감아왔다.

"젠장!! 도대체 제대로 가고 있는 게 맞는 거야?!"

카이린이 납치당하는 것을 코앞에서 놓친 후 그녀를 찾고자 일행도 버려두고 베른 시를 떠난 지도 어언 15일이 지났다.

평범한 이들이라면 삼 개월은 걸릴 거리를 먹지도 자지도 않고 여섯 배는 단축하여 걸어왔다.

하지만 아직도 카이린이나 그녀를 납치해 간 수상한 마족의 모습은 그림자조차 발견하지 못했다.

라케시드는 왠지 가도 가도 제자리를 맴도는 것처럼 끝도 없이 펼쳐진 모래의 바다에 울컥 화가 치밀어 올랐다.

[맞는 길이다. 이대로 계속 직진하면 돼. 쭈~욱.]

"제길!! 그 말만 벌써 150번째란 말이다!!"

[그거야 네가 하루에도 열 번씩 물어봤으니까.]

세크리티히는 투덜대는 라케시드에게 시큰둥한 목소리로 대꾸했다.

짜증도 하루 이틀이어야 받아주는 것이다.

그러한 것이 보름간이나 지속되자 세크리티히는 정신체임에도 불구하고 지치는 것 같은 기분이 들었다.

[그래도 넌 나보다 나은 거다. 난 여자 하나 찾자고 안내자

도 없이 장장 백오십 년을 헤맸으니까.]

"응?"

세크리티히가 위로랍시고 꺼낸 말에 라케시드는 문득 호기심이 생겼다.

세크리티히가 검의 모습으로 있는지라 종종 까먹는 경우가 있지만 그는 초대 마왕의 영혼이었다.

그가 마왕으로 있던 시기는 대략 8만 년 전.

마족들에게조차 세대가 몇 번이나 바뀌었을 정도로 까마득히 먼 옛날의 일이다.

평소라면 '고리타분한 노인네의 옛날이야기 따위는 듣고 싶지 않아!' 라고 외칠 이야기인 것이다.

하지만 어차피 갈 길은 먼 것 같고 지루함과 후덥지근함에 불쾌지수만 높아지던 라케시드는 세크리티히의 말을 한번 들어나 보자고 생각했다.

어쩌면 이 지루함을 날려줄 정도로 재미있는 얘기가 나올지도 모르니까.

[그래, 내가 그때 헤맸던 것도 이런 사막이었지……. 한 이백 살 때쯤이었을 거야. 그녀를 찾기 위해 드래곤들을 족치러 갔었는데… 하필이면 내가 찾아간 드래곤이 그들 중에서도 가장 강하다는 로드일 게 뭐냐? 뭐, 나중에는 그의 도움으로 그녀를 찾기는 했지만… 사흘 밤낮을 쉬지 않고 겨뤘던 그날의 전투는 아직도 기억에 생생하게 남아 있다니까. 크~ 그 녀석이야 이제 죽고 세상의 마나로 환원되었겠지만.]

세크리티히가 과거에 대한 그리움이 잔뜩 묻어나는 애잔한 목소리로 중얼거렸다.

아마도 그가 검이 아니라 인간의 형상을 하고 있었더라면 저 멀리 태양을 바라보며 아련한 표정을 지었을지도 모를 정도로 애틋한 목소리였다.

하지만 그의 회상은 라케시드의 불신감 가득한 목소리에 의해 깨어질 수밖에 없었다.

"거.짓.말."

라케시드가 단호한 목소리로 말했다.

그는 도저히 세크리티히의 말을 믿을 수가 없었다.

일고(一顧)의 가치도 없다는 듯한 그 태도에 세크리티히가 울컥했다.

[뭐얏?! 나의 이 아리땁고 훌륭한 과거를 거짓 따위로 치부하다니!]

"흥! 마족이 이백 살에 드래곤 로드랑 맞짱 떠서 이긴다는 게 가당키나 한 소리냐? 차라리 오크가 드래곤으로 폴리모프 했다는 소리를 믿겠다!"

마족의 성년기는 드래곤과 마찬가지로 천 살이다.

그런데 성년도 안 된 나이에 중간계에 강림한 마왕과 거의 동급의 힘을 가진 드래곤 로드를 상대로 사흘 밤낮을 싸웠다고?

그것은 말도 안 되는 일이었다.

만약 마신에 의해 태어날 때부터 마왕의 힘을 지녔다면 몰라도.

하지만 그것이 가능했다면 마왕이 마신에 의한 탄생으로 계승되지, 혈연에 의해 승계되지는 않았을 것이다.

[정말이다! 내가 사랑하는 여자가 마신만 아니었어도 난 아일시아드 제국의 건국 황제로서 온갖 부귀와 영화를 누리며 잘 먹고 잘살았을 거란 말이다!!]

움찔.

시큰둥한 태도로 가는 길을 가려던 라케시드가 세크리티히의 절규 같은 고함에 멈춰 섰다.

"누구를 사랑했다고?"

그가 잘못 들은 것이 아니라면 세크리티히가 사랑했다는 여자는 마신이라고 했다.

그러면 마신이 누구인가?

마계를 다스리며 모든 마족의 어머니라 할 수 있는 어둠의 신을 뜻함이 아니었던가?

감히 피조물 주제에(?) 이성으로서 신을 사랑했다는 말에 라케시드는 입을 쩌억 벌렸다.

[그때는 마신은커녕 마계에 대해서도 몰랐던 때니까! 나는 평범한 인간이었단 말이다.]

"……!"

라케시드의 눈이 커다랗게 부릅떠졌다. 얼마나 놀랐는지 머릿속이 텅 빈 채 아무런 말도 떠오르지 않았다.

"인간이었다고?"

[그래. 그러니까 나는 네가 마족으로서 수명을 누릴 수 있는 방법을 알고 있다. 그러니까 나와 영혼의 계약을 맺으면…….]

"그 방법이라는 것을 알려주겠다고?"

영혼의 계약이라는 말에 정신을 차린 라케시드가 세크리티히에게 반문했다.

초대 마왕에 대한 정확한 내용은 모르지만 그가 2만 년의 세월을 살다 갔다는 것 정도는 라케시드 역시 알고 있었다.

현재 6대째 마왕인 베리알 전에 마왕의 자리에 앉았던 이들 중 제 명에 죽은 마왕은 초대부터 3대까지 단 세 명뿐이었으니까.

"싫어."

라케시드는 시큰둥한 표정을 지었다.

[아니, 대체 왜? 살고 싶다고 하지 않았어?]

세크리티히는 모처럼 꼬실 만한 분위기가 만들어졌다고 생각해서 말한 것인데 그토록 차갑게 거절하니 무안한 마음까지 들었다.

"계약자는 카이린 하나로 충분해. 에고 소드랑 영혼의 계약이라고? 웃기지 말라고 해."

[어이, 어이, 에고 소드라고는 해도 나는 초대 마왕인…….]

"그래도 지금은 검이잖아?"

세크리티히는 라케시드의 말에 할 말을 잃었다.

확실히 지금 현재 세크리티히는 고작 검에 갇힌 영혼일지도 모른다. 하지만 그 검이 보통 검이던가?

자그마치 마왕의 상징이 되는 검이다.

게다가 숨겨진 힘은 그가 현재 빌려 쓰는 찌꺼기 같은 마력과는 비교할 수 없을 정도로 강대한 것이다.

그런데 단지 검과 계약을 맺고 싶지 않다는 이유 하나만으로 그 모든 것을 거절하겠다고 하니!

세크리티히로서는 기가 막히지 않을 수가 없었다.

[다른 마족들 같으면 얼씨구나 좋다고 허락했을 거다. 멍청한 녀석!]

하지만 라케시드 역시 할 말이 없는 것은 아니었다.

"어느 쪽도 일방적인 계약이라는 건 들어본 적이 없어. 게다가 너는 마왕까지 했던 녀석이잖아? 뭘 바랄 줄 알고 계약이야? 원하는 게 크다면 지불해야 하는 대가 역시 크겠지. 난 내 힘으로 그 방법이라는 것을 찾고 말 거야."

라케시드는 세크리티히가 검의 모습을 하고 있다고 해서 방심하지 않았다.

마족의 계약은 양날의 검과 같은 것. 그렇기 때문에 마족들은 동족과의 계약을 맺지 않는 것을 불문율과 같이 여긴다.

자칫 잘못하면 상대에게 모든 것을 빼앗길 수도 있음을 아는 것이다.

이블루시아의 마법인지 저주인지에 처음 걸려 고양이처럼 귀와 꼬리가 생겼을 때도 몇 번씩이나 계약의 내용을 재차 확인했던 라케시드다.

그러니 굳이 그 필요성을 절절이 느끼지 못하는 이상 세크

리티히가 어떤 꿍꿍이를 가지고 있는지 모르는데 덥석 제안을
받아들일 리 만무했다.

한동안 대화없이 걷기만 하던 중 세크리티히가 물었다.

[…도대체 왜 그렇게 카이린을 구하기 위해 집착하는 거냐?]

무겁게 가라앉은 그의 목소리에는 진실로 궁금하다는 듯이
의문이 짙게 서려 있었다.

라케시드는 대수롭지 않다는 듯 대답했다.

"내 첫 계약자니까."

[그것도 이상해. 넌 애당초 그 여자 애와 계약을 하지 않아
도 되었어. 미성년 마족인 네가 목숨까지 걸어가면서 그 애와
계약할 그 어떤 이유도 없었다는 거다. 그런데 왜 그녀와 계약
하고 이토록 애타게 찾아다니는 거지? 아하만브르드가 계약의
파기에 대한 대가는 스스로가 책임지고 마신에게 호소해서 풀
어주겠다고까지 했는데?]

"……."

라케시드 역시 그 점은 스스로도 의아하게 생각하고 있었
다.

그녀와의 계약은 마족의 계약이라고 말하기 민망할 정도로
손해를 보는 부분이 많았다.

그가 그녀에게 계약의 대가로 요구한 것은 한 사람을 찾는
일을 도와달라는 것.

하지만 실제 그를 찾는 데 있어서 카이린이 도움이 될 리는
만무했다.

아니, 오히려 성년이 되지 못한 채로 맺은 불안전한 계약이기에 그 자체만으로도 득(得)보다는 실(失)이 훨씬 컸다.

그럼에도 불구하고 이토록 카이린을 구하고자 애를 태우는 이유는 무엇일까?

단지 계약자이기 때문에?

"모르겠어. 단지 확실한 것은……."

라케시드는 심장을 움켜쥐었다. 마치 누군가가 바늘로 콕콕 찌르듯 아릿한 통증이 느껴졌다.

카이린과 떨어진 이후부터다.

그때부터 그의 심장은 계속해서 작은 통증을 호소했다. 마치…….

"그녀가 우는 모습은 절대로 보고 싶지 않다는 거야."

심장이 우는 것처럼.

Chapter 30
실버 드래곤 아카르디안

MUTATION
DEMON

라케시드가 지루함에 몸을 떠는 것을 알았던 것일까.

그의 평온한 시간은 오래지 않아 끝을 맺고 말았다. 바로 수많은 몬스터들에 의해서.

"크윽! 이것들이 대체 다 뭐야?!"

라케시드가 검을 휘두르며 아연한 얼굴로 소리쳤다.

며칠 동안 생명체의 그림자조차 찾을 수 없던 게 거짓이라고 말하기라도 하듯, 어디에 숨어 있었던 것인지 모를 온갖 몬스터들이 그의 보보마다 나타나 길을 막고 있었다.

스르르.

라케시드는 성인 남성의 키만큼이나 커다란 보라색 전갈 모양을 한 몬스터 자이언트 스콜피온(giant scorpion)을 향해 검을 휘둘러 꼬리를 잘라냈다.

비명을 지르듯 온몸을 뒤트는 자이언트 스콜피온으로 인해 모래가 사방으로 튀었다.

라케시드는 땅에 내려서자마자 발밑으로 느껴지는 모래의 흐름에 흠칫하며 몸을 피했다.

푸화학—!

쿠워어어~!

마치 분수처럼 터져 나오는 모래와 함께 어지간한 아름드리 나무 굵기의 자이언트 샌드웜(sandworm)이 모습을 드러냈다.

마치 사막에 몸집이 커지는 마법의 약이라도 있는지 나타나는 몬스터들은 다들 하나같이 라케시드가 드래곤 앞의 오크처럼 보일 정도로 커다란 크기를 자랑했다.

지면에 닿는 라케시드의 발소리로 그의 위치를 알았는지 십자 형태로 나 있는 이빨이 커다랗게 입을 벌리고 그를 향해 덤벼들었다.

"제길! 이거나 먹어라!"

라케시드는 또다시 몸을 피하며 쩍 벌려진 자이언트 샌드웜의 아가리에 방금 전 잘라내었던 자이언트 스콜피온의 꼬리를 집어 던졌다.

보라색 꼬리 위로 선명하게 흐르는 녹색의 액체가 불길하게 번뜩인다.

아마 모르긴 해도 삼키면 절대 좋은 일은 벌어지지 않으리라.

예상대로 독이 발린 꼬리를 삼킨 자이언트 샌드웜은 괴로운 듯한 몸짓으로 사막 위를 데굴데굴 굴렀다.

쿵쿵, 울리는 그 소리에 사르락사르락 모래가 움직였다.

그리고 잠시도 지나지 않아 모래 위를 뒹굴던 자이언트 샌드웜은 나타난 동족들의 입으로 사라졌다.

라케시드는 긴장한 표정으로 꼼짝도 않은 채 그들이 사라지기를 기다렸다.

이 뜨겁기만 하고 삭막한 사막 어디에 먹을 것이 있다고 이렇게 몬스터들이 많이 몰려 있는 것인지 어이가 없을 정도로 그것들은 끝없이 몰려왔다.

처음 사막의 난폭자라 불린다는 블러드 울프(blood wolf)나 실버 폭스(silver fox)가 나타났을 때는 그냥 그러려니 하고 넘어갔다.

하지만 뒤이어 사막의 악몽이라 불리는 데저트 트롤(desert trawl)부터 시작해서 심지어는 거의 멸종되었다고 알려진 드래곤의 아류라 불리는 드레이크(drake)까지 나타나자 라케시드조차 얼굴빛이 변하지 않을 수 없었다.

"도대체 여기는 몬스터 사육장이라도 되는 거냐?"

[그럴지도 모르지. 내 판단이 맞는다면 우리는 지금 드래곤 산맥의 영향권 안에 있는 것이니까.]

"드래곤 산맥……!"

라케시드의 눈동자가 깊게 침잠했다.

카이린이 이런 위험한 곳에 있다고 생각하자 울컥 화가 치밀어 올랐다.

"그 자식… 카이린의 머리카락 하나라도 다쳤기만 해봐라!"

하지만 지금은 그 분노를 잠시 미뤄둬야 할 때였다.

그의 주변으로 또다시 몬스터들이 몰려들기 시작했으니까.

"허억! 허억!"

라케시드의 입에서 거친 숨이 새어 나왔다. 그의 온몸은 땀으로 목욕을 하기라도 한 듯 흠뻑 젖어 있었다.

그러나 그의 금빛 눈은 싸움의 시작할 때와 마찬가지로 여전히 선명하게 반짝이고 있었다.

아니, 오히려 속에 품은 독기는 한층 강렬해진 듯 눈동자 깊은 곳에서는 푸르스름하게 날이 선 살기마저 비쳤다.

[괜찮나?]

세크리티히가 걱정스러운 음성으로 물었다.

라케시드는 아직 그를 자유자재로 다룰 수 있을 정도의 정신력을 기르지 못했다.

그런데 이토록 쉬지 않고 전투를 벌였으니 지치지 않으면 오히려 이상할 것이다.

게다가 라케시드는 싸우는 도중 결국 두 번이나 빙화를 사용했다.

[설마 용아병까지 등장할 줄이야…….]

그가 빙화를 사용한 것은 갑작스럽게 발밑에 나타나 그를 끌어가려 한 개미지옥에 빠졌을 때 한 번과 그 후 6기의 용아병을 맞았을 때다.

2미터가 넘는 크기의 거대한 골렘을 연상시키는 용아병들은 소드 마스터와 비견될 정도로 빠르고 강하게 라케시드를 압박하였다.

아니, 미스릴보다 단단한 그들의 몸뚱이를 생각한다면 오히려 소드 마스터보다 더욱 강한 존재라고 할 수 있으리라.

라케시드는 고전 끝에 결국 빙화를 꺼내고서야 그들을 무찌를 수 있었다.

그리고는 이렇게 지쳐 버린 것이다.

하지만 이로 인해 얻은 것이 아무것도 없는 것은 아니었다.

적어도 누군가 그를 시험하고자 한다는 것은 확실하게 알았으니까.

그것이 카이린을 잡아간 환영의 일족인지, 아니면 이곳에 살고 있는 드래곤인지는 알 수 없었지만―용아병이 나타난 것으로 봐서는 드래곤일 가능성이 높지만―그를 만나고자 한다면 이 시험을 통과해야 할 것이 분명했다.

"쿨럭!"

라케시드는 거친 기침과 함께 주먹으로 입을 쓰윽 문질렀다.

손등으로 붉은 피가 묻은 것이 보였다.

심장이 욱신거리며 아프다. 마치 발작이 일어나기 직전처럼.

"누군지 이따위 장난을 친 녀석을 만나면 죽여 버린

다……!"

이를 갈며 중얼거리는 라케시드의 눈동자에 살기가 짙게 묻어났다.

실제로 만난다면 어떻게 될지 모르겠지만 지금까지 고생한 것을 생각한다면 그야말로 뼈째로 씹어 먹고 싶은 기분이었다.

그러한 그의 기분을 더욱 거스르고 싶지 않았음인가. 더 이상의 공격은 이뤄지지 않았다.

다만 지금까지 보이지 않던 커다란 호수 하나가 눈앞에 나타났을 뿐이다.

"뭐… 지?"

황량하던 모래사막에 아련하게 떠오른 호수의 모습에 라케시드의 눈동자에 긴장이 서렸다.

숲에서라면 몰라도 이런 곳에서 호수가 나타난다는 것이 이해가 되지 않았던 것이다.

[오아시스로군. 사막에서는 생명의 원천으로 불리며 귀하게 여겨지는 것이지. 보통 이 정도로 크고 깊은 오아시스 주변으로는 사람들이 살게 마련인데 이곳은 누구의 손길도 닿지 않은 모양이군. 마치 누군가가 인위적으로 가려놓은 것처럼 말이야.]

그 누군가가 누구인지는 말하지 않아도 뻔했다.

"날 시험한 존재가 저기 있다 이거지?"

라케시드의 입가에 스산한 미소가 걸렸다.

하지만 그 미소는 곧 딱딱하게 굳어지고 말았다.

푸른 호수의 수면 위.

태양을 받아 하얗게 반짝이는 그 물방울이 모이며 하나의 형상을 만들어내는 것을 발견한 것이다.

라케시드의 귓가로 세크리티히와는 다른 가느라란 여성의 목소리가 울려 퍼졌다.

"저는 물의 최상급 정령인 엔다이론입니다. 이곳을 지나가시고자 한다면 제 시험을 통과하셔야 합니다."

라케시드의 얼굴이 하얗게 질렸다. 그의 입이 열리며 떨리는 목소리가 흘러나왔다.

"시험이 아니라 아예 죽이려고 작정을 한 거였냐……."

*　　　*　　　*

휘이이이—

뜨겁게 달구어진 사막의 모래 위로 태양의 불길을 담은 뜨거운 바람이 불어왔다.

생명이 살지 못하는 죽음의 대지처럼 보이는 황금빛 모래의 바다. 하지만 이곳에도 엄연히 생물이 살아갈 수 있는 길은 존재했다.

모든 생명의 원천이라 할 수 있는 물.

그 물이 모여 사막 한복판에 호수를 이룬 것을 사람들은 오아시스라 부르며 사막에 사는 이들은 그 주위에 마을을 형성

한다.

그러나 이곳에 있는 한 오아시스는 맑고 깨끗했으며 쉽게 동이 나지 않을 정도로 깊이를 가지고 있었음에도 불구하고 주위에 아무런 생명체도 보이지 않았다.

마치 사람의 손길이 닿지 않은 천연의 성지처럼 보이는 그 오아시스 아래의 깊숙한 곳.

그곳에는 대리석으로 만들어진 새하얀 궁전이 투명한 보호막에 감싸인 채 자리 잡고 있었다.

바다에서였다면 혹시나 용궁일까 지레짐작이라도 해보겠건만 그리 크지도 않은 오아시스 아래에 자리 잡은 궁전은 기묘한 이질감을 풍겼다.

그 궁의 대전 안에서는 각각 은발과 흑발을 가진 두 사람이 다과를 앞에 둔 채 마치 한담이라도 나누듯 두런두런 이야기를 하고 있었다.

"저대로 내버려 둘 텐가, 베리알?"

은발의 남자가 흑발의 남자를 향해 물었다.

흑발의 남자는 바로 라케시드의 아버지인 마왕 베리알이었다.

마계에 있어야 할 그가 중간계에 내려와 있는 것이다.

대륙에 사는 생명체들이 알면 까무러칠 노릇이었지만 그의 앞에 앉은 은발의 남자는 개의치 않는 듯 빙글빙글 웃을 뿐이었다.

"내버려 두지 않으면 어쩌란 말인가, 아카르디안. 실버 드래곤의 수장인 그대가 두 눈을 시퍼렇게 뜨고 나를 감시하고 있는데 말이야."

베리알이 그런 그의 모습이 못마땅하다는 듯 뚱한 표정을 지었다.

어린아이처럼 툴툴거리는 모습에 아카르디안이 큰 소리로 웃었다.

"하하하! 농담이 많이 늘었군, 베리알. 나의 친우여, 내가 설마하니 마왕이 마족 하나를 족치겠다는데 그것마저 방해하려 들까? 원한다면 주변에 실드라도 쳐서 중간계의 그 누구도 마왕이 강림했음을 알아차리지 못하게 하겠네. 그나저나 그녀가 너의 딸임을 알면서도 환영의 일족을 이용하여 납치를 사주하다니. 그는 정말로 너와 반목하기로 작정이라도 했단 말인가?"

아카르디안은 마왕의 사정에 대해 다른 누구보다도 비교적 자세히 알고 있었다.

그의 눈이 걱정스럽게 마왕을 응시했지만 베리알은 단 한 번도 고개를 돌리지 않았다.

"마신의 뜻이라면 그 역시 따라야 했겠지. 진정 마신의 뜻인지, 그의 뜻인지는 모르겠지만……."

베리알은 말끝을 흐리며 어깨를 으쓱였다.

삐뚜름하게 올라간 입술이 마치 재밌는 장난감이라도 발견한 양 짙은 미소를 머금고 있었다.

그러나 아카르디안은 그것이 그가 살의를 느낄 때 짓는 표정임을 알고 있었다.

베리알은 환영의 일족으로 하여금 자신의 딸을 납치하도록 사주한 것이 아이켄임을 알고 있었다.

하지만 섣불리 움직일 수는 없었다.

아이켄은 마신의 의지를 대변하는 대리자였고, 자신은 그런 마신의 뜻을 따라야 할 마왕이었으니까.

아카르디안은 붉게 빛나는 그의 눈동자 깊숙한 곳에 숨겨진 슬픔과 분노에 안타까운 표정을 지었다.

"…자네 딸이네. 다른 누군가가 아닌!"

"아닐세. 라케시드를 살리기 위해 그 아이를 마신에게 제물로 바친 그 순간부터 난 그 아이의 아버지이기를 포기한 것이나 마찬가지네."

베리알의 입가에 쓴 미소가 그어졌다.

그의 머릿속으로 옛 기억이 스쳐 지나갔다.

이미 숨이 끊어진 아이의 시신을 안고 절규하던 그의 왕비 히에트의 모습이.

"살려줘! 당신은 마왕이잖아! 신의 섭리를 거스를 수 있는 마족들의 왕이잖아! 아이는 잘못이 없잖아……. 내 아이야. 내 아이란 말이야! 살려줘… 살려줘……. 원하는 것은 뭐든 들어줄 테니… 제발… 제발 살려만 줘……."

베리알은 끊임없이 애원하던 그녀의 소원을 외면할 수 없었다.

결국 그는 라케시드의 목숨을 살리기 위해 당시 히에트가 임신 중(8개월)이던 자신의 딸을 마신에게 대가로 바치겠노라 약속해야만 했다.

아이의 목숨, 그리고 그 운명까지도.

"그 아이의 이름조차… 지어주지 못했으니까."

마신이 원했다고는 하지만 그것을 수락한 것은 자신이었다.

'아마도 히에트는 꿈에도 모르겠지. 라케시드를 살리기 위해 태중에 있는 우리의 딸을 제물로 바쳐야 했다는 것을……'

히에트에게는 아무 말도 하지 않은 채 자신이 일방적으로 한 선택이었다.

그토록 라케시드를 아끼는 모습이 아이의 아버지인 '그'에 대한 사랑이 아직도 식지 않았음을 말하는 것 같아서 홧김에 마신의 제안을 받아들인 것이다.

그토록 '그'의 아들이 소중하다면 뱃속에 든 아이의 운명과 맞바꿔 살려보라고.

그리고 후에 그 사실을 알고 뼈저리게 후회해 보라고…….

다정다감한 히에트의 성격이라면 자신이 다른 누구도 아닌 딸의 운명을 희생해 죽은 아들의 운명을 되돌렸다는 것을 알면 틀림없이 죽을 만큼 아파하리라 생각했다.

마왕은 그와 그녀의 사이에 태어날 아이를 희생했음에 슬퍼하는 그녀의 모습이 보고 싶었다.

아니, 아니다.

사실은 두려웠다.

그녀가 그 계약의 조건을 알고도 자신의 딸과 '그'의 아들인 라케시드의 운명을 바꾸겠다고 말하게 될까 봐.

그녀가 아직도 자신보다 '그'를 사랑하고 있음을 확인하게 될까 봐 그것이 두려웠다.

'결국 추한 질투로 딸의 운명을 파멸로 몰아넣었을 뿐이지……'

"나는 내 형제들의 피를 밟고 옥좌에 올랐네. 하지만 내 아이들은… 그 아이들은 나와 똑같은 전철을 밟지 않기를 바라는 것은… 너무 큰 욕심이라 생각하는가?"

자식의 운명을 망친 것은 한 번으로 족하다.

마왕은 진심으로 그렇게 생각했다.

자신이 살아 있는 동안 남은 자식들이 피를 흘리며 싸우는 모습은 보고 싶지 않았다.

축 늘어진 그의 모습은 무시무시한 마계의 왕이라기보다는 자신이 한 일에 후회하고 번뇌하는 나약한 인간의 모습과 닮아 있었다.

아카르디안은 어쩐지 기분이 묘해지는 것을 느꼈다.

그가 아는 베리알은 남 괴롭히기를 좋아하고 자신의 마음에 들지 않는 이들이 있으면 그 자리에서 죽여야 분이 풀리는 성격이었다.

자기밖에 모르는 이기적인 마족이었고 자신이 남들의 위에 서 있는 것을 당연하다고 생각하는 존재였다.

그렇게 생각했다.

그런데 지금 보니 그 모든 것을 마왕으로서의 그의 모습일 뿐 정작 베리알 그 개인의 인격체로는 보지 않았다는 것이 떠올랐다.

"그러면 그 아이는 어쩔 것인가? 이미 라케시드와 만난 것 같은데."

그뿐만이 아니다.

그가 잘못 본 것이 아니라면 소녀의 손바닥에는 분명 계약의 인을 뜻하는 검은 육망성의 모양이 새겨져 있었다.

그가 눈치 챈 것을 베리알이 알지 못할 리가 없었다.

아카르디안은 조심스러운 눈빛으로 베리알의 표정을 살폈다.

그에게야 중간계에서 마족을 잡아 족치든 말든 마음대로 하라고 말했지만 아무래도 중간계에 마왕의 강림이 알려지는 것은 썩 좋은 일은 아니었다.

혹시라도 무슨 일이라도 벌일까 싶어 조마조마한 마음으로 바라보는 그에게 베리알이 말했다.

"안심해. 일단은 지켜볼 생각이니까."

"응?"

"어차피 아이하르켄 그는 라케시드에게도 그 아이에게도 손대지 못해. 마신이 화를 낼 테니까. 그가 아무리 속으로 다른 꿍꿍이를 품고 있다고 해도 상대는 신(神)이야. 아무런 준비도 없이 어쭙잖게 상대를 도발하지는 않을 거다."

"그렇겠지. 상대는 신이니까."

하지만 아카르디안은 왠지 모를 불안감을 느꼈다.

꿍꿍이를 알 수 없는 것은 마신 역시 마찬가지였다. 다만 대적할 수 있느냐, 없느냐의 차이일 뿐.

"게다가 나는 몰래 내려와 있는 상태라고. 내 강림을 알게 되면 천계 놈들, 협약을 어겼느니 어쩌니 하며 난리를 칠걸?"

베리알은 진저리가 난다는 듯 손사래를 치며 너스레를 떨었다.

물론 제1차 천마대전을 발발시킨 주역인만큼 그러한 말은 단지 엄살일 뿐이라는 것을 알고 있었다.

그는 절대 피를 두려워하는 성격이 아니었으니까.

단지 그는 기다리고 있는 것이다.

자신이 마신의 대리자를 향해 검을 겨루어도 정당하다 말할 수 있는 명분을 쥐어지기를.

"그나저나 아들 녀석이 근처에 와 있는 것 같은데 그 녀석이나 초대해 볼까?"

베리알은 더 이상 그에 대해 말하고 싶지 않다는 듯 화제를 돌렸다.

그런 그의 입가에는 장난기가 가득 담긴 짙은 미소가 떠올라 있었다.

*　　　*　　　*

라케시드는 자신이 가는 곳에 베리알이 있다는 사실은 꿈에도 생각하지 못했다.

그는 오기로라도 마지막 시험으로 생각되는 엔다이론의 시험을 통과하기 위해 온몸을 긴장시키고 있는 참이었다.

여기까지 왔는데 돌아가기에는 그동안 몬스터들을 상대하며 쌓인 스트레스가 너무나 컸다.

어느새 카이린에 대한 사안은 뒷전으로 넘긴 채 전의를 불태우고 있는 라케시드의 모습에 세크리티히가 중얼거렸다.

[내 생각에는 돌아가는 게 좋을 거 같은데…….]

드래곤 산맥에 들어서기 전까지는 분명 카이린이 이곳 어디쯤에 있다는 것이 느껴졌었다.

하지만 막상 싸움 도중에 살펴보니 어느새인가 다른 곳으로 갔음을 알 수 있었다.

그렇지만 세크리티히는 차마 라케시드를 향해 그러한 말을 내뱉을 수 없었다.

그는 지금 자신을 이토록 고생시킨 놈(?)을 이제 곧 볼 수 있게 된다는 기대 때문에 반쯤 이성을 잃은 상태였으니 말이다.

"여기까지 온 이상 난 반드시 몬스터를 이용해서 나를 여기까지 끌고 온 놈의 면상을 봐야겠어! 와라! 시험이든 뭐든 얼마든지 받아줄 테니!"

[내 말은 신경도 안 쓰는군.]

세크리티히는 한숨 섞인 목소리로 '뭐, 제 아들놈이니 베리알 녀석이 알아서 처리하겠지' 라고 중얼거렸다.

그는 호수 아래로 느껴지는 마왕의 기운을 선명하게 느끼고 있는 상태였다.

그 자신은 감춘다고 감춘 것 같지만 먼 곳도 아닌 가까운 곳에서 베리알보다 강한 마력을 지닌 세크리티히의 눈을 피하기란 어려운 일이었다.

일부러 세크리티히를 의식하고 감췄더라면 찾기가 조금 힘들었을지 모르지만 말이다.

잠시 투덜거리던 세크리티히는 곳 이상한 점을 깨달았다.

라케시드가 이곳에 와 있다는 것을 모를 리가 없을 베리알이 꼼짝도 않고 있는 것이다.

마치 그가 시험을 통과해 자신을 찾기를 기다리는 것처럼.

[대체 무슨 꿍꿍이지?]

라케시드의 현 몸 상태로 물의 최상급 정령과 싸운다는 것은 섶을 이고 불에 뛰어드는 것과 같은 일이라는 것을 베리알이 모르지는 않을 것이다.

연이은 전투로 흥분해 있는데다가 놀림을 받는다는 기분에 분노해 있지만 라케시드는 빙화를 두 번이나 써서 몸 안의 두 기운이 서서히 날뛰기 시작한 상태였다.

이 이상 힘을 쓴다면 세크리티히의 마력에 의해 정신을 잠식당하거나 신성력과 마력의 충돌로 폭주를 일으키고 말 것이다.

긴장하고 있던 그의 귀에 엔다이론의 목소리가 들려왔다.

"그럼 시험을 시작하겠습니다. 하나이되 하나가 아닌 것, 여럿이되 여럿이 아닌 것, 같은 하나에서 시작되어 같은 곳을 향해 걸어가지만 결코 같지 않은 것, 누구에게나 공평하지만 또한 누구에게도 공평하지 않은 이것은 무엇입니까?"

"뭐… 뭐야?"

[수, 수수께끼?]

라케시드의 표정이 멍청하게 변했다.

세크리티히 역시 어이없기는 마찬가지였다.

고작 수수께끼 하나를 내려고 최상급 정령을 소환하다니…….

잠시 동안이지만 긴장했던 것이 부끄러울 지경이었다.

하지만 수수께끼라고 해서 우습게볼 것은 아니었다.

어쨌든 엔다이론은 이것이 시험이라고 말했고, 시험을 통과하지 못했을 때의 결과에 대해서는 말하지 않은 상태이니까.

최악의 경우 엔다이론과 싸워야 할지도 모른다는 사실은 변하지 않는다.

라케시드의 눈빛이 침착하게 가라앉았다.

당황으로 인해 흥분이 조금 사라지고 차분하게 생각을 할 여유가 생기자 자신이 얼마나 블리한 상황에 놓여 있는지 알 수 있었다.

자신은 상대가 보낸 몬스터에 의해 기진맥진이 되어 있지만 상대는 지치기는커녕 코끝 하나 비치지 않고 자신의 집에서 쉬고 있을 것이다.

그러한 상태니 불리해도 보통 불리한 것이 아닌 것이다.

라케시드는 결국 수수께끼를 풀기 위해 골몰해야 했다.

"하나이면서 여럿이라는 게 대체 뭐야?"

[글쎄……. 어디다 끼워 맞춰도 맞을 것 같은 모호한 질문인데? 철학에 대한 얘기라도 나누자는 건지도.]

"흐음. 근데 이거 못 맞히면 어떻게 되는 거지?"

[…….]

아마도 저 정령이랑 싸워야 하지 않을까?

세크리티히는 떠오르는 말을 입 안으로 삼켰다.

이곳에 있는 존재가 베리알인 것으로 보아 라케시드의 목숨에 지장은 없을 것 같다는 생각은 들었다.

하지만 그의 성격상 어떤 심술을 부릴지 알 수 없으니 마냥 안전하다고만 할 수도 없는 일이다.

라케시드는 침묵에 잠긴 세크리티히에게는 신경 쓰지 않은 채 중얼거렸다.

"하나이되 하나가 아니고, 여럿이되 여럿이 아니면서 하나에서 시작되어 같은 곳을 향해 걸어가지만 결코 같지 않고, 누구에게나 공평하지만 공평하지 않은 것?"

아무리 생각해 봐도 뜻을 알 수 없는 선문답 같다.

질문을 되새기는 라케시드의 귓가로 엔다이론의 첨언(添言)이 들려왔다.

"제한 시간은 30분입니다."

"뭐야?"

"오래는 기다려 줄 수 없다는 마스터의 전언입니다."

“……!!”

라케시드의 얼굴에 어처구니가 없다는 표정이 떠올랐다.

자신의 모습은 코빼기도 보이지 않은 채 몬스터들을 보내 거한 환영 인사를 하더니 이제는 기다리기 지루하니 빨리 끝내라는 뜻이 아닌가!

“그럴 거면 이딴 이상한 문제 따위 내지 않으면 되잖아!!”

씩씩대는 라케시드를 세크리티히가 말렸다.

[진정해. 여기서 저 녀석이랑 싸워봤자 득 될 건 아무것도 없다고.]

세크리티히 역시 어이가 없기는 마찬가지였지만 상대는 당사자도 아닌 고작해야 소환된 정령일 뿐이다.

백날 얘기해 봐야 그 주인이 아닌 이상 씨알도 먹히지 않는 것이다.

세크리티히의 정성이 통해서일까.

금방이라도 검을 뽑을 태세를 취하던 라케시드의 눈빛이 가라앉았다.

“제기랄! 좋아. 이따위 문제, 단숨에 풀어서 그 낯짝이나 한 번 구경해 보고 말겠다!”

라케시드의 머릿속에 마치 언제쯤 지치나 시험하듯 차근차근 덤벼들던 몬스터들의 모습이 떠올랐다.

누군가가 자신에 대해 시험하며 지켜보고 있다는 사실은 엄청난 불쾌감을 안겨주기에 충분했다.

30분이라는 시간은 짧다면 짧고 길다면 긴 시간이다.

라케시드는 세크리티히와 함께 고민하기 시작했다.

[흐음… 진실 아냐? 진실은 언제나 불변하는 하나지만 보는 이에 따라서 다 다르게 느끼니까 여러 개일 수도 있잖아.]

"그럼 시작과 끝이 같다는 것은? 걸어간다는 표현으로 봐서는 시간이나 공간과 관련된 것 같은데?"

[진실의 끝은 언제나 하나지만 그곳으로 가는 방법은 하나가 아니잖아. 또 누구에게나 공평하게 주어지지만 누구나 찾을 수 있는 것은 아니니 공평하지 않을 수도 있고.]

"호오, 그렇군. 답은 진실이다!"

"틀렸습니다."

"……!"

라케시드의 얼굴에 당황스러움이 떠올랐다.

"세크리티히… 답은 진실이라며."

[…진실일 것 같다는 의미지, 그게 답이라는 의미는 아니었다.]

변명하듯 내뱉는 세크리티히의 말에 라케시드는 한심하다는 감정을 가득 담은 한숨을 내쉬었다.

'내가 이 녀석을 믿은 게 잘못이다.'

라케시드의 눈빛이 가라앉았다.

엔다이론은 자신이 말한 30분이라는 시간 안에만 정답을 들으면 된다는 생각인지 답이 틀렸다고 말했음에도 아무런 움직임을 보이지 않고 있었다.

그렇다면 조금은 수월해지겠다는 생각에 라케시드는 마음

이 느슨해졌다.

잠시간 고민하던 그의 입이 열리며 나직한 음성이 흘러나왔다.

"답은 운명이다. 누구든 운명은 하나밖에 가질 수 없다. 하지만 그 운명의 길은 자라나면서 수십, 수천 가닥의 선택으로 갈라지니 하나이지만 또한 여럿일 수 있지. 누구나 태어나고 죽는다는 점에서 시작과 끝은 같지만 삶의 방식이나 환경은 모두 다르게 살아가며, 태어나 자라고 늙어 죽어가면서 스스로의 선택에 의한 삶을 산다는 것에서 모두에게 공평하지만 또한 정해진 환경으로 인해 스스로 원하는 삶을 살지 못하는 이들도 많으니 불공평하기도 하지."

마족의 왕자로 태어났으나 돌연변이라는 이유로 경멸당해 왔던 자신의 운명처럼.

마왕의 아들로 태어나기를 바란 적도, 돌연변이로 태어나기를 바란 적도 없지만 그것은 자신이 타고난 운명.

하지만 스스로 힘을 키워 주변의 시선을 경멸에서 두려움과 선망으로 바꾼 것은 자신의 노력이다.

운명은 정해져 있지만 또한 스스로 바꾸려 노력하는 자에게는 선택의 기회를 준다.

흔들리지 않는 시선으로 자신을 응시하는 라케시드의 모습에 엔다이론이 잠시 침묵을 지켰다.

자신을 향한 흔들리지 않은 믿음을 가지고 있는 황금빛 눈동자가 그에게 기묘한 감상을 블러일으킨 것이다.

'저 눈동자… 어디선가 본 듯한 기분인데?

기억조차 하기 힘들 정도로 아주 오래전에 본 듯한 시선이다.

하지만 그가 알기로 라케시드는 천 년도 살지 못한 어린 마족이다.

엔다이론은 착각일 것이라고 생각하며 대답을 기다리고 있는 라케시드에게 말했다.

"정답입니다."

이 문제를 낸 것은 마왕.

도대체 왜 자신이 오랜만에 중간계에 소환되어서 이런 일이나 하고 있어야 하는지 회의가 들었다.

하지만 정령왕의 계약자인 아카르디안이 허락한 일이니 하지 않을 수도 없는 일이다.

엔다이론은 속으로 구시렁거리며 아카르디안의 레어로 향하는 길을 열어주었다.

라케시드는 엔다이론의 손짓에 따라 물속에 소용돌이가 생기며 하나의 길이 열리는 것을 보고 침을 꿀꺽 삼켰다.

반으로 갈라진 길의 끝에는 대리석으로 만들어진 하나의 궁전이 모습을 드러내고 있었다.

마치 작은 나라의 왕이 사는 곳인 듯 고풍스러우면서 격조 있는 모습의 궁전이었다.

라케시드는 그것이 드래곤이 살고 있는 레어라는 것을 직감적으로 알 수 있었다.

"아버지 못지않은 괴상한 취향이군. 저런 데서는 본체로 지낼 수도 없을 텐데."

쓸데없는 눈요기만 즐긴다며 중얼거리는 라케시드의 말에 세크리티히가 웅웅거리며 검신을 떨었다.

[고생하고 싶지 않으면 쓸데없는 소리는 안 하는 게 좋을 거다. 시간 낭비는 나도 사양하고 싶으니까.]

"그러지. 어쩌면 이곳의 주인이 카이린의 행방에 대해 알 수 있을지도 모르니까."

라케시드는 세크리티히의 목소리가 어쩐지 떨떠름하게 들린다고 생각하면서도 대수롭지 않게 넘겼다.

아마도 베리알이 이곳에 있는 것을 알아서 경고 차 한 말이라는 것을 알아들었다면 후일은 뒤로하고 당장 돌아 나왔을 것이다.

하지만 불행하게도 라케시드는 이 레어 안에 자신의 아버지가 있다는 것은 꿈에도 생각지 못했다.

궁전 안으로 들어온 라케시드는 진짜 왕성처럼 꾸며진 내부의 모습에 살짝 감탄사를 터뜨렸다.

마치 마왕성이나 마녀총회주인 아둘라의 성에 찾아갔을 때처럼 휘황찬란하면서도 우아하게 꾸며져 있었던 것이다.

라케시드는 드래곤이 돈이 많다는 소문이 어디에서 파생되었는지를 확실히 이해할 수 있었다.

무슨 수단을 이용해서 이러한 궁전을 지었는지는 모르겠지만, 누구라도 이러한 건물을 본다면 드래곤이 부자라는 것에 고개를 끄덕이지 않을 수 없으리라.

뚜벅뚜벅.

먼지 한 톨 묻지 않은 듯 새하얀 대리석 위로 라케시드의 발 소리가 묵직하게 울려 퍼졌다.

그는 회랑을 걸으면서도 세크리티히의 손잡이 위에서 손을 떼지 않았다.

정확히는 알 수 없지만 누군가가 자신을 바라보고 있는 것 같은 느낌을 받았던 것이다.

라케시드가 회랑의 중간쯤 다다랐을 때 누군가의 목소리가 들려왔다.

“여기까지 오다니… 그 근성은 대단한데, 너무 지친 건 아닌가?”

나직하면서도 부드러운 음성은 무척이나 온화하게 들렸다.

라케시드의 시선이 목소리가 들리는 곳을 향해 돌려졌다.

회랑의 끝에 위치한 2층으로 향하는 계단이 보였다.

그리고 그 계단의 위쪽에서 하늘색 로브를 걸친 30대 초반 정도의 나이로 보이는 은발의 남자가 그를 향해 잔잔하게 미소 짓고 있었다.

“내가 자네를 죽이려 한다며 그 상태로는 반항이 무리일 것 같다고 생각하는데.”

마치 후배를 시험하고 그 결과에 대해 훈계하듯 나무라는 어조에 라케시드의 표정이 기묘하게 변했다.

몬스터를 이용하여 사냥감을 몰이하는 듯한 방식으로 그를 불러들인 사람이라고 생각하기에는 무척이나 온화한 표정과 말투였다.

마치 오래전부터 알던 누군가를 만나는 것처럼 친근하게 말하는 그의 모습에 순간 자신이 아는 사람인가 싶어 당황했을 정도다.

"나를 이곳으로 부른 게 당신인가?"

라케시드는 질문을 하며 탐색하듯 상대를 바라보았다.

이곳에서 느껴지는 기운은 그의 것뿐이었지만 혹시라도 자신이 눈치 채지 못할 정도로 강한 자가 이곳에 있지 않으리란 법도 없었다.

긴장한 듯한 라케시드의 모습에 그의 입꼬리가 조금 짙게 올라갔다.

"그대를 부른 것은 물론 나다. 실버 드래곤의 수장인 아카르디안이라고 하지. 이 근처에서 뜻밖에 마족의 기운이 느껴지기에 불렀는데… 지금 보니 마족이 맞는지도 의심스럽군그래."

아카르디안은 대수롭지 않다는 듯 어깨를 으쓱거렸다.

라케시드는 고작 그런 이유 때문에 자신을 고생시켰다는 말에 화가 났다.

하지만 현재 자신의 몸 상태로는 그를 이길 수도 없거니와 자칫 잘못하면 중간계의 드래곤들에게 쫓기는 신세가 될 수도 있다는 생각에 이를 악물며 심호흡을 했다.

중간계에서 마족의 존재는 어느 종족에게나 달갑게 받아들여 질 수 없는 존재다.

마족인지 아닌지 확인하기 위해 불렀는데 스스로 아닌 것 같다고 결론을 내린 것 같으니 오히려 쓸데없는 일에 휘말리지 않아 다행이라고 생각함이 옳았다.

라케시드는 자신에게 이토록 인내심을 키울 수 있도록 도움을 준(?) 아이켄의 모습을 상기하며 이를 갈았다.

"그럼 확인이 끝났다면 가봐도 되겠군. 이래 봬도 바쁜 몸이라."

그러나 그렇게 생각해도 열 받는다는 사실은 변하지 않는다.

오만하게 입꼬리를 올린 라케시드가 눈동자를 서늘하게 가라앉힌 채 아카르디안을 응시했다.

어떻게 보더라도 도발이라고 생각할 수밖에 없는 그 태도에 아카르디안의 입가에 쓴웃음이 떠올랐다.

자존심이 강한 녀석이라던 마왕의 말은 맞았다.

섣불리 공격하지는 않을 것이라던 말 또한 맞았다.

아마도 이 상황에 아카르디안이 그의 무례를 탓하며 공격을 한다면 그는 멀쩡히 길 잘 가던 사람을 마족으로 오인해 불러들이고서는 오해였음을 알고도 공격한 후안무치한 사람이 되고 말 것이다.

'폭급한 성격의 레드 드래곤인 러셀라인 같으면 그냥 공격해 버렸겠지만……'

　실버 드래곤이 상대적으로 온순한 성격이라는 것을 떠나서, 베리알의 친우이기도 한 아카르디안으로서는 여러모로 곤란한 점이 많았다.

　게다가 라케시드의 모습이 어린아이가 허세를 부리는 것 같아 귀엽다는 느낌도 있었다.

　아카르디안은 문득 자신이 공격하지 않을 것이라 생각해서 라케시드가 그런 태도를 취하는 건지 궁금해졌다.

　'살짝 시험해 보는 정도는 괜찮겠지.'

　자신이 몬스터들을 보내 그를 질리도록 시험했다는 것은 잊어버린 듯 아카르디안은 만면 가득 환한 미소를 머금었다.

　"그런 말을 할 정도의 실력이 되는지… 확인하고 싶어지는군."

　살짝 감았다가 뜬 아카르디안의 눈동자 안에 있던 검은 동공이 고양이처럼 가늘게 변했다.

　마치 육식동물의 그것처럼 짙은 살기를 머금은 눈동자는 보는 것만으로 등골이 오싹해질 정도의 위압감을 품고 있었다.

　라케시드는 자신도 모르게 탄사적으로 움찔 몸을 떨었다.

　그의 이마 옆으로는 어느새 한줄기 식은땀이 흘러내리고 있었다.

　차분하던 심장이 다시 두근거리기 시작한 것을 느꼈다.

　라케시드는 입술이 바짝 마르는 기분에 혀로 입술을 쓸었다.

　온몸이 저릴 정도의 긴장감.

　마계에서는 거의 늘 이러한 긴장감을 느꼈지만 중간계에서는 이토록 긴장할 만한 일이 거의 없었다.

　지난번에 싸웠던 루페라라는 이름의 호문클로스도 이만한 힘은 가지지 못했으리라.

　상대는 중간계의 최강자라 칭해지는 드래곤—

　좀 전에 상대했던 몬스터들 따위와는 비교도 되지 않을 정도로 강한 힘을 가진 존재일 것이다.

　라케시드는 공기의 변화만으로도 상대가 자신의 예상보다 더욱 강력하다는 것을 느꼈지만 이제와 물러선다는 생각은 들지 않았다.

　그 역시 마계에서 마족들과 함께 자라온 전투의 종족인 것이다.

　라케시드의 입가에 진한 미소가 그어졌다.

　그는 오만한 목소리로 외쳤다.

　"오라!"

Chapter 31
재회

MUTATION
DEMON

"저 녀석, 신났군."

위층에서 아카르디안과 라케시드가 하는 양을 지켜보던 베리알이 한숨 섞인 목소리를 흘려보냈다.

라케시드는 아카르디안을 상대로 꽤나 선전하고 있는 듯 검과 마법이 부딪치는 번쩍임이 그가 있는 곳까지 음영을 드리우고 있었다.

"바보 녀석, 아무리 그래도 상대는 가려서 덤벼야지. 그 녀석은 차기 드래곤 로드로 손꼽히는 녀석이란 말이다……."

물론 이해하지 못할 바는 아니다.

아무리 정체를 들키지 않는 편이 좋다지만 상대로부터 가장 듣기 싫어하는 마족 같지 않다는 소리를 들었다.

게다가 상대방의 도마 위에 올라 일방적이라 할 수 있는 시험의 대상이 되었다.

그러한 상대를 만났으니 한 방 먹여주고 싶은 기분은 이해한다. 마계에서도 그는 상대에게 휘둘리는 것을 무척이나 싫어했으니까.

"그렇다고 해도 언제나 상대가 목숨을 보장해 주는 것은 아니다. 죽을지도 모르는 싸움을 단지 호승심과 자존심 하나로 응하다니… 하긴 그게 또 녀석답기는 하지만."

마계에서 그가 죽지 않은 것은 미성년 마족을 죽이는 것이 율법으로 보호되는데다가 강력한 보호자가 둘이나 붙어 있었기 때문에 가능했다.

하지만 중간계에 와서도 자신이 상대하기 어려울 것이 뻔한 상대를 향해 이를 드러내는 것은 목숨을 단축시키는 일밖에 되지 않았다.

라케시드를 내려다보는 베리알의 눈동자가 깊게 침잠해 갔다.

라케시드는 자신을 바라보는 시선이 있다는 것을 눈치 채지 못한 채 아카르디안과의 싸움에 몰두하고 있었다.

콰아앙—!

파앙!

어지간한 마법이나 검기는 세크리티히 자체만으로도 감당이 가능하기에 아직까지 빙화를 쓰지 않은 채 아카르디안의 공격을 막아서고 있었지만 쉽지는 않았다.

마법의 조종이라 불리는 드래곤답게 그의 마법은 간단한 것이라도 일반 마법보다 훨씬 강력한 힘을 자랑했던 것이다.

피잉―

라케시드는 아카르디안의 주변에 떠오른 열여섯 개의 물줄기를 바라보며 검을 곤추세웠다.

"워터 스피어."

아카르디안의 시동어와 함께 그의 손짓에 따라 물의 창이 라케시드를 향해 짓쳐들어왔다.

사방을 에워싸듯 다가오는 마법은 에로우 계열의 마법답게 유도 기능이 내제되어 있는 것들이었다.

라케시드는 피할 수 없다는 것을 깨닫고는 오히려 아카르디안을 향해 달려들었다.

하나… 둘…….

물의 창들이 라케시드의 검에 의해 소멸됨에 아카르디안이 또 다른 마법을 준비하기 위해 수인을 맺는 것이 보였다.

"아쿠아 볼!"

이번에 나타난 것은 사람 머리통만 한 크기의 물 구체였다.

하지만 단순한 물 덩어리라고 보아서는 곤란하다.

저래 봬도 파이어 볼과 같은 5서클의 마법. 불의 속성이 아니라 폭발력은 없지만 수압에 의한 파괴력은 비슷한 수준이니 말이다.

"쳇……!"

라케시드는 입술을 짓씹으며 뒤로 물러났다.

주문은 거의 생략 수준인데다가 수인이나 시동어가 너무 빠르다.

상대는 전투에 매우 익숙한 듯 좀처럼 라케시드가 공격할 만한 틈을 내비치지 않았다.

마치 견고한 철벽에 공격을 퍼붓는 듯한 느낌에 라케시드는 마음이 조금씩 초조해짐을 느꼈다.

자신은 이리저리 움직이고 있는데 상대는 단 한 발자국도 움직이지 않은 모습을 보니 괜히 오기까지 들었다.

라케시드의 귀에 아카르디안이 던진 워터볼이 뒤쪽의 벽을 부수는 듯한 콰앙! 하는 소음이 들려왔다.

둘의 싸움에 의해 주변은 어느덧 난장판이라고 표현할 수 있을 정도로 처참하게 깨진 후였다.

처음에 들어섰던 그 화려했던 공간이 맞는지조차 의심스러울 정도로.

하지만 아카르디안은 그것에 개의치 않는 듯 오로지 라케시드를 향한 공격에만 집중할 뿐이었다.

'한 번, 단 한 번이면 된다.'

라케시드는 끈질기게 기다렸다.

아카르디안의 손에서 체인 라이트닝이 펼쳐지고, 파이어 월이 그의 진로를 가로막아도 그는 인내심을 가지고 차분히 그에게 접근했다.

체력이 떨어지고 있기는 하지만 5서클의 마법에 당할 정도는 아니다.

상대 역시 그것은 알고 있을 것이다.

그럼에도 계속해서 그와 같은 공격을 하고 있는 것은 라케시드에게 접근의 기회를 주지 않기 위한 것.

어차피 승부가 나기 위해서는 서로가 가진 강력한 패를 내보여야 했다.

그리고 그들은 그 타이밍을 재고 있는 것이다.

"허억. 허억."

체력의 차이는 금세 드러났다.

마계에서라면 몇 날 며칠을 꼬박 싸워도 지칠 일 따위는 없었지만 이곳은 중간계다.

게다가 드는 것 자체로 정신력이 소모되는 세크리티히를 들고 몬스터와 싸웠으며, 빙화까지 사용했던 것은 그 자체로 핸디캡이나 마찬가지였다.

라케시드는 거칠어진 숨을 억지로 가다듬었다.

조금씩 심장이 욱신거리는 것이 느껴졌다.

거의 한계에 다다랐다는 뜻이다.

라케시드의 약한 모습에 아카르디안의 눈동자에 섬광이 스쳤다.

라케시드가 체력이 떨어지는 것처럼 인간으로 폴리모프한 상태인 아카르디안 역시 끊임없이 지속되는 5서클 마법의 남발에 슬슬 마나의 공백을 느끼던 참이었다.

아직 그것이 모자라다고 느낄 정도는 아니었지만 이러한 공방이 계속된다면 어느 한쪽의 승자도 나오지 않는 싸움이 될지도 모른다.

아카르디안은 짧은 시간 그렇게 판단했다.

그리고 판단을 끝낸 즉시 수인을 맺어 라케시드의 몸을 구속했다.

"……!"

베지테이션(vegetation)이라는 아카르디안의 주문과 함께 바닥을 뚫고 다리를 휘감는 식물의 줄기에 라케시드가 흠칫했다.

비록 검을 휘둘러 금세 풀려날 수 있을 정도로 짧은 틈이었지만 또한 아카르디안이 하나의 주문을 완성하기에는 충분한 시간이기도 했다.

화르르륵.

라케시드의 눈동자에 아카르디안의 손에서 피어오른 둥근 공과 같은 불꽃의 모습이 들어왔다.

그것은 마치 저녁노을이 질 때의 태양을 그대로 소환한 듯 짙은 주홍빛으로 너울거렸다.

단지 수인과 짧은 주문만으로도 온몸이 타들어갈 것 같은 존재감.

8서클 대인 공격 마법의 최고봉이라 불리는 헬 파이어의 강림이었다.

라케시드는 아카르디안의 손에 떠오른 헬 파이어의 모습을 보며 이를 악물었다.

시전어만 내뱉지 않았다 뿐이지, 마법은 거의 완성 단계나 마찬가지였다.

치이익.

헬 파이어의 열기에 두 존재의 싸움으로 인해 부서지고 깨졌던 바닥이 다시 한 번 작은 소음을 내며 타들어가기 시작했다.

"끝이다."

아카르디안의 입가에 승리를 확신하는 미소가 맺혔다.

말로만 듣던 빙화에 대해서는 구경하지 못했던 것은 그로서도 매우 아쉬운 일이었다.

하지만 마법을 검으로 막고 접근하는 일련의 동작들은 숙련된 검사의 그것처럼 정묘하고 날카로워서 상대하는 데 지루함을 느끼지는 못했다.

아카르디안의 손을 떠난 헬파이어가 빠른 속도로 라케시드를 향해 날아갔다.

위력을 낮췄으니 아마 마족의 항마력 정도라면 크게 부상을 입기는 해도 죽지는 않을 것이다. 그리고 그러한 정도라면 아카르디안의 마법으로 충분히 치유가 가능했다.

아카르디안은 그렇게 생각하며 입가에 미소를 띠었다.

그의 시선에 라케시드가 헬파이어를 향해 검을 추켜올리는 모습이었다.

일견하기에 불을 향해 뛰어드는 불나방처럼 무모해 보이는 모습이었다.

"소용없다. 헬파이어는 너의 검 정도로 파괴가 가능한 것이… 응?"

말을 내뱉던 아카르디안은 무언가 오싹한 기분에 재빨리 몸을 뒤로 움직였다.

하지만 조금 늦었는지 어깨에서 화끈한 통증이 느껴졌다.

"뭐… 지? 분명 헬파이어를 맞았는데?"

아카르디안은 이해할 수 없다는 표정으로 라케시드를 바라보았다.

그의 몸은 마법을 막지 못했다는 것을 증명하듯 온몸이 화상과 부상으로 만신창이가 되어 있었다.

그렇다면 자신을 공격한 그것은 무엇이란 말인가?

"쿨럭! 미안하지만 빙화는 원거리 공격이 가능하다고."

라케시드가 입가의 피를 닦으며 씨익 미소를 질렀다.

그의 검에는 투명한 아지랑이 같은 것이 일렁거리고 있었다.

세 번째 빙화.

그것이 모습을 드러낸 것이다.

하지만 헬파이어를 몸에 허용하면서까지 마지막 빙화를 쓴 것에 대한 대가는 컸다.

라케시드는 그 공격을 마지막으로 힘이 다한 듯 쓰러졌다.

머리가 어지럽고 현기증이 나는데다가 속이 울렁거리며 짙은 피 냄새가 느껴졌다.

'빌어먹을……'

라케시드는 억지로 입꼬리를 말아 올렸다.

가슴속이 쓴 물을 삼킨 듯 먹먹했다.

흐려지는 그의 시야 사이로 낯익은 이의 뒷모습이 보였다.

절대 이곳에 있으리라 생각하지 않았던 존재의 모습이.

'아버지……?'

그는 그대로 정신을 잃었다.

"이런이런, 아카르디안. 내 아들을 죽일 셈이냐?"

마왕은 처참하게 망가진 라케시드의 모습을 보며 짙은 한숨을 내쉬었다.

어쩐지 흥이 과한 것 같았을 때 말렸어야 하는데 결국은 둘 모두 피를 보고야 말았다.

"이봐, 나도 다쳤거든?"

아카르디안은 일방적으로 자신의 아들만 챙기는 마왕의 모습에 억울한 듯 목소리를 높였다.

"그래서 잘했다는 거냐? 이 싸움을 누가 시작했는데?"

마왕이 삐딱한 시선으로 아카르디안을 바라보았다.

명백한 책망이 담긴 시선에 아카르디안은 말문이 턱하니 막히는 것을 느꼈다.

아들이 근처에 왔다면서 얼굴이나 한번 보고 가고 싶다고 한 것은 마왕이었다.

그리고 그 수단으로 몬스터들을 보내고 문제를 낸 것 역시 마왕이었다.

그런데 이제 와서 자신과 싸우다가 좀(?) 다쳤다고 자신을 이렇게 몰아붙이다니!

마왕은 어처구니없다는 표정을 짓는 아카르디안은 무시한 채 라케시드를 일으켜 세웠다.

그의 손에서 흘러나간 마력은 곧 라케시드의 몸을 감싸더니 상처의 흔적을 순식간에 지워 버렸다.

내상까지는 어쩌지 못하겠지만 외상 정도는 마왕의 능력으로도 충분히 치료가 가능했던 것이다.

"그래도 중간계라 그나마 다행인 건가."

다행스럽게도 내상이 심하기는 했지만 기운의 폭주는 일어나기 전인 것 같았다. 아마 마계였다면 이미 생사를 오가는 상태였겠지만.

한심하다는 듯 한숨을 내쉬던 마왕의 눈에 라케시드가 들고 있는 검의 모습이 보였다.

왠지 낯익다는 생각에 찬찬히 살펴보던 마왕의 표정이 점차 기묘하게 변해갔다.

"어라? 이건 마검인데? 어디 갔나 했더니 이 녀석이 가지고 있었군."

마왕의 어조는 마치 매번 길에서 보이던 똥개가 보이지 않아 의아했는데 복날에 보신탕집에 맡겨진 것을 알게 된 후 보이는 반응처럼 덤덤했다.

[찾기는 했었냐, 이 자식아!!]

세크리티히가 어처구니없다는 듯 소리쳤다.

"아니? 아직 마검이 필요한 시기는 아니라 찾지는 않았는데?"

[……!]

"뭐 알아서 잘 찾아오리라 생각했지, 지난번처럼. 역시 내가 찾을 필요는 없었던 것 같은데?"

너무나 태평한 마왕의 말에 세크리티히는 할 말을 잃어버렸다.

[참자. 참는 자에게 복이 오나니… 상대는 나보다 7만 년은 어린 놈이다. 으득.]

"아, 너, 내상 치료 가능하지?"

[빌어먹을! 안 해!]

"못하면 말고. 라케시드한테 쓸모없는 검이니까 경비 모자라면 팔아서 비상 경비로 사용하라고 해야지. 어차피 다음 계승식때만 사용하면 되니까. 나중에 천~천히 찾아오라고 하지 뭐. 나야 7천 년밖에 안 살았으니까 넉넉잡고 한 1만 년 안에만 찾아오면 되겠네."

[……!!!]

베리알도 베리알이지만 라케시드의 성격 역시 만만치는 않다.

자신이 내상을 입고 쓰러졌는데 그냥 손 놓고 보고만 있었다는 것을 안다면 실제로 쓸모없는 검이라고 버릴지도 모른다.

세크리티히는 결국 백기를 들 수밖에 없었다.

＊　　　＊　　　＊

라케시드가 아카르디안의 레어에 쓰러져 있던 그 시각.

카이린과 그녀를 데려간 일레스 형제와 함께 신성 카란도 제국을 향해 걸어가고 있었다.

그런데 일행이 걷는 위치가 이상했다.

마치 카이린이 일행을 이끄는 것처럼 앞장서서 걷고 있고 일레스와 일라인이 그 뒤를 따르고 있었던 것이다.

그것은 누가 보더라도 카이린이 납치당했다고 생각하기 어려운 구도였다.

"우리 흔적이 남아 있지는 않겠지?"

"아아, 거기가 어디라고 생각하는 거야? 드래곤 산맥이라고. 쫓아온 녀석이 있더라도 몬스터 때문에 흔적은 찾을 수 없을 거야."

"드래곤 산맥이라 걱정하는 거다. 드래곤이 눈치 채면 골치 아파져."

"근처에 드래곤의 흔적은 없었어. 알잖아? 그동안 우리가 그곳에 은신처를 마련하면서 그놈들이 한 번이라도 움직인 적이 있었냐?"

"흠… 그럼 마왕자는?"

"그쪽은 알다시피 마법은 못해. 설사 거기서 흔적을 발견해도 우리를 찾았을 때는 우리가 모두 일을 끝냈을 때일걸."

일레스의 입가에 비릿한 미소가 떠올랐다.

아마도 지금쯤 마왕도 자신의 딸에게 생긴 변화를 알아챘을 것이다.

"깜찍하기도 하지. 마신에게 바치는 딸의 몸에 그런 장난질을 쳐놓다니. 미리 듣지 않았다면 깜박 속을 뻔했어. 그 철혈의 마왕에게도 부성(父性)은 있다는 건가?"

카이린의 심장 한가운데 조그맣게 기생하고 있던 혈충(血蟲). 예상이 틀리지 않다면 그것은 마왕의 패밀리어일 것이다.

하지만 카이린의 봉인은 깨진 이상 마왕이 남긴 힘 따위가 버틸 수 있을 리 없다.

마왕은 패밀리어의 죽음을 느끼고 그것으로 딸의 운명이 자신의 손을 완전히 떠났음을 깨닫게 될 것이다.

카이린이 지닌 힘.

그것은 마신의 힘의 일부라고 할 수 있는 진마족의 힘이었으니까.

'하지만 저 정도의 힘이 나올 줄은…….'

봉인이 깨진 카이린의 힘은 일레스나 일리안이 예상한 것 이상이었다.

물론 마신이 직접 신관으로 받은 만큼 최상급 마족 정도의 힘은 가지지 않을까 생각했다.

하지만 직접 눈으로 본 그녀의 힘은 거의 마신의 대리자인 아이켄의 드러난 힘에 준할 정도였다.

비공식 서열 2위의 마족과 비견될 만한 힘.

　게다가 그녀의 피는 완전한 마족의 것이지만 육체는 반마족
의 것이다.

　중간계에서 힘의 사용에 있어서 일체 사용의 제한을 받지
않는 최상의 조건인 것이다.

　아마도 신성제국은 그녀로 인해 마왕의 강림에 준하는 공포
를 맛보게 되리라.

　"근데 일리안, 신전이라는 거, 대체 언제 나오는 거야?"

　어느새인가 저만치 앞서가던 카이린이 뒤를 돌아보며 물었
다.

　지루한 여정이 짜증나다는 듯 그녀의 아미는 잔뜩 찌푸려져
있었다.

　"조금 더 가셔야 나올 겁니다. 이제 국경 도시일 뿐이니까
요."

　"우웅. 지루해……."

　투정 부리듯 볼을 부풀리는 카이린의 표정에 일리안이 난처
한 웃음을 흘렸다.

　"죄송합니다. 신성제국 내에는 신성결계가 있어서 텔레포
트가 불가능합니다."

　사실 아주 불가능한 것은 아니지만 감이 예민한 신관이 있
다면 들킬 확률이 높았다.

　더군다나 함께 움직이고 있는 것은 걸어다니는 시한폭탄이
라 해도 과언이 아닌 카이린이다.

　마신의 힘을 받아들이는 와중에 그녀의 자아를 무의식 안으

로 봉인시켜서인지 그녀는 갓 태어난 어린아이처럼 순수했다.

하지만 말이 좋아 순수이고 어린아이이지, 함께 다니는 두 형제는 미치기 직전이었다.

걸핏하면 심심하다고 보채며 놀아달라고 땡깡을 부린다.

게다가 그러한 자신의 의견이 피력되지 않으면 다짜고짜 마력을 폭사시킨다.

혼비백산하여 그 기운이 밖으로 새어나가지 않도록 막아선 것이 벌써 세 번은 되었다.

그녀의 봉인을 푼 것이 채 하루도 되지 않았다는 것을 상기한다면 앞으로의 일정이 까마득하게 여겨질 정도였다.

만약 목적에 대한 절실함이 없었다면 그들은 이미 이 납치를 빌미로 한 육아 보기(?)를 진즉에 포기했을 것이다.

"카이린님께서 바라신 대로 복수를 하러 가시는 겁니다. 조금 지루해도 참아주십시오."

"흐음… 복수라는 거 재밌어?"

복수라는 게 재미있냐고?

일리안은 머리가 지끈거리는 것을 느꼈다. 입을 열면 금방이라도 한숨이 쏟아져 나올 것 같았다.

그러나 카이린의 앞에서 그런 표정을 지을 수는 없었다.

일리안은 입술을 말아 올려 억지로 미소를 그렸다. 그의 입꼬리가 힘에 겨운 듯 파르르 떨렸다.

"당연히… 통쾌하고 재미있는 거지요."

그러니 조금 더 기다려 주십시오.

일리안은 그런 의미를 담아 강하게 설득했다.

카이린은 일리안의 말에 수긍하듯 고개를 끄덕였다.

알아들었다는 생각에 일리안이 안도의 한숨을 내쉬는 순간, 카이린의 말이 이어졌다.

"하지만 난 심심해, 일리안. 노래 불러줘."

"……."

뒤에서는 일레스가 낄낄거리며 숨죽여 웃고 있었다.

Chapter 32
라케시드를 찾는 이들

MUTATION
DEMON

“대체 어디부터 시작해야 하지?”

라케시드를 찾아 나선 화이트 윈드 용병단은 짙은 고민에 빠졌다.

그의 흔적이 어디에서도 보이지 않았던 것이다.

마치 하늘로 증발이라도 해버린 듯 그를 보았다는 사람은 아무도 찾을 수 없었다.

“그러고 보니 단장이 파이올라 제국으로 간다고 했지?”

레이지의 말에 일행의 시선이 일제히 그에게로 모아졌다.

확실히 그가 사라지기 직전 마지막으로 했던 말은 파이올라 제국으로 방향을 바꾼다는 말이었다.

“하지만 단장이 그곳에 있으리라는 법은 없잖아? 제국이라는 게 땅덩어리가 좁아서 금방 살펴볼 수 있는 것도 아니고.”

“평생 걸리겠군.”

바우트의 말에 세오스가 한숨 섞인 목소리로 중얼거렸다.

기세 좋게 라케시드를 찾겠다고 길을 나선 것은 좋았다. 하지만 아무런 단서도 찾을 수 없자 막막한 기분이 들었다.

선뜻 방향을 정하지 못한 일행 사이에서 가만히 침묵을 지키고 있던 레인이 입을 열었다.

그의 표정은 무언가를 결심한 듯 비장함이 감돌고 있었다.

“마탑으로 가자.”

“응?”

예상치 못했던 말에 일행의 표정이 멍하게 변했다.

그들은 자신들이 제대로 들은 것인지 귀를 의심하고 있었다.

마탑에서 쫓겨난 후 다시는 자신의 발로 마탑을 찾지 않겠노라고 선포했던 레인이다.

실제로 지난 삼 년간 그가 마탑을 찾은 경우는 단 한 번도 없었다.

“괜… 찮겠냐? 무리는 하지 마. 어차피 마탑이라고 해도 이 넓은 대륙에서 사람 하나 찾는 게 쉬운 일은 아닐 텐데……．”

바우트가 걱정스러운 목소리로 말했다.

천 년 전부터 마탑의 권위는 바닥으로 곤두박질쳤다.

마법사가 아무리 마나를 이용해 평범한 사람은 불가능한 일을 행하는 존재라지만 신처럼 전지전능한 것은 아니었다.

전문적인 국가기관이 아닌 이상 그만한 정보력은 갖추기 힘들 것이 분명했다.

게다가 레인은 마탑의 권위를 떨어뜨렸다는 이유로 쫓겨난 제자였다.

이제 와서 돌아와 부탁한다고 해도 들어줄 것이라는 보장도 없거니와, 오히려 그곳에서 불청객 취급을 받으며 모욕을 당하지 않으면 다행이었다.

확실하게 라케시드를 찾을 수 있다는 보장도 없는데 레인에게만 그러한 짐을 짊어지게 한다는 것은 무척이나 미안한 일이었다.

"아니야. 마법을 살리기 위해서는 전국에서 마나와 친숙한 자질을 가진 아이를 찾아야 하기 때문에 의외로 마법사들의 정보망은 넓어. 떠돌아다니는 사람도 많고, 한자리에 은거한 사람도 많거든. 마탑의 중앙에는 그러한 사람들에게 연락할 수 있는 통신 구슬이 있으니까 우리가 그냥 무작정 돌아다니는 것보다 훨씬 큰 도움이 될 거야."

게다가 마탑에는 나라에서 관리하는 텔레포트 마법진이 있다.

그들의 도움만 받을 수 있다면 라케시드의 소식을 듣자마자 국경으로 넘어와 말을 타고 달릴 수 있으니 그냥 찾는 것보다는 훨씬 더 쉬우리라.

바우트는 레인의 단호한 눈빛에 할 말을 잃었다.

무슨 말을 할 수 있을까?

그는 이미 모든 것을 각오하고 있는데.

"…너 혼자만 욕먹게 하지는 않을 거다.. 그 녀석들이 뭐라고 하면 얼굴에 주먹 한방씩은 꽂아주마."

바우트는 목이 멘 소리로 레인의 어깨를 두드렸다. 레이지 역시 그의 의리에 감탄한 얼굴로 말을 더했다.

"까짓거 여차하면 엎어버리고 카란도나 파이올라 제국으로 가면 된다. 솔직히 우리가 이스틴블에 온 것도 처음이잖아? 어차피 국경까지 왔는데 여기서 제일 유명한 마탑 구경은 해봐야지."

"……."

믿음직하게 말하는 전 단장 바우트, 다혈질이지만 항상 유쾌하고 의리가 강한 레이지, 말수는 적지만 존재만으로 든든한 세오스…….

레인은 이들을 보며 환하게 미소 지었다.

용병이란 언제 죽을지 모르는 직업이기 때문에 서로에게 마음을 잘 터놓지 않는다.

오늘의 적이 내일의 동료가 될 수 있으며, 오늘의 동료가 내일의 적이 될 수 있다는 것은 용병들의 세계를 가장 단적으로 표현하는 명언이다.

하지만 이들에게 있어서 같은 용병단의 동료란 그저 함께하는 일행이 아닌 목숨을 걸고 함께 싸워온 전우였다.

이제 라케시드와 카이린만 찾으면 화이트 윈드 용병단의 전원이 다 모인다.

그리고 일행은 머지않아 그것이 가능할 것이라고 생각했다.

화이트 윈드 용병단의 행보는 순조로웠다.

마법으로 인한 문화가 발달허서인지 도로는 포장이 잘되어 있었고 도시는 밤에도 밝은 빛을 뿌렸다.

거기다가 더해 척 보기에도 만만치 않은 듯한 일행의 외견은 쓸데없는 시비를 확실하게 막아주고 있었다.

그러나 마탑에 점점 가까워져 가고 있음에도 일행의 표정은 그다지 밝지 않았다.

그도 그럴 것이, 사실 이곳에 오면서 라케시드에 대한 소식을 주워들을 수 있지 않을까 조금은 기대했는데 아무것도 들리지 않았던 것이다.

"정말로 어디론가 사라져 버린 것 아니야?"

"설마……."

어디 산골짝에 숨어버리거나 하늘로 날아가 버리지 않은 이상, 그만한 실력자에 대해 이토록 조용할 수는 없을 것이다.

거기다가 라케시드는 혼자 다니면 트러블이 안 생기려야 안 생길 수 없는 자격 요건을 두루 갖추고 있었다.

우선 라케시드의 겉모습은 무척이나 어리고 약해 보인다.

그리고 말투는 어찌나 오만한지 싸가지없는 귀족 도련님의 표본 같은 느낌을 준다.

마지막으로 검술 실력이 뛰어나며 도발에 대해 참지 않그 응징한다.

만약 그 혼자 다니는 게 아니라 아하라는 남자와 마렌이라는 여자가 함께 있다면 일행의 구성은 더욱 특이해져 버린다.

그럼에도 불구하고 정말 존재 자체가 증발해 버린 것처럼 아무런 소식이 들려오지 않는 것이다.

한숨을 내쉬며 걷고 있던 일행의 감각에 이상한 기운이 감지되었다.

처음 그것을 느낀 것은 세오스였다.

그는 손을 들어 일행을 멈추게 한 후 가만히 눈을 감은 채 주위의 기운을 감지했다.

사사삭.

무언가가 풀숲을 헤치며 움직이는 것이 느껴졌다.

다른 일행 역시 긴장감 어린 표정으로 저마다의 무기에 손을 가져갔다.

동물은 아니었다. 이곳은 인가가 가까운 곳이고 그들은 무기를 지니고 있다. 본능적으로 쇠 냄새를 싫어하는 동물들이라면 굳이 그들의 곁으로 다가오지는 않을 것이다.

그럼 몬스터? 그것도 아닌 것 같았다.

몬스터라고 생각하기에는 상대의 움직임이 너무나도 가볍고 잽쌌다.

마치 다람쥐나 고양이처럼 사뿐하게 움직임은 마치 어쌔신을 연상시킬 정도였다.

하지만 어쌔신이었다면 이보다 훨씬 더 은밀한 움직임을 보였을 것이다.

정체를 알 수 없는 상대의 존재에 일행은 숨을 죽였다.

그들의 눈이 민활하게 사방을 훑었다.

사아아ㅡ

바람이 불었다. 나뭇잎들은 강렬한 바람의 손길에 앙탈하듯 몸을 떨었다.

일행은 주위의 희미한 피 냄새가 감돌기 시작했다는 느낌을 받았다.

세오스가 일행의 앞으로 나섰다.

쉽게 나서지 않는 그가 일행을 보호하는 앞섰다는 사실에 일행의 긴장감 역시 한층 높아졌다.

"피……."

"……?"

"피를 줘!"

"……!"

쐐애액ㅡ!

어디선가 들려온 음성에 의아함을 느낀 것은 잠시였다.

갑작스럽게 바람을 가르며 덮쳐 오는 무언가에 세오스는 반사적으로 검을 휘둘렀다.

캉ㅡ!

희끗한 무언가가 스쳐 지나가며 검끼리 부딪치는 듯한 청명한 울림을 토해냈다.

'손톱?

　세오스는 검과 부딪친 물건의 정체에 흠칫 눈을 치켜떴다.
　보통 손톱을 무기로 쓰는 존재는 늑대인간이라 불리는 라이칸슬로프(lycanthrop)나 뱀파이어, 또는 일부 마족뿐이었다.
　하지만 상대에게서는 그 어떤 어둠의 기운도 느껴지지 않았다.
　"뭐지……? 변종인가……?"
　세오스의 입에서 얼떨떨한 물음이 튀어나왔다.
　그의 검과 부딪쳤다가 떨어진 후 모습을 드러낸 상대의 모습은 길게 자라난 손톱만 제외하면 평범한 인간의 모습과 같았다.
　뱀파이어처럼 귀가 뾰족하지도, 라이칸처럼 꼬리가 달리지도 않았던 것이다.
　"흐으으……."
　그의 입이 열리며 진득한 침과 함께 신음 소리 같은 음성이 흘러나왔다.
　정체를 알 수 없는 낯선 존재와 마주쳤다는 기분 때문인지 세오스는 왠지 모를 불안함을 느꼈다.
　"저거 대체 뭐야?"
　"뭐, 저주에라도 썰 거 아니야?"
　당황하기는 다른 일행 역시 마찬가지였다.
　잠깐이었지만 근처에 왔을 때 훅 끼친 피 내음은 전쟁터에서도 굴러봤다는 그들조차 머리가 아파왔을 정도로 진했다.

살인을 한 지 얼마 되지 않았다는, 그리고 그 수가 많았다는 반증이었다.

"크… 피… 목이… 말라……."

남자의 붉은 눈이 먹이를 바라보는 굶주린 늑대의 것처럼 짙은 살기를 머금고 희번덕거렸다.

하지만 한 번의 부딪침으로 세오스가 만만한 상대가 아니라는 것을 알았는지 섣불리 움직이지는 않았다.

세오스의 뒤에서 레인이 스태프를 들고 주문을 외우기 시작했다.

그리고 그의 양옆으로 레이지와 바우트가 각각의 무기를 치켜세웠다.

혹시라도 세오스의 공격을 벗어나서 레인을 공격하려 들 때 막아서기 위한 포지션이었다.

저주를 받은 사람인지 변종된 몬스터의 일종인지는 알 수 없었지만 그를 그대로 놔둘 수는 없었다.

게다가 한 번 부딪친 바에 의하면 힘 역시 어지간한 검사라도 밀릴 정도로 강력했다.

이러한 존재가 마을에 나타났었다면 아마도 끔찍한 참상이 벌어졌으리라.

일행이 자신을 공격하기 위해 준비한다는 것을 알았을까.

남자는 더 이상 시간을 끌지 않겠다는 듯 바로 몸을 날렸다.

캉! 캉! 카캉ー!

남자의 손톱과 세오스의 검이 쉴 새 없이 부딪쳤다.

그의 선택은 탁월했다.

가까이서 근접전을 벌이는 모습에 세오스가 다칠까 봐 레인의 지원사격은 이루어질 수 없었으니까.

그와 더불어 바우트와 레이지 역시 혹여 세오스에게 방해가 될까 봐 안절부절못했다.

열 개의 손톱과 한 개의 검이 부딪치는 장면은 보는 이로 하여금 세오스가 불리한 것은 아닐까 싶을 정도로 아슬아슬했다.

그가 소드 마스터인 것은 사실이지만, 그렇다고 해서 만능은 아니었다.

처음 겪는 공격 패턴에 세오스는 좀처럼 공격을 하지 못한 채 막는 데 급급하고 있었다.

채챙—!

약간의 시간차를 둔 채 날아오는 양손의 공격에 세오스의 검이 재빠르게 움직였다.

검이 아무리 익숙해도 애당초 몸에 달린 손톱보다 익숙지는 않다.

무엇으로 만들었는지 검과 몇 번씩이나 부딪치면서도 부러지지 않는 손톱은 감탄이 나올 정도로 훌륭한 무기였다.

우우웅.

세오스는 결국 검에 오러를 일으켰다.

아지랑이처럼 피어오른 청백색의 오러에 남자가 긴장한 듯 몸을 사렸다.

하지만 공격을 하지 않는다면 오히려 레인에게 공격의 기회를 줄 뿐이다.

남자는 손톱을 X 자로 교체시켜 세오스를 향해 휘두르며 각각 그의 머리와 다리를 노렸다.

세오스의 눈이 가라앉았다.

그의 검이 춤추며 머리를 노리던 손과 다리를 노리던 손을 차례로 잘라 버렸다.

까강―!

길게 자라난 손톱만큼이나 단단함을 자랑했던 손은 결국 오러에는 나뭇가지처럼 쉽게 잘라지고 말았다.

예상치 못한 상황에 당황한 것인지 경악한 눈으로 자신의 팔을 보던 남자가 비명을 내질렀다.

"끄아아아악―!!"

푸욱.

세오스의 검이 남자의 왼쪽 가슴을 꿰뚫었다.

남자의 몸은 바들바들 떠는가 싶더니 곧 움직임을 멈췄다.

바우트가 남자를 바라보다가 이상함을 느끼고 표정을 굳혔다.

"아무래도 이상해. 심장을 뚫렸는데 피가 별로 나오질 않아."

보통 심장에 꽂힌 검을 바로 뽑았을 때는 그야말로 분수라는 말이 어울릴 정도로 피보라가 튄다.

하지만 몬스터인지, 돌연변이 생물인지 알 수 없는 생명체의 몸에서는 아주 약간의 피가 배어 나왔을 뿐이었다.

마치 시체와도 같은 그 현상에 레이지가 얼굴을 찌푸리며 바우트의 말에 동조했다.

"그러게. 언데드 종류는 아닌 것 같은데?"

언데드였다면 그토록 단단하고 질긴 뼈와 가죽을 가지고 있지는 못했을 것이다.

이미 시간이 지나 다 썩어 문드러진 살을 가지고 있는 언데드는 데스 나이트 같은 고위급을 제외하고는 소드 익스퍼트—검에 검기를 씌울 수 있는 수준. 검사의 위치는 소드 유저→소드 익스퍼트→소드 마스터 순이다—라도 충분히 벨 수 있을 정도로 가죽이 약했던 것이다.

결국 그 생물의 정체를 알아내기를 포기한 레이지가 레인을 향해 손짓했다.

"뱀파이어의 아류일 수도 있으니까 파이어 볼로 태워봐. 잘 태워."

"응, 그러지."

곧 레인의 손에서 피어오른 파이어 볼에 의해 시체가 활활 타올랐다. 세오스는 기묘한 표정으로 자신의 손에 들린 검을 바라보았다.

"왜 그래?"

"오러 블레이드 사용 전에는 금조차 낼 수 없었다……."

세오스는 레인의 질문에 대답하며 말꼬리를 흐렸다.

소드 마스터의 경지란 결코 쉬운 것이 아니다.

그런데 상대는 오러를 일으키기 전에는 고작 공격을 막는 게 전부였을 정도로 빠르고 강한 공격을 구사했다.

그것은 숙련된 검사의 노련함이라기보다는 거의 본능적인 전투 감각이었다.

만약 그의 손톱이 소드 마스터의 오러도 견딜 정도로 강하고 제대로 된 이지를 가지고 있었다면 어땠을까?

그렇다면 싸움의 행방은 어떻게 변했을지 모른다.

이번의 싸움은 오러의 강함만으로 승리한 것이나 마찬가지였다.

세오스의 말에 일행 역시 얼굴이 어두워졌다.

"이런 몬스터에 대해서는 들어본 적이 없어. 세상에 소드 마스터만 상대할 수 있는 몬스터라니."

"아니. 사실 난 이게 몬스터인지조차 의심스러워. 지난번 일도 그렇고… 혹시 세상에 또다시 흑마법사들이 나타난 게 아닐까?"

"……!"

혼잣말에 가까운 레인의 의문에 일행의 표정이 굳어졌다.

확실히 최근 들어 그들이 겪은 일에는 수상한 일들이 너무나 많았다. 하지만 일련의 사건들만으로 단정 짓기에는 사안이 너무 무거웠다.

"…일단은 마을에 들어가 보도록 하자. 이자로부터 어떤 피해를 입었는지 알아보는 게 우선인 것 같으니까."

일행이 찜찜한 기분으로 마을을 향해 멀어져 간 후, 그 자리
에 내려서는 한 남자가 있었다.

귀밑까지만 내려오는 짧은 은발에 투명한 연녹색 눈동자를
한 그는 일행의 뒷모습을 보며 얼굴 가득 만족스러운 미소를
지었다.

"설마하니 이런 촌구석에서 소드 마스터를 보다니. 마법사
들의 나라라기에 끽해야 5서클 마법사나 볼 수 있으려나 했는
데 말이야. 어쨌든 이번의 실험은 수확이 좋았어. 소드 마스터
의 오러에는 조금 취약하다라……. 미라인한테 결과를 알려줘
야지~"

그의 입에서 즐거운 듯 콧노래가 흘러나왔다.

기대치도 않았던 정보를 건진 덕에 그의 기분은 날아갈 것
만 같았다.

하지만 그는 나타났다가 사라지는 동안 단 한 번도 바닥에
그슬린 채 널려진 잔해에 눈길을 주지 않았다.

그에게 있어서 죽은 남자의 의미란 단지 많고 많은 실험체
중에 하나일 뿐이었으므로.

"……!"

"이게 대체……."

마을에 도착한 일행은 해가 지지 않았는데도 을씨년스럽게
느껴지는 마을의 분위기에 소스라치게 놀랐다.

보통 한 마을에 도착하면 길을 뛰어다니는 어린아이들의

모습과 개 짖는 소리, 밭을 일구며 성실하게 일하는 청년들의 모습, 그리고 굴뚝마다 피어오르는 밥 짓는 연기가 보인다.

하지만 이곳에서는 그중 어떤 모습도 발견할 수 없었다.

마치 버려진 마을에서나 느껴질 법한 황량함은 이곳이 사람이 살던 곳이 맞는지조차 의심스럽게 만들었다.

"아무도… 없는 건가?"

레이지가 중얼거리며 주위를 둘러보았다.

사람의 그림자가 보이기는커녕 개 짖는 소리 하나 들려오지 않았다.

한 집의 담벼락에 기대어진 농기구를 발견하고 만져 보던 세오스가 진지한 표정으로 말했다.

"먼지가 별로 없는 것으로 봐서는… 버려진 곳은 아닌 것 같다."

"그럼 여기 있는 사람들은 다 어디로 간 거지?"

"글쎄……."

그것은 세오스로서도 알 도리가 없었다.

마을 어디서도 부서진 흔적이나 싸움의 자취가 남아 있지 않는 것을 보아서는 산적이나 몬스터가 쳐들어온 것 같지는 않았다.

말꼬리를 흘리던 세오스의 눈에 문득 이곳과는 어울리지 않는 이질적인 물건이 보였다.

"저건……?"

"응?"

일행의 시선이 세오스의 손가락이 가리키는 곳을 향해 이동했다.

그곳에는 마치 앙상한 나뭇가지를 모아놓고 그 위에 천을 하나 뒤집어씌워 놓은 것처럼 보이는 형상 하나가 놓여 있었다.

처음 얼핏 봤을 때는 그저 잡다한 물건을 조악하게 모아놓은 것 같은 모습에 신경도 쓰지 않았다.

하지만 세오스가 지목했다는 이유 때문에 그것을 자세히 바라보던 일행의 표정이 점점 싸늘하게 굳어갔다.

"시, 시체!"

그것은 약 예닐곱쯤 되었을까 싶은 어린아이의 시체였다.

어딘가에 수분을 모두 빼앗긴 듯 아이의 가죽은 바짝 마른 채 뼈에 붙어 있었다.

그리고 그러한 모습은 마치 몇백 년 동안 땅에 묻혀 있던 시신처럼 보였다.

하지만 일행은 모두 그것이 자연적인 것이 아닌 인위적으로 만들어진 현상이라는 것을 알아볼 수 있었다.

이곳 에스카라노 대륙의 어디에도 죽은 아이를 매장하는 풍습은 없었다.

게다가 바짝 말라 있는 아이의 시신은 오랜 시간 땅속에서 썩었다고 보기에는 지나치게 뼈가 단단하고 손상이 없었다.

마치 누군가가 아이의 몸에 있는 수분만을 다 빨아들여 버린 것처럼.

"이건… 베이런 시에서 들었던 것과 같은 증상 아니야? 이웃마을에 마족이 나타나서 사람들의 수분을 다 빨아 먹었다던?"

바우트의 말에 일행의 얼굴이 굳어졌다.

그러한 말이 있고 나서 바로 카이런이 납치를 당했기에 잊으려야 잊을 수가 없는 말이었다.

일행은 아무 말도 하지 않았지만 서로 약속이라도 한 듯 일어서서 마을 안을 샅샅이 뒤지기 시작했다.

처음 아이의 시신을 발견하기가 어려워서 그랬지, 마을 안은 그처럼 말라비틀어진 시체들로 가득했다.

부엌에서, 안방에서, 화장실에서, 높이 솟은 밀대 사이에서 시체는 계속 발견되었다.

자신이 하던 일을 하다가 아무것도 모른 채 당한 듯 그들에게서는 아무런 반항의 흔적도 찾을 수 없었다.

"이거 뱀파이어의 소행으로 보기 딱 좋은 모습이군. 저항의 흔적이 없는 것은 그들 특유의 매혹 마법이고 이렇게 말라 버린 것은 피를 빨려서라고 한다면 누구라도 반박하기 힘들 것 같은데?"

사실 지난번 라케시드와 아하―아하만브르드―가 하는 말을 들었지만 그들이 마족이라는 것을 모르는 일행으로서는 그 말을 곧이곧대로 믿기는 힘들었다.

"정말로 흑마법사들이 부활한 것인가?"

레인의 얼굴이 흐려졌다.

예전 한 흑마법사가 마왕을 소환해 한차례 소동을 일으킨 후 마법사들의 지위가 얼마나 격하되었던가.

대륙에 사는 한 사람으로서, 그리고 마법사의 한 사람으로서 레인은 가슴에 묵직한 돌이 얹어진 듯한 기분을 느꼈다.

흑마법사나 마족에 대한 이야기는 거의 전설에 가까운 이야기다.

간혹 마녀라던가 흑마법사로 몰려 죽임을 당하는 이들이 있기는 하지만 그것은 전해 내려오는 그들의 힘에 비하면 터무니없을 정도이다.

"일단은 이 시신을 마탑으로 가져가 보자. 그곳에 있는 나의 스승님이시라면 무언가를 알아내실지도 몰라."

레인의 말에 일행은 아무런 이의 없이 고개를 끄덕였다.

어쩌면 말로만 들어왔던 어둠의 시대가 자신이 사는 동안 다시 도래할지도 모른다고 생각하자 입 안에 모래가 있는 것처럼 깔끄럽게 느껴졌다.

일행이 주섬주섬 일어서고 그들을 따라 다리를 옮기던 레이지가 멍하니 생각에 잠긴 채 서 있는 세오스를 발견했다.

"세오스! 왜 그래?"

"아니야. 아무것도."

세오스는 아무것도 아니라는 듯 고개를 흔들었다.

일행들은 이상하다는 듯 고개를 갸웃거렸다.

하지만 곧 사건 자체에 이상한 점이 많으므로 무언가 생각할 것이 있겠거니 판단하고는 그를 방해하지 않게 조금 앞쪽으로 나아갔다.

세오스는 그런 그들의 뒷모습을 따뜻한 시선으로 바라보다가 고개를 돌렸다.

멀어져 가는 마을의 모습은 그 분위기가 느껴질 리 만무함에도 불구하고 무척이나 슬프고 황량하게 느껴졌다.

뱀파이어에게 희생되었을 확률이 높은 마을.

하지만 세오스는 마음 한쪽에 자리 잡은 의구심을 떨쳐 버릴 수가 없었다.

"…어둠의 마나의 흔적이 느껴지지 않았어."

그들이 도착한 것은 아마도 살육이 일어나고 난 후 몇 시간도 채 지나지 않아서였을 것이다.

한 집안에 차려져 있던 밥상이 그것을 증명했다.

누군가에게 줄 것을 남겨놓은 듯 옆에 치워져 있던 수프에 아직 채 식지 않은 온기가 남아 있었던 것이다.

만약 범인이 뱀파이어였다면 단 하루도 되지 않아 자신들의 마력에 의한 흔적을 모두 지울 수는 없었을 것이다.

지금의 시각은 슬슬 노을이 지기 시작하는 저녁 시간.

낮은 그들의 시간이 아니었다.

그리고 세오스는 마나의 감각에 극히 예민한 소드 마스터였다.

"대체 무슨 일이 일어나고 있는 것일까……."

마족이 벌이지 않은 일을 마치 마족이 벌인 일처럼 꾸며놓았다.
 그럼 그가 원하는 바는 대체 무엇인 것일까?
 세오스의 얼굴이 흐려졌다.

Chapter 33
신임 마탑주의 이름

MUTATION
DEMON

"으음……?"

라케시드는 눈을 떴다.

그는 잠시 자신의 눈앞에 보이는 화려한 천장을 보며 기억을 되짚었다.

머리가 깨질 것처럼 아파왔다.

'여기는 어디지? 내가 왜 여기에 있는 거지?'

누군가 둔기로 뒤통수를 세게 후려친 듯 정신을 차리기 힘들었다.

비몽사몽의 정신에서 헤어나지 못하고 있는 그의 귀에 낯익은 이의 목소리가 들려왔다.

"깨어났으면 이리 와서 이거나 정리해라."

나직하고 부드러운 로우 톤의 음성에서는 감히 거스르기 힘든 위엄이 흘러나오고 있었다.

"……?"

라케시드의 얼굴에 의아한 표정이 떠올랐다.

다른 것은 몰라도 자신이 있는 곳이 중간계라는 것은 피부에 느껴지는 기운만으로도 충분히 알 수 있었다.

하지만 그렇다면 그의 귀에 들려오는 목소리는 절대로 이해할 수 없는 것이 된다.

상황 파악을 하지 못한 채 헤매고 있는 라케시드의 귀에 다시 한 번 음성이 들려왔다.

"가출해서 몇 달 돌아다니더니 아비 음성마저 잊었냐? 냉큼 와서 앉지 못해!"

벌떡!

라케시드는 등골이 쭈뼛 서는 느낌에 반사적으로 몸을 들어올렸다.

잘못 들은 것이 아니었다.

지금 이 귀에 들려오는 음성은 그의 아버지 베리알의 목소리였다!

"어, 어떻게?"

그의 눈이 믿을 수 없다는 듯 커졌다.

천계와의 협정서에 의하면 소환 외의 마족의 강림은 금지되어 있다.

물론 그런 것 따위는 무시하고 살짝 나가서 놀다 오는 마족들도 있었지만 그들 역시 중간계에서 큰 소란 따위는 피울 수 없었다.

하지만 마왕은 아니었다.

그는 존재 자체가 이미 큰 소란이나 마찬가지이다.

소환이고 아니고를 떠나 단지 중간계에 나왔다는 것 자체만으로도 커다란 문제가 될 수 있다는 것이다.

"난 분명 친구 집에 초대받아서 온 거다."

경악 어린 라케시드의 표정에 마왕은 자신은 아무런 잘못이 없다는 듯 뻔뻔스러운 표정으로 아카르디안을 가리켰다.

"쿨럭쿨럭!"

갑작스러운 지목에 자신은 상관없다는 듯 여유로운 태도로 차를 음미하던 아카르디안이 사레가 들린 듯 격한 기침을 토해냈다.

"누굴 모함하는 건가! 할 말이 있다고 만나자고 한 건 자네일세!"

"알았다고 한 건 너였지. 얼마든지 놀러 오라며?"

"그, 그거야! 어쨌든 내가 일부러 초대를 한 것은 아니었네. 어디까지나 자네가 볼일이 있어서 찾아온 거지!"

서로 자신의 잘못이 아니라고 우기며 티격태격하는 둘의 모습에 라케시드의 이마에 땀방울이 흘러내렸다.

마왕이야 원체 자신이 하고 싶은 일이라면 체면이든 당위성이든 접어놓고 강짜부터 부리는 성격이라는 것은 알고 있었다.

하지만 근엄하게 생각되던 아카르디안까지 그와 어울려 같은 수준에서 노는 것을 보니 어이가 없다 못해 한심하다는 생각까지 들었다.

대체 기절하기 전 자신과 상대하던 그 오만하고 카리스마 넘치던 드래곤의 모습은 어디 갔다는 말인가!

"두… 분이 친구라고요?"

굳이 확인하지 않아도 둘이 친한 사이라는 것은 좀 전의 대화를 통해 충분히 알 수 있었다.

하지만 라케시드는 좀처럼 믿어지지 않는 기분에 한 번 더 그들에게 확실한 대답을 요구했다.

"어."

"천 년 가까이 사귀어온 원수지."

대답은 예상했던 것과 똑같았다.

라케시드의 얼굴에 어이없다는 표정이 떠올랐다.

"아니, 그럼 왜 몬스터들을 보내서 그따위로 고생시킨 겁니까?"

"그냥."

"재밌으니까."

"……."

도대체 이들에게 무슨 말이 더 필요할까.

라케시드는 더 이상 화를 낼 기력도 없다는 생각에 한숨을 푹 내쉬었다.

친구라고 하지만 그가 보기에 둘은 아주 형제처럼 똑같았다.

　무심코 그들을 외면하려 고개를 돌리던 라케시드의 눈에 산처럼 쌓인 종이 다발이 보였다.

　순간 라케시드의 머릿속에 적신호가 번쩍거렸다.

　'설마… 아니겠지. 아닐 거야. 여기가 마계도 아닌데……'

　"아! 맞다. 라케시드, 거기 서류 좀 정리해서 이리 놔둬봐."

　"……!!"

　누가 말했던가. 불길한 예감은 99%의 확률로 맞아떨어지는 법이라고.

　빗나가기를 바랐던 불길한 상상이 현실이 되어버린 암담함에 라케시드는 눈앞이 노랗게 보이는 것만 같은 충격을 먹었다.

　"왜 제가? 저건 아버지 일이지 않습니까!"

　"시끄러! 내 일은 다 끝냈어. 저건 아하만브르드 거란 말이다."

　"아니, 아하만브르드 걸 왜 저한테 주냐고요?"

　"아하만브르드가 중간계에 내려갔는데 후임자가 없으니까."

　"제가 알기로 지난번에 돌아갔습니다만."

　"다시 내려왔어."

　"그런 게 어디 있습니까! 다시 돌아오던가, 아니면 후임자를 정해놓고 가라고 하십시오!"

　극렬하게 거부하는 라케시드의 모습에 마왕이 물끄러미 그를 바라보았다.

왠지 '나는 너의 약점을 알고 있다'라는 의미를 가진 듯한 마왕의 눈빛에 라케시드의 얼굴에 식은땀이 흘러내렸다.

"왜, 왜 그런 눈으로 보십니까?"

라케시드의 심장이 불길하게 두근거렸다.

무엇인지는 모르겠지만 자신이 그에게 무언가 커다란 건수를 잡힌 게 있지 않는 한 마왕이 저렇게 자신만만한 표정을 짓지는 않을 테니 말이다.

마왕의 입꼬리가 스윽 하늘을 향해 올라갔다.

라케시드의 얼굴이 창백해지며 또 다른 땀방울이 이마 한가운데를 지나 코를 타고 흘러내렸다.

"가출."

"……?!"

"마계로 강제로 끌려가기 싫으면 끝내놔라."

"그런 게 어디 있…….."

"게다가 미성년자 주제에 마신의 이름을 건 계약도 했다지?"

"……!!"

무언가 불길하다 했더니 찔리는 게 너무 많아서였다.

라케시드는 반박조차 할 수 없는 말들에 입만 뻐끔거리며 아무런 말도 하지 못했다.

서류? 마계에서 매일 지긋지긋하게 해서 저 정도 양이면 이제는 반나절 만에 끝낼 수 있다.

하지만 그는 해야 할 일이 있었다.

카이린을 찾아야 하는 일이.

라케시드의 눈이 갈등으로 흔들렸다.

마왕이 가리킨 서류를 정리하다 보면 상대와는 반나절 이상의 거리가 더 벌어지게 된다.

안 그래도 기절해 있는 동안 카이린을 납치한 자가 어디까지 가 있을지 몰라 초조한 상태이다.

그러한 마음으로 서류를 붙들고 있어봤자 글자가 눈에 들어올 리 없다.

하지만 그렇다고 마왕의 말을 거절하자니 표정을 보아선 금방이라도 마계로 끌고 올라갈 것만 같다.

어떻게든 빠져나가는 구멍을 찾기 위해 눈알을 굴리는 라케시드의 모습에 마왕이 피식 미소를 지었다.

"이렇게 하지. 반나절 안에 저 서류를 모두 끝내놓으면 네가 원하는 곳으로 텔레포트를 시켜주지. 너로서도 지금부터 직접 나가 뛰어다니는 것보다는 가만히 앉아 서류를 정리하고 텔레포트로 이동하는 게 훨씬 더 빠를 텐데… 어때?"

마왕의 입술이 호선을 그리며 매혹적인 미소가 피어올랐다.

달콤한 유혹 같은 마왕의 말에 라케시드의 마음이 흔들렸다.

확실히 며칠, 혹은 몇 달간 뛰어다니는 것보다 마왕의 마법을 통해 텔레포트로 이동하는 것이 훨씬 더 빠른 이동이 될 것이다.

게다가 조건은 고작해야 서류의 산 몇 개를 해치우는 것뿐이지 않은가?

'헛! 아니지!'

라케시드는 급속도로 기우는 마음을 재빠르게 다잡았다.

전에도 설명했지만 마족과의 계약은 대단히 위험천만하다.

조심에 조심을 더해도 엄청난 손해를 입을 수 있는 것.

그것이 마족과의 계약인 것이다.

라케시드의 눈동자에 긴장이 감돌았다.

"계약서를 작성하죠. 제가 반나절 안에 저 탁자 위에 있는 서류를 모두 처리하면 저를 제가 원하는 곳으로 텔레포트시켜 주시는 겁니다. 그리고 다른 꼼수를 쓰시거나 방해를 하시면 안 되는 것으로요."

노파심에 이것저것 당부하고 확인하는 라케시드의 모습에 마왕의 표정이 애매하게 변했다.

그는 지금 매우 씁쓸한 기분을 느끼고 있는 중이었다.

카이린을 구하고 싶은 마음은 그 역시 마찬가지였다.

하지만 그것을 모르는 라케시드는 그의 진심을 의심하며 몇 번이고 확인을 하고 있다.

마왕은 그것을 알고 있음에도 가슴이 아팠다.

그는 아무렇지 않은 척 눈을 감고 고민하듯 턱을 쓸어내렸다.

"그래. 텔레포트 정도는 어려운 일이 아니니까. 간다고 해 봤자 네 계약자를 찾아가는 것이겠지."

"그녀가 어디 있는지 아는 겁니까?"

"아아, 우선은 서류부터. 서두르지 말라고."

마왕은 조급해하는 라케시드의 모습에 생긋 여유로운 미소를 날려주었다.

사실 이 중에서 가장 속이 타는 사람은 그였지만 차마 내색할 수 없었다.

게다가 아직 카이린을 통해 원하는 결과를 얻기 위해서는 조금의 시간이 더 필요했다.

'움직여라, 아이켄. 나에게 네가 배후라는 피할 수 없는 증거를 보여라.'

어쩌면 그녀에게는 잔인한 일이 될지도 모른다.

버린 것도 모자라 이제는 그녀가 납치된 이 상황마저 이용하려 하고 있으니 말이다.

그녀에게 심어둔 혈충이 사라진 것으로 보아 아마도 그녀에게 걸린 자신의 봉인이 깨졌거나, 최악의 경우 마신이 그녀의 몸에 직접 강림한 상황이 벌어졌을지도 모른다.

애당초 마신이 원했던 것 자체가 자신이 강신(降神)할 수 있는 육체였으니까.

하지만 마왕은 그녀가 어디로 향했는지는 알 수 있었다.

신성 카란도 제국.

카이린을 납치한 자들은 보란 듯 그를 그곳으로 유인하고 있었다.

*　　　　*　　　　*

화이트 윈드 용병단은 여러 우여곡절을 겪은 끝에 드디어 마탑이 있는 시벨린 시에 도착할 수 있었다.

그동안의 고생을 나타내듯 그들의 몰골은 추레했다.

게다가 미이라처럼 말라 버린 소녀의 시신을 들고 오기 위해 나무를 이용해 관과 비슷한 것을 만들어 바우트의 등 뒤에 짊어지고 오도록 했다.

신장 190㎝에 해당하는 거구의 남자가 한쪽에는 거대한 클레이모어를, 다른 한쪽에는 조금 작은 크기의 관을 메고 다니는 것은 무척이나 특이했다.

그래서인지 일행은 언제나 사람들의 시선을 몰고 다녀야 했으며 그만큼 잦은 시비에 부딪쳐야 했다.

"후우… 드디어 왔네."

"그동안 참 힘들었지……. 난 마탑이라는 게 이렇게 먼 거리에 있는 줄 정말 처음 알았다니까."

바우트의 말에 동조하듯 레이지가 엄살을 떨었다.

그들의 앞에는 멀리 마탑의 끄트머리가 보이고 있었다.

하지만 너무 만만하게 생각했던 것일까.

마탑 출신인 레인이 있으니 통과가 쉬울 것이라는 예상과는 달리 그들의 출입은 처음부터 막혔다.

"돌아가십시오. 당분간은 아무도 들이지 않습니다."

문 앞을 지키고 서 있는 문지기가 정중한 목소리로 말했다.

일행은 난처한 표정으로 레인을 바라보았다.

그라면 마탑에서 유망주로 있었던 마법사인만큼 어떠한 해결책을 내주지 않을까 싶었던 것이다.

그런데 레인의 표정이 이상했다.

그는 끓어오르는 화를 애써 억누르는 것 같은 매서운 표정으로 문지기를 노려보고 있었다.

"돌아가라고? 도대체 언제부터 마탑이 이렇게 폐쇄적인 곳이 되었지?"

이 시대의 마법사는 배척받는 만큼이나 무척 희귀한 존재였다.

따라서 마법사의 탑은 어떻게든 마법사의 자질을 가진 이를 끌어들이려 애를 썼다.

그리고 마법사라는 존재를 일반인들에게 친숙한 존재로 각인시킬 수 있도록 노력했다.

그 일환 중의 하나가 마탑의 개방이었다.

물론 고위 마법사들의 연구실이나 침실이 있는 위층은 일반인들이 드나들 수 없었다.

하지만 1층의 접수실과 2층의 마법 물품 전시관은 누구에게나 개방되어 있는 곳이었다.

그래서 조롱은 각오했을망정 설마 문전박대를 당하리라고는 생각지도 못했다.

"비켜라. 나는 마탑주 바스칸님의 네 번째 제자인 레인이다. 직접 스승님을 만나 자초지종을 물어야겠다."

그의 말에 문지기가 흠칫하며 몸을 떨었다.

5서클 마법사라는 것은 로브의 끝에 새겨진 문양을 보고 알아챌 수 있었지만 마탑의 상징이 없었기에 떠돌이 용병이라고 생각했다.

하지만 마탑의 탑주를 들먹이며 이름을 대자 자신이 사람을 잘못 막아섰음을 깨달았던 것이다.

탑주의 네 번째 제자라면 다섯 명의 제자 중 첫째와 함께 가장 출중한 재능을 가져 다음대의 탑주 후보로까지 이름이 올랐던 사람이다.

어째서인지 몇 년 전부터는 모습이 보이지 않아 모르는 이들도 많았지만 그가 나서서 막을 수 있는 수준이 아니었다.

"죄, 죄송합니다!"

놀라서 비켜선 문지기의 옆으로 일행이 차례로 지나갔다.

문지기는 일반인은 통행될 수 없다고 말하려 했지만 자신이 한 실수 때문에 차마 입을 열 수가 없었다.

문지기는 걱정스러운 표정으로 레인을 비롯한 일행이 사라진 자리를 응시했다.

그의 입이 열리며 침중한 음성이 흘러나왔다.

"휴우… 탑주께서 알아서 하시겠지. 바스칸님의 제자라면 이미 내 손을 떠난 일이니……."

어두운 그의 표정만큼이나 무거운 시름을 담은 목소리는 한참 동안이나 그 자리에 깊은 여운으로 맴돌았다.

일행은 입을 다문 채 곁눈질로 힐끔거리며 레인의 표정을 살폈다.

아까의 모습은 평소 그에게서는 절대 볼 수 없는 날카로움이 배어 있는 모습이었다.

마탑으로 돌아오게 되면 그의 심기가 어지러워질지도 모른다고 생각은 했지만 너무나 무거운 표정에 일행의 얼굴에 걱정이 드리웠다.

그러한 분위기를 견디다 못한 바우트가 레인의 어깨에 손을 가져가며 괜찮느냐고 물으려 할 때였다.

레인이 먼저 그들에게 입을 열었다.

"이상해. 마탑의 개방화를 시작한 건 스승님이었어. 그 고집불통 영감이 다른 마법사들의 반발을 전부 누르고 시작했던 일이라고! 무슨 일이 있었는지는 모르겠지만 그 영감이 그런 자신의 결정을 다시 번복했을 리 없어. 아예 시작하지 않았으면 모르되 하다가 만 것은 차라리 안 하니만 못하다는 것을 가장 잘 아는 분이니까."

차분한 음성이었지만 그의 어조 깊숙한 곳에 담긴 감정의 격양을 아주 감출 수는 없었던 듯 그의 말끝은 미세하게 흔들리고 있었다.

레인은 거의 평생의 반을 함께하다시피 했던 이곳의 기운이 무척이나 낯설다고 생각했다.

예전에는 드나드는 사람들과 그들을 안내하던 수련 마법사들로 북적였던 1층의 복도가 유난히 한산했다.

다른 일행은 처음 방문하는 곳이기에 느끼지 못하는 것 같았지만 그는 이곳의 분위기에서 신경을 자극하는 날 선 기운을 느꼈다.

'대체 무슨 일이 있었던 것이지?'

레인은 자신의 스승이 있을 연구실로 성큼성큼 걸음을 옮겼다.

마법사 특유의 외골수가 강했던 사람이니 굳이 자신의 방을 다른 곳으로 옮기지는 않았을 것이다.

하지만 막상 도착한 방 앞에서 레인은 당황스러운 감정을 맛볼 수밖에 없었다.

'마력의 파장이… 다르다?'

스승의 마력 파장이나 습관은 질리도록 잘 알고 있는 자신이다.

하지만 눈앞에 있는 문에 새겨진 락(Lock) 마법에서 흘러나오는 파장은 그가 아는 스승과는 너무나 상반된 성격을 가지고 있었다.

레인의 표정이 딱딱하게 굳어갔다.

정체를 알 수 없던 불안감의 실체가 점점 더 눈앞으로 다가오는 것 같았다.

이 방은 오로지 마탑의 탑주만이 사용할 수 있는 방이다.

그런데 이곳에 걸린 마법의 파장은 스승의 것이 아니다.

그렇다는 얘기는……?

"거기서 무얼 하는 것이지? 그대들은 누구인가?"

"……!"

등 뒤에서 누군가의 음성이 들려왔다.

세월의 연륜이 묻어나는 깊고 나직한 목소리였다.

일행은 갑작스러운 기척에 흠칫 놀라 무기를 부여잡으며 고개를 돌렸다.

세오스 역시 돌아서며 여차하면 검을 뽑을 수 있도록 긴장을 늦추지 않았다.

'강자……'

그는 노인이 그들의 뒤를 점할 때까지 아무런 기척도 느끼지 못했다. 그것은 노인이 세오스와 비슷한 힘을 지니고 있거나 그보다 강하다는 얘기였다.

삽시간에 험악해지는 분위기에 노인의 이마가 좁혀졌다.

"침입자인가?"

지금은 외부 손님은 받고 있지 않는 상황이니 그가 모르는 이들이라면 정당한 절차로 들어온 것이 아닐지도 모른다.

'일단은 무력으로 제압을 해두고 오해라면 사과하면 되겠지.'

간 크게도 마탑에 침입한 이들이라고 생각하면서도 노인은 어쩐지 화가 나기보다는 유쾌한 기분이 들었다.

어쩌면 그동안 쌓인 스트레스를 이들에게 풀 수 있을지도 모른다.

그는 그렇게 생각하며 손 위에 마나의 구슬을 띄워 올렸다.

에어 볼(Air Boll)이라 불리는 5서클의 마법이었다.

"에어……!"

"스승님!!"

하지만 막 시동어를 외치려던 그의 시도는 단 하나의 외침
으로 인해 무산되었다.

반사적으로 자신을 부른 이의 모습을 찾던 노인의 눈이 동
전처럼 동그랗게 변했다.

"레인? 네가 어떻게……."

"오랜만에 뵙겠습니다, 스승님."

슬프게 웃는 레인의 모습에 노인 바스칸의 표정이 복잡하게
변했다.

"왜 온 것이냐? 대체 왜……?"

그의 태도는 자신의 손으로 쫓아냈던 제자가 다시 돌아온
데에 대한 분노라기보다는 무언가에 대한 짙은 회한처럼 보였
다.

"기왕지사 쫓겨났으면 너라도 잘 숨어 있을 것이지……."

"예?"

레인의 표정이 얼떨떨하게 변했다.

그러고 보니 그를 발견한 스승의 표정이 귀신을 본 듯 창백
하게 질려 있었다.

자신이 쫓아낸 제자가 찾아왔다는 것에 대한 놀람이라고 보
기에는 지나친 반응이었다.

못난 제자에 대한 질책이나 못마땅함이라면 몰라도 그가 그
토록 당황을 보일 이유는 없는 것이다.

"어쨌든 여기서 얘기할 것이 아니라 내 방으로 들어가자."

바스칸은 마치 누가 보기라도 할까 봐 두렵다는 듯 일행을 이끌었다.

"…이 방은?"

문 앞에 선 레인의 표정이 흔들렸다.

스승이 자신의 방이라 안내한 그 방은 마탑을 나가기 전까지 자신이 쓰던 방이었다.

그의 눈동자가 아련한 그리움으로 젖어들었다.

바스칸이 멍하니 옛 추억에 잠겨 있는 레인의 등을 떠밀며 재촉했다.

"감상은 나중에. 일단 들어가라."

레인은 방 안에 들어오며 무언가 먹먹한 것이 가슴을 치는 것 같은 느낌을 받았다.

방 안의 모습은 그가 떠날 때의 모습 그대로였다.

스승의 것인 듯한 물건도 몇 개 보였지만 전체적인 배치나 그의 손때가 묻은 물건 등은 그의 스승이 이곳을 비우지 않고 있었음을 나타내고 있었다.

"어떻게 된 겁니까? 스승님께서 왜 이 방에…… 그리고 사람들의 출입을 막으신 것은 어떻게 된 겁니까?"

스승의 모습을 보니 혹시라도 그에게 무슨 일이 생긴 것인가 하던 염려는 기우인 것 같았다.

하지만 그렇다면 더더욱 지금의 상황이 이해가 되지 않았다.

그는 최악의 경우 스승이 누군가에게 피살을 당했을지도 모른다는 생각까지 했으니까.

바스칸은 자신을 향해 강렬하게 반짝이는 제자의 눈동자를 슬그머니 외면했다.

"그보다, 오면서 다른 사람을 만난 적이 있느냐?"

레인은 자신의 질문에 대한 대답은 하지 않고 엉뚱한 질문을 하는 스승의 모습에서 직감적으로 마탑에 무언가 문제가 있음을 느꼈다.

"문지기로 서 있던 병사 외에는 누구도 만나지 못했습니다. 말씀해 주십시오, 스승님. 마탑에 대체 무슨 일이 있는 것입니까?"

"이게 다 나의 죄인 게지……. 그보다 너는 어쩐 일로 이곳을 찾아왔느냐?"

"한 사람을 찾는 데 도움을 받고자 왔습니다. 하지만 지금의 모습을 보니 그것은 어려울지도 모르겠다는 생각이 드는군요. 말씀해 주십시오. 대체 무슨 일인 겁니까?"

"후우……."

바스칸의 입에서 한숨이 흘러나왔다.

어쩌면 이곳에 온 순간부터 그는 이 일과 무관하지 않게 된 것이나 마찬가지였을지도 모른다.

마탑에서 쫓겨난 제자라고는 하나 그가 다시 돌아와 행방을 알게 된 이상 목숨이 위험해질지도 모르는 상황에 대해서는 알리는 것이 나았다.

"그게 한 일 년 전쯤의 일이었다……."

일 년 전.

그는 이스틴블 제국 황제의 요청으로 인해 제국 내에서 발견된 마도시대의 유적으로 추정되는 던전을 발굴하는 곳에 나가 있는 참이었다.

며칠째 계속되는 폭우로 인해 발굴 작업은 좀처럼 진도를 나가지 못하고 있었다.

하지만 바스칸은 찬란했던 고대문명의 비밀을 엿볼 수 있다는 기대감에 쏟아지는 빗속에서 인부들을 독촉하고 있었다.

그곳이 마도시대의 유적이라 판단한 것은 그곳에 강대한 마법의 흔적이 남아 있기 때문이었다.

무언가 강대한 마법에 의해 보호되고 있던 곳인 듯, 그곳의 마법진은 몇천 년이 지났을 것인데도 거의 원형에 가까운 형상을 유지하고 있었다.

거의 3분의 1가량의 마법진이 무언가에 지워져 있었지만 남은 수식만 하더라도 바스칸이 100분의 1도 채 이해하지 못할 정도로 난해한 것이었다.

아마도 얼마 전 이곳에 떨어진 커다란 번개가 아니었다면 몇백 년이고 더 이어졌을 것이라 예상되는 엄청난 마법진이었던 것이다.

하지만 그보다 엄청난 것은 그 마법진의 보호를 받고 있던 던전이었다.

존재만을 알 수 있을 뿐 들어가는 입구도, 방법도 찾지 못했기에 열심히 주변만 발굴하고 있었다. 아마도 그곳을 열면 대단한 것이 들어 있을 것 같았다.

어쩌면 그 시대에 사용되었던 마법에 대한 책자가 있을지도 모른다.

바스칸은 기대에 부풀었다.

만약 그러한 것이 정말로 있다면 인간은 도달하는 것이 불가능하다는 9서클의 마법에 도전할 수 있을지도 모른다는 생각이 들었다.

하지만 좀처럼 유적의 문은 드러나지 않았다.

그곳에 있던 인부들과 바스칸의 마음이 초조해질 때쯤이었다.

하늘을 뒤덮고 있던 검은 먹구름이 꾸물거리는가 싶더니 한 줄기 낙뢰가 공간을 갈랐다.

번쩍―

콰르릉!

가만히 조가비처럼 입을 다물고 있던 유적에 번개가 꽂히며 한순간 번쩍이는 빛이 사위를 물들였다.

그리고 그 빛이 사라졌을 때, 사람들은 반으로 갈라진 유적 안에서 새하얀 드레스를 입은 여인 하나가 막 잠에서 깨어난 듯 부스스 눈을 뜨는 모습을 볼 수 있었다.

"나는 그녀를 여섯 번째 제자로 삼아 마탑으로 데려왔다. 하지만 그것이 얼마나 어리석은 짓이었던지……."

바스칸은 자책하듯 머리를 감싸 쥐었다.

물론 고대의 유적에서 나온 여인이 평범하기를 바라지는 않았다. 하지만 그녀는 바스칸의 상상을 초월할 만큼 위험한 존재였다.

바스칸은 그녀를 데려오고 나서야 그것을 알아챌 수 있었다.

"무슨 일이라도 있었습니까?"

"그녀는… 마녀다."

"예? 마족과 계약을 한 여자였단 말입니까?"

"아니야. 흑마법사를 말하는 것이 아니라 그냥 존재하는 것만으로도 마녀가 될 수밖에 없는 여자다. 그것도 혼자서 한 나라를 충분히 망가뜨릴 수 있을 정도의!"

일행의 얼굴에 짙은 의문이 번졌다.

바스칸이 하는 말을 알아듣지 못한 것이다.

하지만 그들은 바스칸의 표정에서 그녀가 누구인지는 몰라도 꽤나 위험한 사람이라는 인상을 받을 수는 있었다.

"그녀 때문에 마탑이 이렇게 되었단 말씀입니까?

"……."

바스칸은 대답하지 않았다.

레인은 그러한 침묵 속에서 긍정의 답을 읽어냈다.

"다른 이들은 어쩌고요? 에르메트 형은, 알비 형은, 미르엔 누님은, 베르덴은 다들 가만히 있었단 말씀입니까?"

"그들은… 모두 죽었다. 나의 제자 중에 살아 있는 것은 너와 지금은 행방불명이 된 에르메트뿐이다.”

“……!!”

어쩌면 그 역시 죽었을지도 모르지.

바스칸은 그 뒷말을 애써 삼켰다.

입 밖으로 내뱉으면 사실이 되어버릴 것 같은 기분에 지금까지 어느 누구에게도 그러한 말을 하지 못했다.

레인은 자신을 제외한 사형제 모두가 죽거나 생사를 알 수 없다는 사실에 심장이 멎는 것 같은 기분을 느꼈다.

비록 그들과 피를 나눈 친형제는 아니었지만 이십 년에 가까운 세월을 함께 협동하고 경쟁하며 미운 정, 고운 정 다 든 소중한 이들이었다.

삼 년 전 마탑을 쫓겨나면서도 단 한 번도 미워해 본 적이 없는 이들이다.

그런데 죽었다고?

“그 여자가 죽인 겁니까?”

레인의 목소리가 덜덜 떨렸다.

그것이 사실이라면 절대로 용서할 수 없다.

그는 사형제들의 죽음을 막지 못한 스승에게도 못내 서운함을 느꼈다.

물론 바스칸이 일부러 그들의 죽음을 방치했을 이유는 없었다.

어쩌면 빤히 보면서도 제자들을 잃어야 했던 바스칸의 기분이 더 처참할지도 모른다.

하지만 레인은 사형제들이 죽어가는 동안 자신은 무얼 하고 있었는가 하는 죄책감에 누구라도 원망하지 않으면 견딜 수 없을 것 같았다.

"차라리 그녀가 죽였다는 것을 알기라도 하는 거면 이토록 억울하지는 않을 것이다. 하지만 그들의 죽음에 그녀가 개입했다는 증거는 어디에서도 나타나지 않았다."

바스칸의 목소리는 깊게 잠겨 있었다.

레인은 그의 말에서 그가 범인을 알지 못한다는 것을 알았다.

그리고 가장 유력한 범인으로 생각하는 것이 그녀라는 것도.

"그녀는 지금 어디에 있습니까?"

레인은 바스칸이 말하는 그녀를 만나봐야 한다고 생각했다.

라케시드를 찾는 것도 중요하지만 사형제의 죽음에 대한 비밀을 파헤치지 않는다면 평생 동안 죄책감과 대상을 알 수 없는 분노를 안고 살아야 할지도 모른다.

비장해 보이는 레인의 모습에 바스칸의 눈꼬리가 파르르 떨렸다.

"그녀를 만나는 것을 내가 막을 수 없겠지만, 절대 그녀와 직접 대적하려 생각하지는 말아라."

"저 역시 죽을 것이라 생각하시는 것입니까? 대체 왜 그토록 그녀를 두려워하시는 겁니까? 도대체 무엇이 스승님을 두렵게 하는……!"

“9서클이다.”

“…예?”

“그녀는… 9서클 마스터다.”

레인의 눈동자가 흔들렸다.

그는 지금 스승이 무슨 말을 하고 있는지 이해할 수가 없었다.

“인간이 9서클에 오르는 것은 현재 마법의 영역으로 불가능하다고 스승님이……”

“그러니까 마녀라고 하는 것이다.”

“……”

9서클이라면 전설로 전해 내려오는 드래곤과 견줄 수 있다는 꿈의 경지다.

진실로 그녀가 그러한 경지에 있다면 7서클 마스터인 그의 스승이 몸을 사리는 것도 이해할 수 있었다.

마법사들에게 있어서 절대적인 상하의 기준은 나이나 직위 따위가 아니라 본인이 가진 서클이었으니까.

할 말을 잃은 레인의 앞에 그의 스승은 더욱 충격적인 한마디를 던져 놓았다.

“그리고 지금의 마탑주는 내가 아니라 그녀이다.”

“……!”

“사실 나는 네가 이대로 영영 돌아오지 않기를 바랐다. 지금 탑에 남아 있는 마법사들은 거의 모두가 그녀의 추종자들이니까. 네가 돌아와도… 다른 제자들처럼 죽지 않는다는 보장이 없는 상황이니까."

그렇게 말하며 고개를 숙이는 바스칸의 모습은 삼십 년 동안 한 단체를 이끌어왔던 수장의 모습이라 하기에 너무도 초라해 보였다.

레인이 바스칸을 보지 못한 기간은 삼 년이었다.

하지만 지금 보는 바스칸의 모습은 그때보다 십 년은 더 늙어 보였다.

레인은 붉어지는 눈시울을 애써 감췄다.

"그녀를 만나고 싶습니다. 스승님이 걱정하시는 대로 그녀에게 도전하는 어리석은 짓은 하지 않겠습니다. 단지… 스승님의 뒤를 이어 마탑주가 된 그녀의 얼굴을 제 두 눈으로 똑똑히 확인해 보고 싶어서입니다."

레인의 목소리는 잘게 떨리고 있었지만 그 말에 담겨 있는 어조는 선명하고 강한 의지를 담고 있었다.

바스칸은 한숨을 내쉬면서도 그러한 제자의 모습을 말리지 못했다.

그 역시 레인의 모습을 본 순간 이렇게 될 것을 예상하고 있었기 때문이다.

어차피 레인에 대한 정보는 이미 그녀에게 들어갔을지도 모른다.

그렇다면 차라리 직접 얼굴을 보아두는 것이 레인의 안전에는 조금 더 도움이 될지도 몰랐다.

"그래. 지금 바로 대면을 요청해 보도록 하마."

　레인은 몸을 일으키는 스승의 말에 다시 한 번 콧잔등이 시큰해지는 것을 느꼈다.

　예전에 그는 대면을 요청하면 허락을 해주는 사람이었지, 직접 상대방에게 대면을 요청하러 가는 위치가 아니었다.

　레인은 새삼 새로운 마탑주의 얼굴이 궁금하다고 생각했다.

　대면 요청에 대한 대답은 생각보다 쉽게 떨어졌다.

　레인의 모습은 담담해 보였는데 정작 다른 일행은 긴장감으로 입술이 바짝바짝 마르는 것을 느꼈다.

　"얼마나 대단한 여자기에 혼자서 마탑을 이토록 흔들어놓은 걸까?"

　레이지가 바우트의 옆에 서서 소곤거렸다.

　"모르지. 직접 보면 조금 알게 될까?"

　사실 겉모습만으로 사람을 판단하는 것만큼 어리석은 것은 없을 것이다. 바우트는 그것을 알면서도 레이지에게 그렇게 대답해 줄 수밖에 없었다.

　그 역시 그녀에 대해서는 방금 들은 얘기밖에 없었던 것이다.

　게다가 서클이니 수식이니 하는 것은 마법사를 친구로 둔 바우트라 해도 실제 마법사가 아닌 이상 백만 광년쯤 떨어진 타 차원의 소리로 들릴 뿐이었다.

　일행의 수다는 그들이 처음 마탑에 왔을 때 찾아왔던 방 앞에 도착함과 동시에 끝났다.

다른 방과 다름없는 칙칙한 회색빛 철문일 뿐인데 왠지 목이 마르며 긴장감에 등줄기가 후줄근해지는 듯한 느낌이 들었다.

"들어오세요."

일행의 기척을 느꼈는지 안에서 여자의 음성이 들려왔다.

예상했던 것보다 훨씬 맑고 깨끗한 음성에 일행의 눈동자에 순간 의아함이 스쳐 지나갔다.

'이게 탑주의 음성?'

'생각보다 어린데? 다른 사람이 있는 것 아니야?'

순간적으로 온갖 상념이 머리를 스쳤다.

하지만 그들의 상념은 문을 열어젖히는 바스칸으로 인해 더 이상 이어질 수 없었다.

문 안쪽에는 창 밖에서 쏟아지는 햇살이 무색해질 정도로 아름다운 미녀가 무표정한 얼굴로 그들을 바라보고 있었다.

"인사드려라. 이분이… 현재의 마탑주이시다."

바스칸의 소개에 그녀는 오만하지도, 그렇다고 비굴하지도 않은 예의 바른 자세로 살짝 고개를 숙여 인사했다.

그녀의 움직임에 따라 짙은 로열 블루의 머리카락이 밤하늘에 흐르는 은하수처럼 사르륵 흘러내렸다.

레인을 비롯한 일행은 그녀의 깊은 라벤다빛 눈동자를 바라보며 정신이 아찔해지는 것 같은 기분을 느꼈다.

배꽃처럼 하얀 얼굴에 복숭아빛 뺨은 생기발랄해 보였고, 장미꽃처럼 붉은 입술은 깨물고 싶을 정도로 매혹적이었다.

　그들은 그 순간 바스칸이 어째서 그녀를 존재하는 것 자체만으로도 마녀가 될 수밖에 없다고 표현했는지 절실히 이해할 수 있었다.

　완벽함이 지나치면 인간은 두려움을 느낀다고 하였던가.

　미소 하나만 머금어도 사람의 이성을 마비시킬 수 있을 것 같은 아름다움.

　그녀는 그러한 마력을 가지고 있었다.

　그녀의 입술이 열리며 가슴이 술렁일 정도로 달콤한 음성이 울려 퍼졌다.

　"처음 뵙겠습니다. 마탑의 15대 탑주 키세네피아라고 합니다."

　일행은 알지 못했지만 그것은 그들이 세 번째 호문클로스를 만나는 순간이기도 했다.

＊　　　＊　　　＊

　짙은 회색 벽돌로 지어진 커다란 성.

　예술적인 감각이라고는 눈을 씻고 찾아봐도 보이지 않는 밋밋한 그 성에서 볼만한 것이라고는 성곽들 사이로 하늘을 찌를 듯 솟아 있는 네 개의 첨탑뿐이었다.

　그 탑들 중 서쪽에 위치해 있는 탑의 꼭대기에서 한 남자가 창밖으로 노을이 지는 모습을 바라보고 있었다.

　머리카락과 눈동자 위에 붉은 음영이 짙게 내려앉아 있는 그의 모습은 마치 노을 속에 담긴 한 폭의 그림과도 같아 보였다.

눈 아래의 세상을 감상하듯 한없이 오만한 눈동자로 노을을 응시하던 그가 문득 입을 열었다.

"정말로 아름다운 세상이야. 그렇지 않아? 노을이 질 때의 세상은 태양의 권능이 가장 화려하게 나타나는 때야. 세상 어느 곳도 태양의 붉은 빛에 물들지 않는 곳이 없지. 환한 대낮과는 달리 노을의 앞에서는 누구도 자신의 색을 과시할 수 없어."

누군가에게 묻는 듯한 어조였지만 그 말에 대답하는 사람은 아무도 없었다.

하지만 그는 그것에 아랑곳하지 않고 노을에서 눈을 떼지 않은 채 태양을 움켜쥐듯 손을 뻗었다.

"나는 저 세상을 갖고 싶다. 이 광활한 대륙을 나만의 색으로 물들이고 싶어."

그의 음성은 마치 '나는 나중에 커서 하늘이 되고 싶어요'라고 말하는 어린아이의 그것처럼 천진난만했다.

혼잣말처럼 늘어놓는 그의 목소리가 듣고 싶지 않았는지 햇빛이 닿지 않는 깊숙한 안쪽에 내려앉은 짙은 어둠 속에서 나직한 음성이 흘러나왔다.

"그런 쓸데없는 희망 사항이나 얘기하자고 날 부른 건 아닐 텐데, 라드."

본론을 제외한 말은 필요없다는 듯한 어둠 속의 목소리에 라드가 피식 웃음을 터뜨렸다.

"희망 사항이라……. 과연 그럴까?"

사실 몇백 년 전까지만 해도 스스로도 불가능할 것이라 생각했던 계획이다.

그는 단지 자신을 망가뜨린 세상에 복수하고 싶었고, 그것은 충분할 만큼 만족스럽지는 않았지만 어느 정도는 성공했다.

하지만 지금은 아니었다.

9서클의 대마도사가 되어도, 그랜드 소드 마스터가 되어도 세상을 손에 넣는다는 것은 불가능한 일이지만 지금의 그라면 충분히 가능하게 만들 수 있는 일이었다.

단 하나.

그때는 없었으나 지금은 가지고 있는 단 하나의 조건으로 인해서.

"설마하니 내 아들이 마왕의 후계자가 될 줄이야……. 이래서 세상은 요지경이라고 하는지도."

라케시드를 생각한 라드의 얼굴에 쓴웃음이 떠올랐다.

처음 그 말을 들었을 때는 얼마나 놀랐던가.

그녀가 자신의 아이를 잉태하고 있었다는 것도 그렇지만 그 아이를 낳아 마왕의 아들로 길렀다는 것도 그에게는 의외였다.

하지만 곧 과연 히에트라고 생각하며 웃어버릴 수밖에 없었다.

'아무리 타락했어도 성녀는 성녀라는 것인가?'

그녀를 타락시킨 것은 그 자신.

그때는 정말로 사랑했었노라는 사탕발림 따위는 필요없다.

진실이 어떻게 되었든 간에 그는 그녀를 잔인하게 배신해 버렸으니까.

그런 그녀가 자신의 아이를 계속 키우고 있었다는 것에 대해 자신은 어떻게 생각해야 하는 것일까?

라드는 혼란스러움으로 두근거리는 자신의 심장을 가만히 다독거렸다.

쏘아진 화살은 되돌릴 수 없다.

마왕이 계약의 조건으로 내걸었던 것은 히에트를 넘기는 것이었고, 그는 그것을 승낙했다.

이제 와 그녀를 찾겠노라 발악해 보았자 남는 것은 계약의 당사자이자 조건이었던 세 사람의 파멸뿐이었다.

그리고 라드는 스스로 파멸의 길로 걸어갈 생각은 추호도 없었다.

상념에 잠겨 있는 그를 깨운 것은 어둠 속에 있던 예의 그 목소리였다.

"네가 세상을 지배하든 말든 나와 상관은 없지만 계약을 잊지는 말아라."

그는 말을 하며 빛 아래로 한 발을 내디뎠다.

짙게 드리워진 검은 그림자 안에서 금빛의 눈동자가 환하게 빛났다.

차르륵차르륵.

남자가 다가옴에 따라 쇠사슬이 끌리는 듯한 미세한 소음이 이어졌다.

"잊을 리가 있나. 네가 원하는 바는 나 역시 원하는 바인데."

라드는 노을 아래로 드러나는 그의 모습을 바라보며 짙게 미소 지었다.

"배덕의 군주 바알이여."

*　　　*　　　*

신앙의 중심지라 불리며 에스카라노 대륙의 사람들 모두가 신성 제국이라 경외시하는 카란도 제국의 국경도시 페루칸.

성문을 지키는 문지기의 눈에 저 멀리 서산 너머로 몸을 누이는 붉은 태양의 모습이 보였다.

태양의 부재로 인해 먹빛의 땅거미가 물에 떨어진 잉크처럼 빠르게 대지 위를 잠식하고 있었다.

타지에서 온 관광객이나 참배객들이 서서히 뜸해지는 시간이었다.

관도 위로 세 명의 남녀가 나타났다.

그들은 서두르지 않는 느긋한 태도로 발걸음을 옮기고 있었다.

슬슬 성문을 닫기 위해 몸을 움직이려던 문지기가 그들을 발견하고는 멈칫거리며 행동을 멈췄다.

문지의 눈썹이 살짝 일그러졌다.

한 달에 한두 번씩은 꼭 이렇게 느지막한 시간에 천천히 오는 일행이 한둘씩 나타난다.

"곧 성문이 닫힐 것이니 밖에서 야영을 할 생각이 아니라면 서두르시오!"

그는 치밀어 오르는 짜증을 애써 안으로 삼켰다.

자신에게는 퇴근이 몇 분 늦어지는 것뿐이지만 그가 성문을 닫으면 저들은 아침이 올 때까지 성문이 다시 열리기를 기다리며 야영을 해야 한다.

문지기의 외침 때문인지 일행의 발걸음이 빨라지는 것처럼 느껴졌다.

하지만 일행이 가까이 다가올수록 문지기의 표정은 만족감에서 서서히 당혹스러움에 가까운 묘한 표정으로 변해갔다.

멀리서 있을 때는 몰랐는데 가까이에서 본 그들의 외모에서 평범한 이들에게서는 느낄 수 없는 귀태가 느껴진 것이다.

혹시라도 귀족일지 모른다는 생각에 문지기의 음성에 정중함이 묻어났다.

"신분증이나 통행증을 보여주십시오."

문지기가 막아선 세 남녀는 바로 카란도 제국으로 떠났던 카이린 일행이었다.

카이린은 자신의 앞을 막아선 문지기의 모습에 호기심 어린 표정으로 눈동자를 굴렸다.

"여기가 신성 카란도 제국이라는 데야?"

카이린의 입에서 흘러나오는 당연하다는 듯한 반말에 문지기의 몸이 흠칫 떨렸다.

"예. 이곳이 신성 카란도 제국입니다."

"그러면 당신도 카란도 제국 사람이야?"

"…네. 이곳의 사람들은 모두 카란도 제국의 국민입니다."

"그래? 그럼 전부 죽여야겠네?"

"네?"

문지기의 눈이 크게 뜨였다.

그는 카이린이 한 말을 순간적으로 이해하지 못했다.

그리고 그것에 대한 대가는 컸다.

"무… 슨……?"

문지기의 입에서 마른기침이 터져 나왔다.

마법의 화살에 심장이 꿰뚫린 문지기의 시신이 풀썩 땅바닥으로 쓰러졌다.

생명이 꺼진 회색 눈동자에는 채 확인하지 못한 의문이 남아 있었다.

뎅! 뎅! 뎅!

"누구냐!"

"침입자다!"

카이린의 공격에 성루 위에 있던 병사들이 화들짝 놀라 분분히 가지고 있던 무기를 치켜들었다.

요란한 타종 소리가 어두운 하늘을 뚫고 페루칸에 살고 있던 사람들의 경각심을 깨워 일으켰다.

하루를 마감하고 쉴 준비를 하고 있던 사람들은 다급한 일이 벌어졌을 때만 울려 퍼지는 타종 소리가 들리자 무슨 일인가 하고 고개를 내밀었다.

"뭐야? 몬스터라도 나타난 거야?"

그들은 지금의 사태를 그렇게 크게 신경 쓰지 않고 있었다.

페루칸은 신성 제국이 건립하고 도시가 세워진 이후 몇십 년 동안 단 한 번도 외부의 침입을 받아본 적이 없었다.

누가 감히 대륙인들의 신앙의 상징인 신성 제국을 건드릴 수 있겠는가.

그것은 대륙의 악적으로 몰리는 흑마법사나 마녀라 할지라도 감히 시도할 수 없는 위험천만한 짓이었다.

그들은 알지 못했다.

그곳을 찾은 세 명의 방문자가 두 명의 마족과 마신의 힘을 받은 한 명의 반마족이라는 것을.

그리고 그들의 목적이 신성 제국을 향해 복수의 칼날을 내미는 것이라는 것을.

시민들은 설마하니 신성 제국의 비호 아래에서 위험이 생기겠냐며 마음속에 생긴 일말의 불안감을 달랬다.

몇몇 상인들은 혹시나 하는 생각에 자신의 품에 귀중품들을 챙겼지만 대부분의 사람들은 그저 호기심 어린, 혹은 걱정스러운 표정으로 횃불로 환하게 밝아진 성곽을 바라보고 있었다.

그러한 안이함에 대한 대가는 컸다.

아니, 그것은 안이함만의 문제가 아니었는지도 모른다.

교황이나 성기사들이 득시글거리는 수도라면 모를까, 작정하고 쳐들어온 마족들의 공격을 일개 도시가 버텨낸다는 것은 불가능에 가까운 일이었으니 말이다.

더군다나 그 마족이 마신의 힘을 가진 진마족이라 불리는 존재임에야.

"너희들은 흑마법사들이냐?"

마침 도시에 있다가 타종 소리에 나와본 성기사 바엘론이 그들을 향해 소리쳤다.

그는 이들의 모습이 혹시나 천 년 전에 일어났던 흑백전쟁의 재림을 나타내는 것이 아닌가 하는 불안감을 느꼈다.

흑마법사들의 선전포고가 아니고서는 단 세 명의 남녀가 신성 제국의 국경도시를 공격한다는 비상식적인 행동을 이해할 수 없었던 것이다.

하지만 카이린의 일행은 그러한 그의 의문에 대답하지 않았다.

카이린은 자신을 향해 활을 겨누는 병사들의 모습을 보며 달콤하게 미소 지었다.

소녀의 모습임에도 육식동물의 그것처럼 탐욕스러운 살기가 어려 있는 눈동자에 병사들은 등줄기가 오싹해지는 기분을 맛보았다.

카이린의 손이 짧은 수인을 맺으며 움직였다.

그녀의 손짓을 따라 검은 마나가 먹구름처럼 몰려들었다.

"파티 타임 시작이다."

그녀의 입이 열리며 즐거운 듯한 음성이 흘러나왔다.

잿빛으로 어둑해져 가는 하늘 위에는 그녀가 만들어낸 헤아

릴 수 없이 많은 숫자의 검은 화살이 허공을 빽빽하게 수놓고
있었다.

콰콰쾅—!

＊　　　＊　　　＊

"일.어.나. 보.시.죠?"

베리알은 잠결에 들려온 화가 난 듯한 누군가의 목소리에
슬며시 눈꺼풀을 들어올렸다.

"후아암… 응?"

눈을 뜨자 라케시드가 초췌해진 얼굴로 자신을 노려보고 있
는 모습이 보였다.

"뭐냐? 벌써 다 끝낸 거냐?"

베리알은 아쉽다는 듯 입맛을 쩝쩝 다셨다.

조금 더 잘 수 있었는데 라케시드가 깨워서 못마땅하다는
투였다.

라케시드의 입꼬리가 바르르 떨리며 이마에 한줄기 핏대가
돋아났다.

"자신의 업무까지 은근슬쩍 끼워 보낸 어.느. 누.구. 때문에
이.제.야. 끝나게 되었습니다."

"하하하! 알아채 버렸네?"

"뭐가… '알아채 버렸네?' 입니까! 당신 업무는 당신이 알아
서 하란 말입니다! 이 농땡 마왕 아버지!!"

라케시드가 두터운 서류철을 그의 앞에 던져 놓으며 소리쳤다.

야하만브르드의 서류를 맡기는 김에 자신이 마계를 비운 동안 미뤄뒀던 서류를 슬쩍 끼워두었는데 아마도 그것을 발견한 것 같았다.

서류철의 제목에는 '마왕성 증축 공사에 관한 비용 감찰 건' 과 '마계 세율 인상에 관한 건', '에올프 지역 재개발에 관한 건' 등등이 차례차례 큼지막한 글씨로 쓰여 있었다.

"엇흠. 그래 봐야 얼마 되지도 않는데……."

베리알은 어색한 표정으로 볼을 붉적이며 머쓱한 웃음을 터뜨렸다.

물론 정말로 얼마 되지도 않는 양인 것은 아니다.

눈앞에 쌓인 서류의 높이만 해도 각각이 약 10㎝에 달했으니까.

라케시드의 눈이 가늘어졌다.

그의 입이 열리며 막 무언가 잔소리를 더 늘어놓으려던 찰나였다.

마침 오아시스의 주변을 둘러보며 산책을 마치고 돌아오던 아카르디안이 다정해(?) 보이는 그들의 모습을 발견하고는 웃으며 한마디를 던졌다.

"하하, 부자간에 사이가 좋네?"

별생각없이 느낀 대로 한 말일 뿐이었는데 두 사람의 반응은 극명하게 갈렸다.

“그렇지?”

베리알은 싱글거리며 좋아라 했고,

“누가 사이가 좋아?”

라케시드는 펄쩍 뛰며 완강히 부인했다.

동시에 터져 나온 서로 다른 두 가지의 반응에 아카르디안의 뒤통수에 굵은 땀방울이 맺혔다.

어느 한쪽에 장단을 맞춰주었다가는 괜히 다른 한쪽의 원망을 모두 들어주는 방패막이가 될 수도 있다는 생각이 들었다.

아카르디안은 둘의 시선을 피해 고개를 돌리며 다른 화제에 대해 꺼냈다.

“그런데 라케시드가 여기 나와 있다는 것은… 벌써 다 끝낸 거야? 그 서류를?”

농담을 조금 보태자면 귀족이 타고 다니는 사륜마차 하나를 빼곡히 채우고도 그의 키만큼은 남을 것 같다는 생각이 들 정도의 분량이었다.

그러한 것을 단 이틀 동안 방에 틀어박혀 처리했다는 말에 아카르디안의 얼굴에 아연한 빛이 떠올렸다.

그것은 제국의 어지간한 행정직들조차 불가능할 업무 처리 속도라는 생각이 들었다.

“대체 저게 얼마 동안 밀린 서류였기에…….”

“내 거 두 달치랑 아하만브르드 거 팔 개월치 서류.”

“…….”

베리알의 대답에 아카르디안은 할 말을 잃었다.

서류라는 것은 보통 매일 처리하는 것이다.

그러한 것을 하루도, 이틀도, 일주일도 아닌 무려 팔 개월이나 밀려 있었다는 말에 도대체 무슨 말을 할 수 있겠는가.

"대체 마계가 어떻게 지금까지 굴러갔는지가 신기할 정도다. 정말."

아카르디안은 고개를 절레절레 흔들며 한숨을 내쉬었다.

그들의 모습을 바라보고 있던 라케시드가 더 기다릴 수 없다는 듯이 마왕을 향해 손을 내밀었다.

"약속한 대로 카이린이 있는 곳으로 텔레포트나 시켜주시죠. 만약 가봤는데 없으면 나 화낼 거라는 거 알아두시고요. 마왕성 증축? 훗. 다 때려 부숴주겠어."

라케시드의 금안에 스산한 살기가 스쳤다.

어쩐지 그의 목소리에도 짙은 광기가 깔려 있는 것 같다는 생각에 베리알의 이마에 땀방울이 맺혔다.

라케시드는 한다면 하는 성격이다.

정말로 그가 가는 곳에 카이린이 없다면 베리알은 당분간 마왕성이 보수될 때까지 남의 성을 전전해야 할 것은 물론, 보수비용으로 깨지는 돈의 액수에 피눈물을 흘리게 되리라.

'설마하니 놈들이 그걸 노리고 내 딸을 다른 곳으로 데려가지는 않겠지?'

고작 그 정도 골탕이나 먹이자는 생각이었다면 그의 딸을 납치해 그를 유인하는 대범함은 보이지 못했을 것이니 말이다.

하지만……

'혹시 모르니까 마왕성의 베리어를 열 배쯤 강력한 걸로 업
그레이드해 놔야지. 저놈의 빙화는 파괴력만큼은 무식할 정도
로 강해서… 에잉.'

베리알은 속마음을 감추며 겉으로는 여유를 보였다.

"당연하지. 이곳에서 텔레포트된 좌표는 느꼈으니 아마도
도착하면 그 근처에 있을 거다. 멀어봐야 하루 이틀 거리일
걸?"

자신만만하게 웃는 베리알의 모습에 라케시드가 이마를 좁
혔다.

별로 신용이 가지는 않지만 그렇다고 해서 믿지 않을 수도
없었다.

그에게 남아 있는 단서란 베리알이 느꼈다고 주장하는 텔레
포트의 좌표 하나뿐이었으니까.

"그곳이 어딥니까?"

한층 누그러진 라케시드의 목소리에 마왕의 입가에 쓴 미소
가 피어올랐다.

"카란도 제국. 이곳에서 인간들이 신성 제국이라 부르는 신
관들의 나라이다."

탁.

이름을 알 수 없는 푸른 식물들이 낮게 깔려 있는 초지(草地)
를 밟으며 내려서는 한 인영이 있었다.

토파즈와 호박의 색깔을 섞어놓은 듯한 금안에 밤하늘처럼

새까만 빛의 흑발을 가진 소년.

허공중에서 나타나 풀숲 위로 발을 디딘 남자는 라케시드였다.

그는 잠시간 이곳이 어디인지를 가늠하겠다는 듯 주위의 풍광을 눈에 익혔다.

주변에 인기척이 느껴지지 않고 사방이 풀밭인 것으로 보아 아마 인가와는 조금 떨어진 곳에 보내준 듯싶었다.

"그 아이를 잘 보살펴 주어라."

라케시드의 머릿속에 떠나기 전 베리알이 했던 말이 떠올랐다.

그것은 대체 무슨 뜻이었을까?

라케시드가 생각하기에 베리알은 타인에 대한 배려나 보살핌이라는 것을 할 줄 아는 사람이 아니었다.

그리고 베리알이 카이린에 대해 알고 있으리라는 생각도 힘들었다.

그럼 대체 베리알이 잘 보살펴 달라고 부탁한 사람은 누구일까?

라케시드는 텔레포트가 실행되던 순간 흐릿하게 보였던 베리알의 눈빛을 떠올렸다.

그에게서는 절대 볼 수 없을 것이라 생각했던 서글픈 눈동자였다.

"후우……."

가슴속에 무언가가 얹힌 듯 답답한 기분이 들었다.

라케시드는 애써 상념을 털어냈다.

"세크리티히, 카이린이 어디 있는지 느껴져?"

[이곳에서 이틀쯤 떨어진 거리다. 그런데…….]

세크리티히의 말꼬리가 흐려졌다.

무언가 곤란한 일이라도 벌어졌다는 듯한 목소리에 라케시드의 눈동자에 긴장감이 서렸다.

"뭔가 문제라도 있는 거야?"

[아, 아니다. 착각이겠지…….]

잘못 느낀 것일 것이다.

카이린에게서 륜, 아니, 마신의 자취를 느낀 것은.

라케시드는 세크리티히가 이상하다고 생각했지만 아무것도 묻지 않았다.

대답을 해주지도 않을 것 같았고 스스로도 혼란스러워하는 것 같았기 때문이다.

확실한 것이 아니라면 그냥 밝혀질 때까지 내버려 두는 것이 낫다.

특히나 그것이 나쁜 일에 대한 것이라면 더욱더.

'괜히 엉뚱한 말로 불안하게 만들지 말라고…….'

라케시드는 스스로도 왜 이렇게 초조한지 알 수가 없었다.

하지만 심장의 두근거림으로 그녀가 가까이에 있다는 것만큼은 느낄 수 있었다.

　라케시드는 그것이 카이린과 계약을 통해 이어져 있기 때문이 아닐까 하고 슬며시 생각해 보았다.

"기다려. 반드시 구해줄게."

그는 그녀가 있는 곳을 바라보며 다시 한 번 다짐했다.

*　　　*　　　*

　신성 카란도 제국의 성지라 칭해지는 수도 카라디온.

　전 세계에 널리 퍼져 있는 신전들의 총본산인 대신전이 위치한 곳이다.

　항상 엄숙함과 신성한 분위기가 흐르는 이곳에는 하나의 사건으로 인해 때 아닌 소란이 벌어지고 있었다.

"대체 그게 무슨 말이오! 제국의 국경이 괴한들에게 공격을 받다니!"

　법과 질서의 신 차오람의 첫 번째 종이라는 루페인 대신관이 책상을 두드리며 노기를 터뜨렸다.

　평소 침착하지만 한번 화가 나면 물불을 안 가리는 다혈질이 되는 그는 지금 자신의 귀에 들려오는 소리들을 믿을 수가 없었다.

　지난밤 제국의 국경을 지키던 도시 하나가 처참하게 박살이 났다는 소식이 들려온 것이 바로 조금 전이었다.

　그러자마자 급히 카란도 제국의 대표적인 신전인 열두 신을 모시는 신관들의 우두머리를 모아놓고 회의를 시작했는데 얼마 지나지 않아 이토록 소란스러움이 연출된 것이다.

"대체 누가 감히 신의 보호를 받는 본 제국을 공격했단 말이오! 어떤 천벌을 받을 놈이!"

태양의 신 사이카를 모시는 베레즈 대신관이 루페인을 따라 목소리를 높였다.

그들은 사실 국경도시가 누군가에게 공격받아 파괴되었다는 소식만 들었지, 정확히 누가 쳐들어왔는지에 대한 자세한 사항은 알지 못했다.

그도 그럴 것이, 그들은 소식을 듣자마자 새벽기도도 하는 둥 마는 둥 팽개쳐 두고 당장 회의가 열리는 대전 안으로 달려왔던 것이다.

소식이 전해진 것이 채 한 시간도 되지 않았으니 이 대전 안에서 사안에 대해 정확히 알고 있는 사람은 아무도 없다고 보는 것이 맞았다.

타앙. 타앙.

"조용히 해주시오. 지금은 공격한 자의 잘잘못에 대해 성토하는 자리가 아니라 더 큰 피해를 막기 위한 방법론을 논하는 자리요. 그러니 쓸데없는 소리를 하려거든 밖에 나가서 따로 하고 오시기를 부탁하오."

절제와 도덕의 신 아비오의 신관인 레텐 대신관의 말에 여기저기서 목청을 높이고 있던 대신관들이 어색한 표정으로 헛기침을 토해냈다.

"방금 전해져 온 보고에 따르면 그들은 계속해서 이 수도를 향해 행보를 계속하고 있다 하더이다. 그리고… 믿어지지는 않지만 그들은 단 세 명뿐이라고 하오.”

“……!!”

“세 명이라니! 단지 세 명에게 국경이 무너졌단 말인가?!”

“어쩌면 흑마법사나 마족일지도 모르오!”

“조용, 조용! 공격을 받은 것도 수치이지만 그들이 제국의 영토를 마음대로 헤집고 다니는 것을 이대로 내버려 둔다면 본 제국의 명예에 치명적인 오점으로 남을 것입니다.”

“일단 세 개의 성기사단—1개 기사단의 정원:15~20명—과 5개 소대의 크루세이더 부대—1개 소대:30명—를 보내 적의 무력에 대해 알아보도록 한 후 몽크들을 통한 2차 방어 라인을 형성하는 것이 어떻겠습니까?”

“그보다는 성기사들로만 이루어진 특공대를 보내는 것이…….”

“적은 고작 세 명뿐입니다. 많은 병력을 보내 그들을 잡아도 오히려 저희들이 웃음거리가 될 수 있습니다.”

신관들의 사이에서 여러 의견들이 오갔다.

하지만 적이 워낙 소수에 정체를 알 수 없다 보니 회의는 난항을 겪을 수밖에 없었다.

결국 상석에 앉아 그들의 행태를 가만히 보고 있던 교황이 입을 열었다.

“크루세이더나 몽크는 이번 일에 동원되지 않을 것이오.”

“……!”

신관들의 얼굴에 놀람이 떠올랐다.

물론 많은 병력을 보낸다면 이겨봤자 한번 실추된 신성 제국의 명예는 복구할 수 없을 것이었다.

하지만 그렇다고 해서 너무 적은 수의 병력을 보내 그들을 막지 못하게 되어버린다면 오히려 더욱 큰 불명예를 안게 될 것이 분명했다.

신성기사단의 힘을 믿지 못하는 것은 아니지만 함부로 정하기에는 사안이 너무도 컸다.

교황은 자신을 바라보는 신관들의 시선을 차례차례 응시했다.

그들은 각자 기대와 불안이 섞인 초조한 시선으로 교황의 대답을 기다리고 있었다.

마침내 교황의 시선이 끝자락에 앉은 마지막 신관의 얼굴에 닿았다.

그의 입이 벌어지며 온화하면서도 거역할 수 없는 힘이 담긴 묵직한 목소리가 흘러나왔다.

"이번일에 동원되는 기사단은 성기사 란파르를 포함하여 제1기사단. 단 열여섯 명이 될 것이오."

[제3권 끝]

CHARM MASTER

참마스터

눈매 퓨전 판타지 소설

부적(Charm)이란

**만드는 자의 정성, 만드는 자의 능력, 받는 자의 믿음,
이 세 가지가 충족되어야 최고의 힘을 발휘한다.**

이계에서 넘어온 영환도사의 후손 진월랑!
아르젠 제국의 일등 개국 공신 가문이었던 이계인 가문, 진가가 하루아침에 몰락했다.
그것도 가장 믿었던 사람으로 인해.

홀로 살아남은 어린 월랑은 하루하루 생존 게임이 벌어지는
살인자들의 섬으로 보내지는데…….

**독과 부적의 힘을 손에 넣은 진월랑!
그가 피바람을 몰고 육지로 돌아온다.**

유행이 아닌 자유추구 –
WWW. chungeoram.com

Book Publishing CHUNGEORAM